Un avenir à trois

*

Sous le charme du médecin rebelle

SUE MACKAY

Un avenir à trois

Traduction française de
CÉCILE LOMBARD

BLANCHE

HARLEQUIN

Collection : Blanche

Titre original :
THE MIDWIFE'S SON

Ce roman a déjà été publié en 2014

HARPERCOLLINS FRANCE
83-85, boulevard Vincent-Auriol, 75646 PARIS CEDEX 13
Service Lectrices — Tél. : 01 45 82 47 47

www.harlequin.fr

ISBN 978-2-2804-3927-5 — ISSN 0223-5056

1.

Jessica Baxter regarda, surprise, le fond de sa coupe de champagne.

Non, déjà vide ?

Elle tendit le bras vers le seau à glace posé près d'elle.

— Tu as l'intention de boire la bouteille à toi toute seule ? demanda Jackson Wilson, le frère de la mariée.

Il s'assit sur la chaise d'à côté sans détacher d'elle ses yeux verts qui ne cillaient pas.

Elle se sentit parcourue d'un frisson.

Les mêmes yeux que ceux de sa sœur, Sasha, mais plus insistants... Cependant, inutile de se faire des idées, aucune trace de sensualité dans ce regard. Elle devait avoir de la chantilly sur le bout du nez, voire du coulis de fraises.

Elle y passa un doigt hésitant.

Non, même pas.

Dans ce cas, qu'est-ce qui fascinait Jackson au point qu'il semble changé en statue de sel ?

Si elle répondait, il se remettrait peut-être à bouger.

— Oui, jusqu'à la dernière goutte !

— Alors, il faudra que j'aille en chercher une autre. Dommage, ça m'obligera à me déplacer...

Il eut un sourire de loup qui lui donna l'impression d'être l'unique femme présente sous ce chapiteau.

C'était faux, bien entendu. Outre Sasha, la mariée, éblouissante dans sa robe de soie crème, la moitié de la population féminine de Golden Bay était là. Son amie avait en principe prévu un mariage « modeste », mais elles ne devaient pas comprendre ce mot de la même façon.

Jessica examina la bouteille qu'elle tenait à la main.

Avait-elle trop bu ?

Non ! Pas encore.

— C'est le meilleur champagne que j'aie jamais goûté. Ton père n'a pas lésiné.

— Sur ce point, on ne se disputera pas, admit Jackson.

Elle ne cherchait pas la contradiction, il lui fallait juste un peu plus de ce nectar. Surtout que, en regardant du coin de l'œil à son côté les cuisses musclées de Jackson qui remplissaient son pantalon noir à la perfection, elle sentait sa bouche s'assécher.

Et quand elle emplit sa coupe, la vision des bulles montant vers la surface fit écho en elle à un fourmillement inattendu, une sensation de désir depuis longtemps oubliée.

Elle souleva la bouteille.

— Tu as une coupe ?

Il la lui tendit.

— Bien sûr ! Je suis un homme prévoyant.

De nouveau, il avait posé sur elle un regard intense et semblait étudier ses traits dans leurs moindres détails.

Que regardait-il avec cette insistance ? Que cherchait-il ?

Elle s'arrêta net, la bouteille à la main, le sourcil levé.

— Mon mascara a coulé ?

— Pas du tout.

La dernière fois qu'elle avait vu Jackson Wilson, c'était pour la remise des diplômes, treize ans plus tôt. Durant les deux ans où elle avait fréquenté l'école ici, il ne s'était jamais intéressé à elle. Ils ne s'aimaient pas beaucoup, chacun d'eux étant trop occupé à voler la vedette à l'autre. Il était le garçon que toutes les filles convoitaient, elle était la fille que l'on invitait partout parce qu'elle était riche et prodigue…

— Arrête, ma coupe déborde.

Il avait parlé posément, d'une voix de baryton qui la fit fondre.

— Oh ! que je suis distraite ! Désolée !

Elle était vraiment confuse, d'autant qu'il ne pouvait pas ignorer que c'était lui qui la distrayait…

Elle se morigéna.

Inutile d'en faire un plat, Jackson Wilson n'était qu'une distraction mineure.

Pourtant, en le voyant lécher le champagne qui lui dégoulinait sur les doigts, elle sentit la chair de poule la gagner.

Qu'allait-elle s'imaginer ? Il s'agissait d'un geste naturel, sans aucune intention sensuelle. Il n'y avait aucune raison qu'ils s'entendent mieux qu'avant. Elle était la dernière femme au monde qui l'intéresserait : elle était mère célibataire, et lui, il sortait avec d'éclatantes beautés qui faisaient tourner les têtes sur leur passage.

Mais peut-être le jugeait-elle un peu vite. Il était là depuis cinq jours, et elle ne l'avait vu qu'une fois, à la répétition de la cérémonie. Son arrogance d'autrefois avait semble-t-il disparu ; il paraissait plus sérieux, peut-être même désabusé…

Il leva sa coupe avec précaution, aspira le surplus du liquide et trinqua.

— Aux jeunes mariés !

— A Sasha et Grady !

Ses amis, qu'elle aurait cherché à repérer sur la piste dressée au centre du chapiteau, si elle avait pu détacher son regard de Jackson.

Il était encore plus beau que dans son souvenir. Dire que, autrefois, elle ne comprenait pas l'engouement de ses camarades pour lui !

Il était grand, mince et athlétique, avec des traits taillés au burin, une mâchoire carrée, et ces yeux verts déconcertants qui semblaient vous percer à jour sans rien livrer de lui.

Il eut un demi-sourire.

— Mon mascara a coulé ?

Cette fois, elle rougit violemment.

En principe, elle ne prenait pas le temps de scruter un homme à ce point.

— Oui.

— Oh non ! Ma réputation de macho est fichue !

Son rire grave résonna en elle, envoyant de petits chocs électriques dans tout son corps. Malgré tout, elle poursuivit son examen.

Deux rides profondes entouraient sa bouche sensuelle, et d'autres étoilaient le coin de ses yeux qui la fixaient toujours. Ses cheveux bruns étaient à présent poivre et sel sur les tempes... Quelle en était la cause ?

Elle plongea le regard dans celui de Jackson.

— Tu as l'air exténué.

Il tressaillit et se mit à contempler le plafond du chapiteau.

Quelle idiote elle faisait ! Elle venait de tout gâcher par cette remarque indiscrète.

— Hmm, complètement crevé.

Ouf ! il n'était pas fâché.

— Les effets du décalage horaire ? Hong Kong, c'est loin de la Nouvelle-Zélande !

— Non, les effets de la vie, marmonna-t-il sans cesser sa contemplation.

Levant sa coupe, il en avala une lampée.

— Tu as raison, ce champagne est délicieux.

Quel mauvais tour le destin lui avait-il joué, pour qu'il paraisse si accablé ? Elle savait qu'il était urgentiste dans un énorme complexe hospitalier. Un travail épuisant, certes, mais qui ne justifiait pas cette mine de chien battu. Il devait avoir les moyens d'habiter un bel appartement, de s'offrir une voiture de luxe, et les femmes devaient se bousculer pour sortir avec lui... L'une d'elles avait-elle bouleversé cette vie de rêve ?

— Pourquoi es-tu à Hong Kong, au fait ?

— J'y ai effectué une partie de mon internat, et quand j'ai eu mon diplôme, j'ai accepté le poste que l'on m'offrait...

Il regardait à présent le fond de sa coupe comme s'il y lisait des choses secrètes.

— C'est une ville excitante, bourdonnante, très différente d'ici. J'ai eu l'impression de respirer, de recommencer ma vie de zéro.

— Tu détestais Golden Bay à ce point ?

— Ça m'est arrivé, oui.

Après avoir terminé son champagne, il souleva la bouteille pour en vérifier le niveau.

— Il nous en faut une autre. J'en ai pour une minute.

Elle le regarda longer la piste de danse en éconduisant poliment les femmes qui tentaient de l'y entraîner.

Donc, il était décidé à revenir boire en sa compagnie…

Ayant grandi à Takaka, il devait connaître des tas de gens avec qui bavarder, mais elle ne l'avait vu se montrer familier avec personne, aujourd'hui. Avait-il quelque chose à cacher ?

Seule à sa table, elle devait lui sembler rassurante. Il avait dû deviner que les hommes ne l'intéressaient pas. Et avec raison, car depuis ce goujat qui l'avait mise enceinte…

Elle éprouva un pincement au cœur.

Son fils était si mignon tout à l'heure à la cérémonie, en pantalon long et chemise blanche ! Son amie Andrea avait eu la gentillesse de le garder pour la nuit, et il était ravi de dormir chez son copain Bobby. Elle avait donc toute latitude pour profiter de la soirée.

Lorsque Jackson revint, le pop caractéristique du bouchon qui saute fut une douce musique à ses oreilles.

Elle contempla le nectar doré qui coulait dans sa coupe.

— Pourquoi le champagne est-il si prisé, à ton avis ? Parce qu'il picote les papilles ?

— Sans doute. En plus de son goût excellent. Et il est associé aux célébrations, aux événements heureux…

Quand Jackson se rassit, elle s'aperçut qu'il avait rapproché sa chaise de la sienne. De nouveau, elle eut la chair de poule, et elle évita de lui frôler le bras en levant sa coupe.

A la première gorgée, les bulles lui chatouillèrent le nez, et elle pouffa.

Méfiance, ce breuvage était traître… Mais pourquoi

ne pas se laisser un peu aller, pour une fois ? Il y avait si longtemps qu'elle ne se l'était pas permis !

En voyant les lèvres de Jackson esquisser son sourire de loup, elle se sentit envahie d'une violente chaleur.

— Avec tes yeux noisette et tes cheveux blonds, ce ton d'orange te sied à ravir.

— Comment, « orange » ? Sasha en aurait une attaque si elle t'entendait. Abricot !

Elle pianota sur le satin de sa robe, fière d'avoir été choisie comme demoiselle d'honneur.

Ses liens avec Sasha se renforçaient de jour en jour. La sœur de Jackson, un peu plus jeune qu'elle, était devenue une véritable amie.

Jackson eut un haussement d'épaules.

— Orange, abricot, c'est égal. Tu devrais porter cette couleur plus souvent.

— D'accord, c'est noté.

— Tu veux danser ?

— Non, merci.

— Tant mieux, je suis nul. J'ai toujours eu des problèmes de coordination, dit-il en lui adressant un sourire piteux.

Elle se souvenait pourtant de l'avoir vu tourbillonner sur la piste, aux bals de l'école !

— Alors, pourquoi le proposes-tu ?

— J'ai cru que ça te ferait plaisir.

Son rire était encore plus sexy, cette fois.

— Et si j'avais dit oui ?

Il rit de nouveau, et la chaleur se répandit dans tout son corps jusqu'au plus secret d'elle-même. Ses joues, qui venaient à peine de rafraîchir, se remirent à brûler.

Elle qui ne rougissait jamais… Elle devrait refuser la prochaine coupe.

Mais après tout, quelle importance ? C'était si agréable de ne se soucier de rien ! Ce soir, son fils dormait à Pohara Beach. Demain matin, elle reprendrait les rênes.

— Quel âge a ton petit garçon ?

En plus, cet homme lisait dans ses pensées !

— Un peu plus de quatre ans. Il est adorable, mais il ne me laisse pas une minute à moi.

— Où est passé son père ?

Elle tressaillit.

Pour être direct, Jackson Wilson était direct !

— Quelle version as-tu entendue ?

— Celle du militaire américain en détachement qui ne t'a pas emmenée en repartant pour la bonne raison qu'il était marié…

Il but une autre gorgée de champagne.

— Ou alors, celle du Martien en visite sur la Terre pour une semaine.

Sa colère naissante envolée, elle haussa les épaules en riant.

— Quand les rumeurs se mettent à te concerner, ça signifie que tu fais vraiment partie de la communauté.

— Voilà pourquoi j'ai quitté les lieux dès l'école finie. Ici, je ne pouvais pas éternuer sans que l'on m'accuse de tous les péchés.

Elle se souvenait vaguement d'une affaire de fille enceinte qui voulait lui faire endosser la paternité.

— Hmm, on a un peu l'impression d'être surveillé, mais en même temps, on se sent en sécurité.

— Au fait, tu ne m'as pas dit quelle version était la bonne. Ni l'une ni l'autre, je suppose.

— Je préfère celle du Martien.

— D'accord, à ta guise.

Ah ? Il n'avait pas l'intention d'insister ? Quelle discrétion ! Il lui plaisait de plus en plus.

— Tu comptes rester longtemps ?

— Pour commencer, je remplace Grady au cabinet médical le temps de son voyage de noces. Ensuite, je me donne encore deux bons mois.

Elle leva les sourcils.

Pour une première visite au bout de treize ans, c'était long ! Bien entendu, Jackson ferait plaisir à sa mère atteinte de sclérose en plaques, son père apprécierait un peu d'aide à la ferme, et il avait sans doute envie de profiter de la fille de Sasha et Grady, la petite Melanie qui avait déjà six mois.

— Incroyable comme un mariage peut faire rentrer les gens au bercail !

Il eut un large sourire.

— Tu pars à la pêche ?

— J'ai attrapé quelque chose ? répliqua-t-elle en souriant.

Il redevint sombre.

— J'ai besoin de souffler un moment…

Il allongea ses jambes fabuleuses et croisa les chevilles.

— Et maintenant, tu vas me demander pourquoi.

Les yeux arrondis, elle arbora son expression la plus innocente.

— Moi ? Pour qui tu me prends ?

Puis elle eut un sourire sardonique.

— Si tu ne me le dis pas, je serai obligée de te torturer.

Le visage de Jackson s'éclaira, et il se passa la langue sur les lèvres.

— Intéressant !

Elle se traita mentalement d'idiote. Elle l'avait cherché…

— Oublie.

— D'accord… Dommage !

Elle avait intérêt à rentrer avant que le champagne ne lui fasse proférer d'autres inepties.

Elle avisa Sasha et Grady qui dansaient en se tenant serrés comme s'ils étaient seuls au monde, et elle ne put s'empêcher d'être jalouse.

Elle aussi, elle voulait un homme qui l'aime assez pour faire d'elle sa priorité. Contre qui elle puisse se pelotonner la nuit, avec qui elle puisse rire et pleurer. Un homme comme…

Elle reposa les yeux sur son compagnon de table.

Jackson ?

Non. D'abord, c'était le frère de sa meilleure amie. Ensuite, il repartait dans quelques semaines. Et enfin, il ne sortait qu'avec des femmes sophistiquées.

Il fallait qu'elle s'en souvienne, qu'elle se le répète,

qu'elle s'en persuade. De toute façon, elle ne voulait plus de relation durable avec aucun homme. Le père de Nicholas l'avait tellement déçue ! Un type incapable du moindre engagement, y compris auprès de son épouse aux Etats-Unis, dont elle avait ignoré l'existence tout du long.

Mais alors qu'elle regardait Jackson, les raisons qu'elle venait d'énumérer lui semblaient vides de toute substance.

2.

Jackson observait Jessica.

Selon ses émotions, le brun de ses yeux s'éclaircissait ou s'assombrissait, parfois à une vitesse étonnante. Une véritable énigme. Tantôt timide et peu sûre d'elle, tantôt lançant une remarque coquine, insinuant qu'elle avait envie de lui… Laquelle était la vraie Jessica Baxter ?

Et s'il tentait de découvrir sous ces abords déroutants la femme authentique ?

Tout à coup, la perspective de son séjour ici ne lui sembla plus aussi déprimante. Il adorait les mystères et, pour l'instant, bien qu'il ne possède pas le premier indice pour résoudre celui-ci, la seule idée d'essayer le réjouissait.

Mais — car il y avait un « mais » — pas question de s'engager, surtout avec Jessica, qui exigerait qu'il réintègre ce milieu étriqué où tout le monde se mêlait des affaires de ses voisins.

Il n'oublierait jamais sa rage et son impuissance lorsque Miriam Blackburn avait prétendu qu'il l'avait mise enceinte, alors qu'il ne l'avait même jamais embrassée ! Pas étonnant que les grandes villes soient attirantes : on pouvait éviter de s'y faire vampiriser par les autres.

D'après sa sœur, Jessica était revenue définitivement. Elle s'était efforcée de renouer avec les gens qu'elle avait connus. Manifestement, elle souhaitait que son fils grandisse ici, entouré et en sécurité.

Ça, il le comprenait.

Sauf qu'elle ne ressemblait pas à ses conquêtes habituelles, qui ne s'imposaient jamais. Elle voudrait davantage : s'installer dans une grande maison, avoir d'autres enfants…

Il n'y avait rien de mal à cela, juste que c'était le contraire de ce qu'il recherchait.

S'il avait décidé de rester un peu après le mariage de Sasha, c'était pour soutenir ses parents dépassés par la sclérose en plaques qui venait de frapper sa mère. Et aussi faire la connaissance de sa nièce, Melanie, cette petite fille si mignonne qu'il lui mangeait déjà dans la main et dont il souhaitait remporter le plus de souvenirs possible à Hong Kong.

Et puis, pour se reposer, recouvrer son énergie et sa motivation s'il voulait tenir sa promesse à Juliet, sa collègue poignardée à mort le mois précédent. Bien que le drame ait refroidi son ardeur, il avait juré de ne pas abandonner leur travail bénévole. Impossible de se dédire…

Un cling soudain le fit sursauter.

— A ta santé ! dit Jessica, souriante.

Elle avait raison, mieux valait boire et s'amuser, tout oublier pendant quelques heures.

— A la tienne !

Il vida sa coupe et saisit la bouteille.

— Je te ressers ?

Ses yeux s'éclaircirent, s'assombrirent… Elle hésitait.

Il décida pour elle.

— On ne va pas gaspiller ce nectar, tout de même !

Il leva les deux coupes pleines et lui tendit la sienne en prenant soin de ne pas toucher ses doigts.

— Aux mariages, aux familles et aux amis !

Après avoir trempé ses lèvres dans le vin pétillant, elle les lécha d'une mine gourmande, et il sentit son sang couler plus vite dans ses veines.

A quoi bon chercher à éviter le contact, puisqu'elle embrasait ses sens d'un rien ? Cette bouche…

Non, pas question de penser au goût de champagne qu'il y savourerait, ni à son corps svelte sous le sien pendant qu'il s'enfonçerait en elle pour s'oublier durant quelques instants, voire quelques heures d'extase…

Sortant de sa rêverie, il s'aperçut qu'elle lui parlait.

— Pardon ?

— On dirait que les jeunes mariés sont sur le départ.

Il suivit des yeux Sasha et Grady qui serraient des mains à la ronde et étreignaient des amis en riant.

— C'est bizarre, vous n'étiez pourtant pas copines, avant.

Dans son souvenir, cette fille dont les riches parents satisfaisaient les moindres caprices ne paraissait jamais comblée. Ayant voyagé dès l'enfance dans des tas d'endroits merveilleux, elle en avait vu davantage qu'eux tous. Elle était de toutes les fêtes, participait à tous les événements, payait à ses amis tout ce qu'ils lui demandaient. Etait-ce une façon d'acheter leur amitié ? Quelle tristesse ! Que lui avait-il manqué ?

Mais en ce moment, un large sourire éclairait son visage.

— Le jour où Sasha est entrée au cabinet médical pour prendre son poste, nous avons flashé toutes les deux. Je suppose que cela nous a rapprochées d'être l'une et l'autre de retour après une absence assez longue. Nous avions goûté au monde et découvert à quoi il ressemblait au-delà des collines de Takaka. Bien entendu, Sasha est plus avancée que moi dans sa carrière…

— Tu es allée à l'étranger ?

— Non. J'avais déjà beaucoup voyagé dans mon enfance, ça ne me disait rien. Auckland était assez loin pour moi.

— Tes parents y habitent toujours ?

Les yeux de Jessica prirent la couleur du café grillé, et elle se mordit la lèvre.

— Pas souvent.

Un sujet qui la fâchait, visiblement. Autant en changer.

Il sauta sur ses pieds.

— Voici les jeunes mariés !

Il la saisit par le coude pour l'aider à se lever et se plaça derrière elle.

Il eut plaisir à sentir son corps chaud contre le sien. Son

parfum subtil lui agaça les narines, et quand il pencha la tête, ses boucles entrelacées de rubans orange lui chatouillèrent le menton.

Bon sang, il voulait cette femme ! Et pour de bon, pas seulement le temps d'une partie de jambes en l'air.

Il aurait dû s'y attendre, son désir avait mûri tout l'après-midi. Surtout ne pas bouger, éviter qu'elle s'en aperçoive. Sinon, elle serait capable de lui verser ce qui lui restait de champagne sur le crâne !

Jessica se tortilla et se tourna à demi, une interrogation muette dans le regard.

Il sentit son estomac se tordre violemment et cessa de respirer quand elle lui jeta un coup d'œil au-dessous de la ceinture.

Il aurait fallu qu'elle soit aveugle pour ne pas voir…

A l'évidence, sa vue était parfaite, car elle releva la tête et le regarda d'un air entendu. Puis elle se retourna, se hissa sur la pointe des pieds et se colla contre lui.

Il n'espérait pas se trouver si vite au cœur du mystère Jessica, mais c'était parfait. Il fouillerait les autres aspects plus tard.

— On va chez moi ? susurra-t-elle.

— Hmm.

Ils n'avaient pas le choix, puisqu'il séjournait chez ses parents.

Elle glissa la main dans la sienne.

— Qu'est-ce que tu attends ?

A ce moment-là, Sasha et Grady se campèrent devant eux. Une lueur inquiétante brillait dans les yeux de sa sœur.

— Alors, vous deux ! Pressés de partir sans dire au revoir?

Il retira sa main de celle de Jessica pour étreindre Sasha.

— Tu es splendide, frangine ! Pas étonnant que Grady ne t'ait pas lâchée d'une semelle toute la journée.

Après avoir donné l'accolade à son beau-frère, il recula pour regarder les deux amies s'embrasser et éprouva un pincement aux entrailles.

Elles étaient devenues si proches… Lui aussi, il avait envie de ça. Ou plutôt, de ce qui existait entre sa sœur et Grady. De savoir que quelqu'un l'attende. De pouvoir confier le drame qui l'avait atteint, la promesse qui le liait, sa peur et ses doutes à une femme qu'il serait impatient de rejoindre le soir à la maison.

Jessica ?

Ce soir, ils avaient été sur la même longueur d'onde : elle s'était abstenue d'être trop intrusive, avait compris de quoi il souhaitait parler. Et elle avait aussi pu constater l'effet qu'elle lui faisait… A propos, n'étaient-ils pas sur le point de filer ? Et très vite ?

Il se tourna vers Grady.

— A demain au brunch !

Puis il se pencha vers Jessica et lui saisit la main.

— On y va ?

— O. K., docteur !

En passant devant le bar, il subtilisa une bouteille de champagne et la coinça sous son bras libre.

Pas question de conduire, ce soir. Pourvu que l'une des voitures avec chauffeur mises à la disposition des invités soit disponible !

Ils s'engouffrèrent dans un 4x4 qui attendait, et dix longues minutes plus tard, Jessica le priait d'entrer après avoir ouvert sa porte.

Elle n'alluma pas.

— Viens, murmura-t-elle en le prenant par la main. Le clair de lune est suffisant pour ce que nous avons à voir, non ? Le reste peut se faire au toucher.

Son doux rire chaleureux l'émut plus qu'aucun autre ne l'avait jamais fait.

C'était excitant de la suivre dans cette clarté lunaire. Son désir s'en accrut, d'autant qu'il devinait ses courbes parfaites soulignées par le satin qui lui moulait les fesses à la perfection, tandis que ses hanches se balançaient subtilement.

Ils entrèrent dans la cuisine.

— Comment comptes-tu t'extraire de cette robe ? demanda-t-il en faisant sauter le bouchon du champagne.

Elle sortit deux flûtes d'un placard et les lui tendit avec un sourire de chat.

— J'espère que tu m'aiderais.

— D'accord.

Elle se colla à lui et pressa ses cuisses contre les siennes, ses seins aux pointes dures contre son torse. Puis elle lui passa les bras autour du cou, l'obligeant à baisser la tête pour l'embrasser.

Son pouls s'accéléra, il lui enlaça la taille et la pressa contre lui pour qu'elle sente son érection.

— Bon sang, Jess ! Si tu continues comme ça, on aura fini avant d'avoir commencé.

Elle se recula juste assez pour pouvoir parler.

— Tu as un problème ?

— N'allions-nous pas boire du champagne ?

Il reposa les lèvres sur les siennes, douces, excitantes, sensuelles, et y savoura le goût de ce qu'il recherchait : la liberté, l'oubli, la guérison.

Sans cesser de l'embrasser ni s'écarter de lui, elle s'arrangea pour l'entraîner jusque dans une autre pièce qui, par bonheur, contenait un grand lit.

Il sentit ses genoux mollir et son désir s'accroître. Un seul baiser de plus, et il exploserait.

Il releva la tête.

— Tourne-toi, que je te débarrasse de ça.

Elle pirouetta de si bonne volonté qu'elle faillit perdre l'équilibre.

Il ne s'appartenait plus. Un désir intense, comme il n'en avait jamais connu, faisait vibrer son corps entier. Tout ce qu'il savait, c'était que Jessica était devant lui et qu'il la désirait plus qu'aucune autre femme, désespérément. Il avait absolument besoin de se fondre en elle.

Mais d'abord, il la voulait nue.

Il s'aperçut qu'il tenait toujours la bouteille et les deux flûtes et posa le tout sur la table de chevet, puis il se concentra sur la fermeture Eclair de sa robe, qu'il descendit de ses doigts tremblants.

Il n'y comprenait rien. Il ne sortait pas d'une retraite dans un monastère, loin de là. A Hong Kong, il passait rarement une nuit seul. Et pourtant, il était en train de perdre la tête comme un collégien…

— Jackson ? Qu'est-ce que tu fabriques ?

— C'est coincé. Attends une minute, grommela-t-il, en se traitant mentalement de handicapé.

— A ta guise.

Avec un petit rire, elle glissa les bras derrière son dos pour le caresser d'une main tandis que de l'autre elle ouvrait sa braguette, opération qui n'avait à l'évidence pas de secret pour elle.

Il haletait et tremblait de tout son corps.

— Si tu persistes, jamais je ne réussirai à te déshabiller !

Elle s'immobilisa aussitôt et se raidit, rentrant le ventre pour coopérer. Il sentait sa chaleur et devinait son pouls rapide à la façon dont sa poitrine se soulevait.

— Merci.

— Alors ?

Il parvint enfin à ouvrir la fermeture Eclair, glissa les mains sous le tissu soyeux, sur sa peau chaude, descendit vers sa taille puis remonta vers ses seins généreux, qu'il prit en coupe.

— Tu ne portes pas de soutien-gorge ?

— Avec cette robe, non…

Elle se tortilla contre lui.

— Je n'ai jamais rien ressenti de pareil. Je sens que tu m'emmènes vers des lieux inconnus, ajouta-t-elle.

Des mots si doux à entendre qu'il eut plus de mal encore à se maîtriser.

— Oh ! Jess… Ce n'est rien, comparé à la tempête que tu soulèves en moi !

Elle se pencha en avant, l'agaçant de ses fesses tout en se débarrassant de sa robe, qu'elle laissa tomber à ses pieds.

Puis elle enjamba la petite mare de tissu miroitant et se retourna vers lui, le menton levé comme pour le défier.

— Nous ne nous sommes pas encore embrassés une seule fois !

Inutile de protester qu'elle trichait, il voulait satisfaire ses moindres désirs. Un baiser de plus… Il n'était pas certain de passer l'épreuve sans dommage, mais puisqu'elle le souhaitait, il ferait en sorte qu'elle s'en souvienne toute sa vie.

Voyant ses yeux virer au brun foncé, il l'enlaça. Il pressa ses lèvres sur sa bouche, y savoura de nouveau le goût du champagne, plus une promesse de délices inouïes de la part d'une femme généreuse prête à donner d'elle-même. Et quand elle entrelaça sa langue à la sienne, il se crut au paradis.

Ses jambes se dérobèrent sous lui et, sans la lâcher, il s'affala sur le lit, continuant de dévorer ses lèvres tandis qu'ils roulaient sur les draps.

Jusque-là, il faisait peu de cas des baisers, mais il était en train de réviser son opinion. Embrasser Jessica, c'était s'envoler si haut qu'il craignait de ne plus pouvoir redescendre sur terre.

Quand elle se remit à le caresser, il fut traversé de sensations si aiguës et violentes qu'il faillit perdre le souffle.

Elle se recula un peu et eut un sourire en coin.

— Toi qui es un homme prévoyant, tu dois bien avoir un ou deux préservatifs ?

Il étouffa un juron.

Eh bien, non. En se rendant au mariage de sa sœur, il ne se doutait pas qu'il finirait dans le lit d'une demoiselle d'honneur.

Un rire sensuel emplit la chambre.

— Pris en flagrant délit de négligence ! J'en ai dans le tiroir de la table de chevet. Ils sont peut-être périmés, mais ce sera mieux que rien.

En un clin d'œil il en enfila un, et elle reprit ses caresses, lui envoyant de nouveau des frissons violents dans tout le corps.

A présent, c'était son tour de la toucher…

Mais avant qu'il ait pu bouger, il se retrouva sur le dos, et elle l'enfourcha. Il tendit les bras pour l'arrêter, sans succès. Elle le chevauchait déjà.

Incapable de protester, il lui agrippa les cuisses et fit glisser ses pouces jusqu'à l'endroit le plus sensible, entre ses jambes. Elle se cabra et changea de rythme un instant, mais pas longtemps. Elle était très douée…

Il poursuivit sa caresse.

Il voguait avec elle sur une mer de sensations d'une puissance jusque-là inconnue, qui le transperçaient par ondes de plus en plus intenses et, pour finir, insoutenables…

Enfin, en l'entendant pousser un long gémissement, ses cuisses en étau autour de lui, il perdit totalement la tête et hurla son plaisir.

Avec précaution, pour ne pas réveiller Jessica, Jackson retira le bras qui lui enlaçait la taille et roula sur le dos.

Il se sentait délicieusement épuisé. Ce serait si tentant de rester blotti contre elle et de se rendormir…

Tellement tentant qu'il en était effrayé.

Ils avaient refait l'amour un peu plus tard, moins hâtivement, en exprimant pleinement leur sensualité, et ils s'étaient de nouveaux envolés ensemble vers le septième ciel. Elle était aussi directe et avide de son plaisir que désireuse de lui en donner. Il n'avait jamais rien connu de tel. Leurs corps-à-corps fougueux et tendres l'avaient laissé ébloui.

Il consulta sa montre.

4 h 25. Le jour ne tarderait pas à se lever. Mieux valait s'esquiver tant qu'il faisait encore sombre pour que personne ne le voie sortir. Jess ne tenait sans doute pas à être l'objet des cancans à l'épicerie ou au pub du coin.

Réprimant un soudain sentiment d'amertume, il se

glissa hors du lit, ramassa ses vêtements et les emporta à la salle de bains attenante, où il s'habilla.

Il savait comment la rumeur répercutée tout le long de la baie et déformée d'heure en heure pouvait devenir blessante. Et, au contraire de Sasha et lui, Jessica n'avait pas la chance d'avoir une famille prête à la soutenir.

Il passa dans le salon, en quête d'un stylo et d'un bout de papier.

Il ne partirait pas comme un voleur. Surtout, qu'elle ne s'imagine pas en se réveillant qu'il ne pourrait plus la regarder en face à la lumière du jour !

Il retourna sur la pointe des pieds dans la chambre pour poser le billet qu'il venait d'écrire sur la table de chevet, puis il s'attarda un moment dans la pénombre à contempler son expression détendue et confiante.

L'émotion lui serrant la poitrine, il se pencha pour l'embrasser sur la joue et dut se retenir de descendre vers sa bouche pour retrouver le vertige de leurs baisers passionnés.

Cette femme splendide était semblable à une drogue, elle réduisait sa faculté de raisonnement. Il en oubliait ses priorités. Déjà à moitié sous influence, il avait du mal à s'éloigner d'elle.

Allons, chacun envisageait l'avenir d'une manière incompatible avec celle de l'autre. A quoi bon tenter de faire fonctionner une relation vouée à l'échec ? Ni elle ni lui n'y tenaient.

A regret, il se détourna et sortit, sentant son cœur cogner contre ses côtes à chaque pas.

Après s'être assuré que la porte était verrouillée, il entreprit de parcourir à pied les dix kilomètres qui le séparaient de la maison de ses parents.

S'il avait porté des chaussures de sport, il aurait pu courir un peu. Mais de quoi aurait-il eu l'air, en tenue de soirée avec des baskets ?

Au bout de trois cents mètres, le faisceau des phares

d'une voiture le balaya, et le chauffeur le dépassa en klaxonnant, rompant la paix du petit matin.

Pas moyen d'être discret, ici !

Il accéléra l'allure pour dissiper la rage qui menaçait de le submerger.

Quand ces accès allaient-ils cesser ? Plus d'un mois s'était écoulé depuis l'agression dont Juliet et lui avaient été victimes, il aurait dû surmonter cette horrible nuit…

Sa blessure presque guérie à la cuisse se rappela alors à lui.

Une autre raison de s'échapper avant l'aube : cette satanée cicatrice. Si jamais Jessica la voyait, il aurait droit à un flot de questions inopportunes. Incroyable qu'elle n'ait pas senti la peau rugueuse et boursouflée sur sa cuisse, cette nuit. Elle l'avait pourtant caressé partout…

Alors, où en était-il, maintenant ? s'interrogea-t-il en scrutant la route pour ne pas trébucher sur un obstacle inconnu.

Difficile à dire. Pas question de s'engager, et il ne voulait ni s'expliquer sur cette blessure ni risquer que l'on cancane à son sujet.

Il marchait à présent dans le calme absolu. C'était tellement inhabituel ! Pas de hordes de passants pour le bousculer ni de moulins à paroles qui commencent la journée en caquetant… Ce silence paisible offrait un contraste complet avec Hong Kong.

Il ne fallait pas qu'il s'y habitue trop, il s'en allait en avril… En même temps, d'ici là, il ne refuserait pas de repasser une nuit avec Jessica.

Le simple fait d'évoquer son nom le fit sourire, et il sentit une douce chaleur se répandre dans son corps.

Oh oui ! il était partant pour recommencer !

Même si ça l'obligeait à lui confier ce qu'il souhaitait garder secret ?

Pour l'instant, il n'avait pas la réponse.

3.

Sans ouvrir les yeux, Jessica étira le bras à côté d'elle et tâtonna…

Quoi, elle était seule ?

Elle se redressa et regarda autour d'elle.

— Jackson ?

Pas de réplique spirituelle ni de rire grave.

Son estomac se serra.

Super, vraiment ! Elle avait horreur des types qui s'esquivaient à l'aube sans même un au revoir.

Il avait pourtant apprécié leur nuit autant qu'elle, elle n'en doutait pas. Peut-être avait-il voulu partir en cachette pour éviter les bavardages ?

Dans ce cas, c'était plutôt un bon point pour lui, car elle ne tenait pas à ce que toute la population de Takaka soit au courant de sa vie privée.

Elle se détendit un peu.

Avait-elle envie de recommencer avec lui ?

Les muscles de son ventre se crispèrent.

Oh oui ! Une envie folle. Ses bras autour d'elle et son rire sexy lui manquaient déjà.

Bon sang ! Etait-elle en train de tomber amoureuse du frère de sa meilleure amie, sachant ce qu'elle encourait ? C'était le plus sûr moyen de gâcher son amitié avec Sasha, surtout lorsque Jackson aurait fait ses bagages.

Mais impossible de lutter contre le désir qui montait en elle. Et même si elle appréhendait la gêne qu'occasionneraient leurs prochaines rencontres, elle se sentait en excellente forme.

Repoussant le drap, elle bondit hors du lit.

Soudain, son regard fut attiré par un rectangle de papier posé sur la table de chevet.

« Bonjour, belle endormie !

« J'ai pensé qu'il valait mieux que je disparaisse avant le réveil de la Baie. Merci pour cette merveilleuse nuit. A tout à l'heure au brunch.

« Bisous, Jackson »

Des bisous ! Agréable, non ? Et il l'attendait ce matin chez ses parents ! Quelle heure était-il donc ?

8 h 30. Dans une heure, elle devait aller chercher son fils, la lumière de ses jours. Elle ne regrettait pas les moments exquis passés avec Jackson, mais Nicholas lui manquait.

Chantant à tue-tête bien que faux, elle prit une douche très chaude pour relaxer ses muscles endoloris par l'effort inhabituel, tout en se remémorant les détails de leurs ébats.

Le téléphone sonna pendant qu'elle se séchait.

Qui pouvait l'appeler à cette heure matinale ? Sasha avait certainement d'autres chats à fouetter…

— Allô, j'écoute ! chantonna-t-elle.

— Vous êtes bien Jessica Baxter, la sage-femme ?

Une voix d'homme très tendue, hésitante.

Son estomac se noua.

— Oui. Qui est-ce ?

— Mon nom ne vous dira rien. Ma femme doit accoucher dans peu de temps, et je pense qu'il y a un problème. Pouvons-nous passer vous voir maintenant ?

« Impossible, je vais à un brunch d'après mariage rejoindre l'homme le plus beau, adorable et sexy avec qui j'aie jamais couché. »

Mais comment le dire là, tout de suite ?

Elle ravala sa déception.

— Commençons du début. Je suis bien sage-femme, et vous êtes ?

— Navré, je panique un peu… Matthew Carter. Lily et moi sommes venus de Christchurch pour le week-end, et elle se plaint de douleurs au ventre.

Quelle idée de s'éloigner autant de chez eux si elle était sur le point d'accoucher !

— A combien en est-elle de sa grossesse ?

— Près de huit mois. Tout s'est passé à merveille jusque-là, sinon nous ne serions pas ici. Mais mon cousin Greg se mariait, et il est pour ainsi dire ma seule famille…

En effet, il y avait souvent plusieurs mariages le même week-end en janvier, car les plages dorées attiraient les jeunes couples.

— Bon. Expliquez-moi ce qu'il vous arrive.

— Lily ne se sent pas bien. Il ne s'agit peut-être que d'une indigestion après le repas d'hier, mais elle aimerait être rassurée.

— Je comprends. Ce sont peut-être de fausses contractions. Vous serait-il possible de venir me rejoindre à la maternité derrière le centre médical de Takaka ?

Après avoir fourni de plus amples indications, elle raccrocha et composa le numéro d'Andrea.

— Andrea ? J'ai une urgence. Peux-tu garder Nicholas encore un moment ?

— Bien sûr ! Je vais le lui expliquer.

Soulagée, elle appela chez les Wilson.

— Virginia ? Navrée, je ne pourrai sans doute pas assister au brunch, ou alors j'arriverai très tard. J'ai une future maman de Christchurch qui semble avoir un problème.

— Tu es tout excusée, Jessica. On ne sait jamais à l'avance quand ses bébés décident de naître.

Sauf que ce n'était pas l'un des siens et que, dans le cas où les craintes de Lily, seraient justifiées, il s'agirait d'un prématuré.

— Transmettez mes excuses à Sasha et Grady, je regrette vraiment. Et… Pouvez-vous aussi prévenir Jackson ?

— Evidemment !

En entendant le rire de Virginia, elle déglutit. Elle n'avait jamais remarqué que celle-ci riait comme son fils.

— Figure-toi qu'il a fait de la randonnée de nuit. Lui qui comptait être discret, il a eu un choc en me voyant debout à l'aube ! Je dors mal, ces temps-ci. Nous avons bu le thé ensemble.

Inutile, donc, qu'il ait pris la peine de partir avant le lever du jour pour éviter les racontars. Heureusement, sa mère n'était pas du genre à divulguer ce genre d'informations.

— Remerciez-le pour moi.

— Le remercier ? De quoi ?

Aussitôt, elle se traita d'idiote. Pourquoi avoir dit ça ?

Elle ne trouva strictement rien à répondre, et de nouveau son interlocutrice s'esclaffa.

— Je le ferai quand même, je suis certaine qu'il saura remplir les blancs. Bonne chance pour ce bébé, et viens dès que tu as terminé, nous serons ravis de t'avoir.

Elle raccrocha, les joues en feu.

Plus jamais elle ne retournerait chez les Wilson ! Elle aurait trop honte. Virginia semblait très douée pour deviner ce qu'on voulait lui cacher.

Elle enfila un bermuda et un chemisier à manches courtes puis brossa ses cheveux encore humides et les attacha en queue-de-cheval. Pas le temps de se coiffer mieux, mais comme elle ne verrait pas Jackson dans l'immédiat, ça n'avait pas d'importance.

En sortant de la contre-allée, elle avisa Mme Harrop qui lui faisait signe depuis sa galerie.

Toutes deux habitaient de modestes maisons identiques construites dans les années cinquante. Sa voisine entretenait leurs deux jardins, et elle-même, comme elle cuisinait de toute façon pour son fils, lui préparait ses repas pour être sûre que la vieille dame respecte son régime.

— Bonjour ! En forme, aujourd'hui ?

Jessica vit passer une étincelle de malice dans les yeux de Mme Harrop.

— Bien sûr, puisque le soleil s'est levé. Et ce mariage ? J'espère qu'il est gentil, l'homme qui s'est faufilé hors de chez vous de si bonne heure.

— Euh… Vous n'en direz rien à vos amies, n'est-ce pas ?

— Ne vous en faites pas, ma fille. Motus et bouche cousue !

Arrivée la première, elle s'acheta un muffin à la pâtisserie d'en face se prépara un café pour le déguster.

Enfin, l'homme qui lui avait téléphoné entra en soutenant sa femme. Après les présentations, elle aida Lily à s'allonger sur la table d'examen et se tourna vers Matthew qui se dandinait d'un pied sur l'autre, l'air hagard.

— Autrefois, à ce stade, on envoyait le mari faire bouillir de l'eau.

Il sourit, comme à regret.

— J'avoue que si on m'attribuait une tâche concrète, ça m'arrangerait.

— Tenez la main de votre femme. Réconfortez-la, frottez-lui le dos. C'est elle qui fait le plus dur.

Il la regarda d'un air désolé.

— Je crois qu'elle a perdu les eaux juste avant que je ne vous appelle.

Jessica eut un sursaut.

— Et c'est maintenant que vous me le dites ?

— Elle ne m'a parlé de rien, je n'étais pas certain…

Incroyable ! Apparemment, ni l'un ni l'autre ne savaient comment gérer cette grossesse.

— C'est votre premier ?

— Non, le second, répondit-il à la place de son épouse.

Encore plus étrange !

Elle examina Lily.

— La tête du bébé est descendue. Le travail a commencé. Selon Matthew, vous en êtes au huitième mois ?

Après une hésitation, Lily fit un signe d'assentiment, jetant à son mari un regard de détresse. Et d'autre chose que Jessica ne put définir.

Blâme ? Peur ? Culpabilité ?

Que se passait-il ? Elle avait l'impression qu'on lui cachait quelque chose, et elle n'aimait pas cela.

— Il faudrait que je contacte votre sage-femme. Lily, avez-vous compté le temps entre les contractions ?

— Elle n'était pas sûre que ça en soit.

Une fois de plus, son mari parlait pour elle ! En fait, ce ne serait pas une si mauvaise idée de l'envoyer faire bouillir de l'eau.

Elle eut un sourire forcé.

— Pardon, mais c'est Lily que j'aimerais entendre. Lily, avez-vous calculé de combien vos douleurs sont espacées ?

— Quatre minutes.

— Parfait, ça nous laisse un peu de temps.

Sans doute assez peu si le bébé était pressé, mais inutile de l'inquiéter davantage.

— Matthew, indiquez-moi comment je peux joindre la sage-femme qui la suit.

Elle composa le numéro qu'il lui dictait.

— Quoi ? Où sont-ils ? hurla sa consœur dès qu'elle l'eut informée. Je leur avais bien recommandé de ne pas s'éloigner d'ici ! Lily n'en est qu'à la trentième semaine. Son premier était déjà prématuré, et il n'a pas survécu !

— Bon sang ! Pourquoi le mari m'a-t-il dit qu'elle était enceinte de huit mois ?

— Parce qu'il se sent coupable de l'avoir emmenée là-bas, où il n'y a ni équipement hospitalier, ni obstétriciens, ni pédiatres qualifiés.

Jessica était outrée.

Tout ça pour ne pas manquer un mariage ! L'hôpital le plus proche était à Nelson, à deux heures de route. Que faire ? En premier lieu, appeler un médecin. Elle savait où les trouver, ils étaient tous au brunch. Il lui fallait de l'aide, et sans doute aussi l'hélicoptère de secours pour transférer la patiente à Nelson le plus vite possible.

Lily grogna sous l'effet d'une contraction.

Bientôt, ce serait pire.

— Votre bébé a décidé de venir au monde à Takaka, je crois. Garçon ou fille ? Vous le savez ?

— Fille, répondit Matthew.

Entendant frapper à la porte, elle alla ouvrir. Encore un patient imprévu…

En voyant qui se tenait sur le seuil, elle eut un choc.

— Jackson ? J'ignore ce qui t'amène, mais tu tombes à pic ! Entre.

Après avoir passé les coups de téléphone nécessaires, Jackson retourna dans la salle, serrant les poings et inspirant à fond pour maîtriser sa fureur montante.

Cette parturiente n'aurait jamais dû être là. Même si tout se déroulait bien, le nouveau-né aurait besoin d'une couveuse et de soins spéciaux. Ils avaient déjà perdu un premier enfant… Le père était un salaud. Comment Jess réussissait-elle à garder son calme ?

Sans doute en se concentrant sur sa tâche.

— Lily, vous allez partir pour l'hôpital de Nelson. Nous ne pouvons rien faire ici.

Matthew lui jeta un regard noir, comme s'il le jugeait responsable de la situation.

— Pas question que je la conduise là-bas par cette route en lacets ! C'était déjà assez affreux pour elle de faire ce trajet vendredi.

Jackson serra les dents.

Inutile de se mettre en colère, cela n'arrangerait rien.

Il prit une autre profonde inspiration et parvint à répondre calmement.

— L'hélicoptère de secours sera là dans environ une demi-heure. Jessica, où atterrit-il ?

— Dans le pacage situé derrière le centre. Je vais vérifier qu'il ne reste pas deux ou trois moutons oubliés. Matthew, vous venez m'aider ?

Avant d'entraîner le mari dehors, elle lui adressa un clin d'œil, et il réprima un sourire.

Cette fois, sa colère s'était évanouie plus vite que d'habitude. Ces accès de fureur étaient très perturbants. Il avait espéré que ce congé l'en délivrerait, mais visiblement il lui faudrait de la patience.

Heureux d'avoir recouvré son calme, il examina de nouveau Lily en lui expliquant ce qu'il se passait.

— Est-ce que mon bébé a des chances de s'en tirer ? demanda la jeune femme en sanglotant.

— Nous ferons le maximum pour le sauver.

Les larmes redoublèrent.

— Je ne voulais pas venir, mais Matthew a tellement insisté… Il est entêté.

— Je vois, oui.

Enfin, il perçut le bruit de l'hélicoptère qui approchait.

— Ah ! Votre taxi arrive. Je vais à leur rencontre, annonça-t-il, comme Jessica venait le relayer auprès de Lily tout en enfilant des gants chirurgicaux.

Une fois que les pales eurent cessé de tourner, il héla le secouriste et le pédiatre qui débarquaient déjà du matériel.

— Vous avez bien fait d'apporter une couveuse. Elle risque de servir.

— C'est si avancé ? demanda l'urgentiste.

— Les contractions sont de plus en plus rapprochées.

— Allons voir ça avant de prendre une décision. Je ne tiens pas à ce qu'elle accouche pendant le vol.

Quand ils arrivèrent dans la salle de soins, tout était déjà fini. Visiblement, Jessica avait à peine eu le temps d'attraper le bébé, minuscule mais au cri vigoureux.

Matthew cligna les yeux et s'essuya le visage avant de s'avancer vers sa fille.

— Bonjour, Alice ! Je suis ton papa.

Jessica le regarda dans les yeux.

— N'approchez pas trop, « papa » ! Il va falloir être très prudent avec Alice pendant quelque temps.

Quelle gentillesse ! Avait-elle vraiment pardonné son inconscience à cet imbécile ?

Après avoir surveillé la délivrance et suturé une légère déchirure due à l'acouchement, Jackson aida Lily à s'asseoir.

— On va vous transférer à Nelson dès que possible. Il y a une salle de bains à côté, si vous voulez prendre une douche.

— Merci. Tout ça semble tellement irréel ! Je n'arrive pas à croire que mon bébé vient de naître. Je ne l'ai même pas touché... Je suis si heureuse qu'Alice soit forte ! Dès la naissance, nous savions que la première ne survivrait pas.

De nouveau, les larmes ruisselaient sur ses joues.

Jackson sentit sa gorge se serrer étrangement.

Depuis l'agression, il ne comprenait plus ses émotions, et le fait de revenir à Takaka avait achevé de le dérouter.

Pourquoi ressentait-il tant de regret d'en être parti, puisqu'il avait été si soulagé de le faire ?

Evidemment, à Golden Bay, sa carrière stagnerait à cause du manque de grands hôpitaux et de centres d'urgence, mais on pouvait dire ce qu'on voudrait, c'était l'endroit idéal pour élever des enfants.

S'il n'avait pas songé à fonder une famille, c'était par manque de temps. En premier lieu, il avait sa carrière à gérer et accordait peu de confiance à la gent féminine. Et puis, son métier était si prenant qu'il lui était impossible d'approfondir une relation, et aucune de ses conquêtes ne l'avait motivé pour cela. Sans doute parce qu'il les choisissait libres et peu désireuses d'interrompre leur parcours professionnel pour élever des enfants.

En fait, s'il rencontrait une femme différente, il ne serait pas opposé à s'installer avec elle. Mais pas à Hong Kong, cette ville énorme qu'il n'avait pourtant pas l'intention de quitter dans l'immédiat. Il se voyait donc mal père dans les prochaines années.

Il releva la tête.

Sous ses paupières baissées, Jessica l'observait.

L'avait-elle percé à jour ? Savait-elle que si jamais il changeait d'avis, elle seule l'intéresserait ?

Il devait se ressaisir. Après une seule nuit dans ses bras, de bien étranges idées lui traversaient l'esprit.

4.

En compagnie de Jackson, Jessica regarda décoller l'hélicoptère, puis elle consulta sa montre.

— Le brunch doit être terminé depuis longtemps. Je vais vite chercher Nicholas, je lui ai promis de l'emmener dire au revoir à Sasha et Grady avant leur départ en lune de miel.

— Je suppose qu'ils ne partiront pas avant 13 heures. Leur avion quitte Nelson à 16 heures, et ils passent la nuit à Auckland.

Elle rentra dans la clinique en poussant un soupir.

— Quelle chance, quinze jours aux Fidji !

— Sans oublier Tokoriki, une île minuscule qui abrite seulement quelques couples à la fois. Le paradis !

Il lui adressa un sourire espiègle, qui lui déclencha des frissons partout.

— Pourquoi te moques-tu ? J'adorerais y aller.

« En compagnie d'un homme sexy. »

Inutile de se faire des illusions, ça n'arriverait pas avant longtemps. D'ici que Nicholas n'ait plus besoin d'elle…

— Vite, vidons les lieux avant qu'un patient ne sonne et nous coince ici pour la journée à soigner des plaies et des bosses !

Elle éteignit les lumières et se dirigea vers la sortie.

— Jessica… Je peux venir avec toi ?

Stupéfaite, elle se retourna.

A la mine de Jackson, elle devinait que lui-même ne s'attendait pas à poser cette question.

— J'ai bien entendu ? Tu veux monter dans ma voiture avec un petit garçon surexcité qui ne laisse placer un mot à personne ?

— Pourquoi pas ? Il est vraiment si insupportable ?

Elle éclata de rire.

— Tu n'imagines même pas !

Après tout, ce serait un test pour leur amitié naissante. Nicholas n'était pas toujours un ange. En fait, elle avait de plus en plus de mal à se faire obéir, et elle ignorait comment réagir. Elle cédait trop facilement, et il lui faudrait regagner de l'autorité sur lui si elle ne voulait pas que cela dégénère. Malgré tout, il saurait toujours à quel point elle l'aimait.

Jackson lui prit le menton dans sa grande main solide pour l'obliger à croiser son regard.

— Jess, à quoi pensais-tu ?

Elle recula en secouant la tête.

Inutile de l'ennuyer en lui confiant ses problèmes. Autant garder de la distance et ne rien exiger de lui qu'un peu de plaisir et quelques folles nuits.

Au souvenir de la précédente, elle frissonna tout entière.

Ce qu'il s'était passé entre eux avait été intense, indescriptible…

Elle dut se concentrer pour composer le code du système d'alarme.

— Jess, j'ai l'impression que tu t'éloignes de moi…

Tout en verrouillant la porte, elle chercha une réponse appropriée.

— Peut-être que je me remets dans ma peau de mère.

— Tu es donc deux personnes différentes ?

Devant l'air faussement surpris de Jackson, elle ne put s'empêcher de rire. Impossible de garder son sérieux, avec lui.

Elle se dirigea vers sa voiture.

— Attends une minute ! Qui es-tu ? Où est Jess ? Je ne monte pas avec une inconnue !

L'enlaçant par la taille, il la souleva du sol et l'attira

contre son torse, et elle lui passa les mains autour du cou, souriante.

— Tu ne vas pas embrasser une inconnue ?

— Et pourquoi pas ?

Lorsqu'il posa la bouche sur la sienne, elle oublia tout. Un feu se répandit dans son corps, un frisson la parcourut, et son ventre se crispa sous l'effet d'un violent spasme de désir.

Sans détacher les lèvres des siennes, il la remit sur ses pieds et la serra très fort contre lui, ce qui lui permit de sentir son érection.

Cet homme la rendait folle.

Il s'écarta d'elle un instant.

— Tu me donnes le code ? Nous avons besoin d'intimité.

En effet, s'exhiber en public, ce serait ruiner les efforts qu'il avait faits pour disparaître de chez elle à l'aube.

— 3242481.

— Tu crois que je vais m'en souvenir, dans l'état où je suis ?

Et il se remit à l'embrasser.

Ce fut alors que son téléphone sonna dans sa poche, la rappelant à la réalité.

Elle le sortit et consulta l'écran.

— Andrea. Nicholas doit avoir envie de me parler. Quand on est mère, on est de garde vingt-quatre heures sur vingt-quatre…

Elle colla l'appareil à son oreille.

— C'est toi, Nicholas ?

— Maman, où tu es ? Je veux dire au revoir à Grady !

Son fils s'était très vite attaché à celui-ci, signe qu'il lui manquait une figure masculine.

— J'arrive.

Appuyé à la Jeep empruntée à sa mère, les mains enfoncées dans les poches de son jean dernier cri, Jackson eut l'air déçu.

Mais il faudrait bien qu'il s'habitue, à supposer qu'il ait envie de la revoir.

— Dans combien de temps, maman ? Je veux te montrer le poisson que les goélands ont volé et…

— Nicholas, tu sais que je n'ai pas le droit de te parler quand je suis sur la route. Tu me raconteras ça plus tard, d'accord ?

— Pourquoi tu peux pas téléphoner en conduisant ?

— C'est la loi, mon chéri. A tout de suite.

— Je prends le volant ?

Jackson n'avait pas changé d'avis ? De plus en plus surprenant ! Nicholas venait pourtant d'interrompre quelque chose de très intense.

— Tu ne lui en veux pas de nous avoir dérangés ?

Jackson haussa les épaules en souriant.

— Tout homme est confronté à ça, un jour ou l'autre. Ton fils le sera aussi, tu verras…

Elle secoua la tête en poussant un gémissement.

— Je refuse d'y penser. Il n'a que quatre ans !

Jackson tendit la main.

— Les clés ?

— Euh… C'est ma voiture, c'est moi qui conduis.

Il se contenta de sourire, provoquant en elle le ravage habituel, et elle capitula.

— Bon, si tu y tiens. Pff… les hommes !

— Heureux que tu aies remarqué que j'en étais un.

Difficile de faire autrement. Sa virilité éclatait dans sa musculature, dans sa mâchoire carrée et dans ce rire grave qui lui faisait perdre la tête.

Elle s'assit à côté de lui et venait de fermer la portière, quand une idée la frappa.

— Au fait, nous aurions peut-être intérêt à prendre chacun notre véhicule pour ne pas avoir à revenir en ville.

— Maman n'a pas besoin de la Jeep aujourd'hui. Je la récupérerai plus tard à la fraîche, quand j'irai courir.

— Tu vas courir ?

La pensée que l'on puisse aimer ce genre de chose la laissait perplexe. Mais bien entendu, cela expliquait ces muscles superbes.

Il rit.

— Tu ne me proposeras pas de m'accompagner, hein ? Tu préfères le tricot ou le crochet ?

Elle sourit sans répondre.

Oui, elle avait tricoté de jolis pull-overs pour Nicholas l'hiver dernier.

Il mit le contact et prit la direction qu'elle lui indiquait. Puis, tout en conduisant, il la questionna.

— Jess… Qui t'a tenu la main pendant ton accouchement ? Qui t'a massé le dos pour t'encourager ?

Elle en resta un instant interloquée. Personne ne lui avait jamais demandé ça. Pas même ses parents.

— Tu n'es pas obligée de répondre.

Curieusement, ça ne la gênait pas de le faire. Comme s'il venait de débloquer un verrou en elle.

— Phillip et Rochelle, avec qui j'ai fait mes études. Ils se sont relayés. J'ai été invitée à leur mariage, et lorsqu'ils ont appris ma situation, ils m'ont proposé leur aide. De véritables amis.

Elle poussa un soupir de regret.

— Ils travaillent en Australie depuis plus de trois ans. Ils me manquent.

— Ça n'a pas été trop dur ?

— Parce que le père était absent ? Quand j'ai accouché, je ne le regrettais déjà plus. Non, c'est surtout depuis que c'est difficile. Me débattre seule pour élever mon fils. N'avoir personne à qui parler de ses progrès, demander conseil pour m'assurer que je suis sur la bonne voie. Les mères célibataires ont toutes des problèmes de cet ordre.

C'était sans doute pourquoi Nicholas était si peu obéissant. Parce qu'elle n'était pas épaulée.

— Et au quotidien, comment te débrouilles-tu ?

— Je ne pense pas, j'agis. Bien entendu, il m'arrive de confier mes doutes à Sasha ou à Virginia. J'ai tellement peur de faire les choses de travers !

— Célibataires ou non, les parents ont tous cette inquiétude.

— Je suppose que ça ne finit jamais. Malgré tout, je ne regrette rien, c'est si gratifiant !

Jackson obliqua vers la petite route qui menait à Pohara Beach.

— Tout à l'heure, Lily et Matthew semblaient désespérés de ne pouvoir prendre leur bébé dans leurs bras.

— C'est sûr que si on manque le début, c'est difficilement rattrapable quand on veut participer à la vie d'un enfant.

Elle soupira.

— Le père de mon fils s'en fichait royalement. Il s'est bien amusé pendant trois mois, et il est reparti sans états d'âme. Sans même me dire au revoir…

Elle s'interrompit pour désigner une maison neuve sur le front de mer.

— C'est là.

Jackson s'engagea dans l'allée, coupa le contact et la regarda fixement.

— Son enfant ne l'intéressait pas ?

— Il avait une femme qui l'attendait en Alaska.

Elle avait tant souffert quand elle l'avait appris. Quelle idiote d'être tombée amoureuse de ce type !

Jackson lui saisit la main et passa le pouce sur sa paume, lui envoyant des frissons de désir partout.

— Oh ! Jess ! Le salaud !

— Il ne me manque pas, mais je sais que Nicholas adorerait avoir un père. Je ne suis pas très douée pour le foot ou la pêche.

En descendant de voiture, elle se sentit moins oppressée. Parce qu'elle s'était épanchée ?

— Maman !

La voix aiguë de Nicholas l'interrompit dans ses pensées. Voilà le seul homme auquel elle devrait s'intéresser.

— Mon chéri ! Tu t'es bien amusé ? demanda-t-elle en ouvrant les bras.

Mais au lieu de se précipiter vers elle, Nicholas se campa sur ses petites jambes et se tourna vers Jackson.

— Tu es qui, toi ?

Jackson, appuyé à la voiture, posa sur son fils un regard sérieux.

— Jackson, le frère de Sasha. Tu m'as vu au mariage, tu ne te souviens pas ?

Il s'approcha, main tendue, mais Nicholas ne bougea pas.

— Pourquoi tu conduisais la voiture de maman ?

Jackson ébaucha un sourire.

— J'adore prendre le volant, et je n'en ai pas trop eu l'occasion ces temps-ci.

— Maman aussi, elle aime ça ! Tu es un ami à nous ?

— Oui, et j'attends que tu me serres la main. Tu es d'accord, mon garçon ?

Jess faillit éclater de rire lorsque son fils plaqua sa paume minuscule contre celle, immense, de Jackson pour une poignée de main solennelle.

— Tu as vu, maman ? C'est comme ça qu'on fait.

— C'est vrai.

En effet, Nicholas avait bien besoin d'un modèle masculin. Peut-être Jackson était-il déjà en train de remplacer Grady dans son cœur.

Un frisson désagréable lui courut sur l'échine.

Il repartirait bientôt, il ne fallait pas que Nicholas s'y attache trop. Ni elle, d'ailleurs. Pourtant, elle se sentait à l'aise en sa présence et appréciait la relation qu'il établissait avec son fils. Entre autres.

Ses joues la brûlèrent quand elle se souvint de leur nuit.

— Tu viens m'embrasser, maintenant ?

Nicholas courut vers elle et s'accrocha à ses jambes.

— Tu m'as manqué, maman. Et moi, je t'ai manqué ?

Elle le souleva dans ses bras.

— Beaucoup.

— Salut, Jessica ! Alors, ce mariage ?

Andrea la saluait depuis la galerie, mais en réalité elle regardait Jackson.

Evidemment, il était séduisant pour tout le monde. Elle-même, elle savait bien que dès que l'occasion se présenterait, elle retomberait dans son lit… Mais ils étaient pressés, et elle n'avait pas répondu à Andrea.

— Magnifique ! Les mariés étaient éblouissants. Ils partent tout à l'heure en voyage de noces, et Nicholas tient à leur dire au revoir. Merci de l'avoir gardé. J'espère qu'il a été sage !

Elle savait son fils capable d'épouvantables crises de rage quand on le contrariait. Du reste, elle allait devoir y remédier.

— Il s'est très bien conduit. Si seulement Bobby pouvait prendre exemple sur lui !

Incroyable ! Se pourrait-il qu'il lui réserve sa mauvaise humeur ?

Nicholas se tortillait pour se libérer.

Elle l'installa dans le siège-auto, s'assit sur le siège passager, puis Jackson démarra, et ils reprirent la route.

— Qu'as-tu fait avec ton copain, Nicholas ?

— On s'est baignés dans la piscine, on a joué au foot, et on est allés chercher un bateau avec son papa. Je voulais pêcher, mais ils nous ont pas laissés partir tout seuls. Et les goélands ont volé un poisson…

Un vrai moulin à paroles, songea-t-elle en souriant. Pourvu qu'il n'ennuie pas trop Jackson !

Mais le trajet n'était pas long, et bientôt ce dernier se gara devant la maison de ses parents, descendit de voiture et passa à l'arrière pour aider son fils à descendre.

— Allons-y, gamin. Avec un peu de chance, il restera quelque chose de ce brunch.

— C'est quoi, un brunch ?

— Un petit déjeuner et un déjeuner mélangés, expliqua Jessica en lui arrangeant sa chemise.

— Et pourquoi on les mélange ?

— Pour ne faire qu'un seul repas.

— Drôle d'idée !

Elle réprima un sourire.

Il avait toujours le dernier mot.

Sur la pelouse autour du chapiteau, pas mal d'invités s'attardaient, peu pressés de quitter les lieux.

Encore du travail pour Virginia, après la fatigue d'hier.

— Jackson ? Je vais voir si je peux aider dans la cuisine.

— D'accord. J'essaie de trouver mon père.

— Salut, *vous deux* ! s'écria Grady qui s'avançait vers eux.

Elle crut percevoir dans cette formule d'accueil une légère insinuation, mais Jackson ne broncha pas.

— Salut, Grady. Qu'est-ce que ça fait d'être un homme marié ?

— Je n'ai pas à me plaindre.

Il souleva Nicholas à bout de bras et le tint au-dessus de sa tête.

— Alors, Nick, comment tu vas ? Tu t'es bien amusé chez Bobby ?

Son fils se tortilla en riant aux éclats.

— Je veux voler ! clama-t-il.

— D'accord.

Elle ouvrit la bouche pour intervenir, mais trop tard. Déjà, Grady balançait Nicholas dans les airs, le faisant monter et descendre.

— Où est Sasha ?

— Avec Virginia, dans la cuisine. De vrais gouffres, ces invités. Ils ne sont jamais rassasiés.

Après un ultime looping, Nicholas atterrit enfin, et Jessica poussa un soupir de soulagement.

— Je cours les aider. Grady, je peux te confier mon fils ?

— Tu as vu ça, Nick ? Elle me croit incapable de m'occuper de toi. Ah ! les femmes !

— Qu'est-ce qu'elles ont, les femmes ? demanda Nicholas, l'air perplexe.

Jackson éclata de rire.

— Curieux de savoir comment tu vas t'en tirer, Grady !

— Mieux vaut le mettre au courant de l'essentiel le plus tôt possible. Tu peux partir tranquille, Jess, on s'en charge.

— C'est bien ce qui me fait peur !

Elle pencha la tête de côté.

— Je vous trouve très souriant, ce matin, monsieur O'Neil. Je me demande comment Mme O'Neil s'y est prise !

Ignorant les commentaires égrillards des deux hommes, elle se dirigea vers la cuisine où Sasha préparait de nouveaux desserts avec sa mère.

— Bizarre, tu as l'air aussi heureuse que ton époux. Ils doivent ajouter un euphorisant à l'eau, dans le secteur !

Sasha se précipita pour l'embrasser.

— Oh ! Jess ! Tu n'as pas l'air malheureuse non plus !

Jessica jeta un regard en coulisse à Virginia, qui s'affairait à disposer des tranches de fruits sur une pavlova.

— Bien entendu ! Je viens de mettre un bébé au monde. Dans des conditions un peu particulières, parce qu'il était en avance de dix semaines.

— C'était pour lui, l'hélicoptère ?

— Exactement.

Enfin, la mère de Sasha releva la tête. Son sourire était las, et des cernes noirâtres lui creusaient les joues.

— Virginia, j'aimerais vraiment bavarder en privé avec Sasha avant son départ. Et si vous sortiez rejoindre Jackson ? Je l'ai laissé avec Grady, mais je l'ai entendu dire qu'il partait à la recherche de son père.

Elle retint son souffle, car Virginia détestait qu'on lui conseille de se reposer, même de façon détournée.

— Bonne idée, rétorqua celle-ci. Moi aussi, je suis impatiente d'avoir une petite conversation avec mon fils.

Et elle eut l'audace de lui adresser un clin d'œil !

Dès que Virginia eut franchi le seuil, Sasha lui saisit le bras.

— Qu'est-ce que c'est que cette histoire ? Il paraît que mon frère a dormi chez toi ?

Elle aurait dû se douter qu'elle mécontenterait son amie en s'approchant trop de Jackson. Zut ! Même si c'était très agréable, elle apprendrait à s'en passer pour ne pas la contrarier. Au fond, tant mieux, puisqu'elle ne voulait pas d'une relation durable.

— C'est ta mère qui te l'a dit ?

— Oui. Et je la cite : « Qui sait, Jackson trouvera peut-être ici un attrait assez fort qui le fera rester. »

— Sasha, je suis navrée…

— Et de quoi ? protesta son amie. Je trouve ça super. En fait, j'approuve de tout mon cœur.

Jessica poussa un soupir de soulagement.

— Contente de savoir que tu n'aurais rien contre. Mais vous allez vite en besogne, ta mère et toi ! Une nuit, ce n'est pas une promesse de mariage.

Sasha eut un sourire béat.

— Il faut bien commencer par quelque chose !

— En tout cas, Grady et toi, vous ressemblez à des clowns, avec votre air ravi en permanence !

— Comme le tien en ce moment ? Et je parie que mon frère a le même.

Jessica éclata de rire et serra Sasha dans ses bras.

— Bon, tu ne crois pas qu'il est temps de terminer ces pavlovas ?

— Tu t'arranges toujours pour détourner la conversation dès que ça devient gênant pour toi, hein ?

Sasha posa le bol de fraises sur le comptoir à côté d'elles.

— A propos, je te remercie pour la toile que tu nous as offerte. Quel travail merveilleux ! En regardant ce goéland perché sur un poteau avec la mer au fond, on croit sentir le soleil et le sel des embruns sur sa peau.

— L'artiste est très doué, c'est sûr.

— Encore merci. Bien entendu, je pourrais protester que tu n'aurais pas dû dépenser tout cet argent pour nous, mais il faudrait que je te rende le tableau. Et ça, pas question !

— Zut ! moi qui pensais que ma ruse était parfaite !

Tout en terminant leurs pâtisseries, elles se repassèrent le film du mariage depuis les préparatifs d'hier matin.

Par la fenêtre ouverte, des éclats de rire virils leur parvinrent.

Jessica épia Jackson, qui bavardait avec Grady et Ian. Son jean lui moulait admirablement les cuisses, et son

T-shirt soulignait des pectoraux bien dessinés. Elle en eut l'eau à la bouche, et son cœur se mit à battre à coups redoublés.

— Sasha, qu'est-ce que l'on ressent, quand on aime ?

Son amie s'approcha, regarda dans la même direction, puis passa son bras sous le sien, souriante.

— On a l'impression que c'est l'été toute l'année, que l'air est plus pur et que les étoiles brillent plus fort le soir. Comme si rien de mal ne pouvait se produire, comme si tout était plus vaste. On a envie de rire et de sourire tout le temps.

Jessica se mordit la lèvre.

Ainsi, elle était tombée amoureuse en une nuit. Ou alors peut-être pendant la cérémonie, en voyant Jackson à côté de Grady à qui il servait de garçon d'honneur.

Quelle importance ? C'était arrivé, et ça ne la mènerait nulle part.

Sasha lui posa une main sur le bras.

— Le ciel est d'un bleu parfait, aujourd'hui, non ?

Hélas ! ça ne l'aidait pas à répondre à la seule question qui comptait, à présent qu'elle savait qu'elle aimait Jackson Wilson : Que faire ?

5.

— Qui s'occupe de Nicholas quand tu fais des heures supplémentaires ?

Au cabinet médical où Jackson remplaçait Grady, il regardait Jessica plier les serviettes qui revenaient de la blanchisserie et les ranger dans un placard.

C'était mercredi, et elle lui avait manqué à chaque minute depuis le week-end. Il l'entrevoyait ici, mais ils étaient trop absorbés par leurs tâches respectives pour se parler longtemps.

— Il reste à la garderie jusqu'à ce qu'Andrea le prenne en allant chercher son fils à l'école. Bobby a fait sa rentrée lundi, et Nicholas est très jaloux. Il attend le mois de juin avec impatience.

— Pas étonnant ! Tu dois avoir de la peine à le laisser pendant ton service.

— Oui. Il fait triste mine, j'en suis malade chaque fois. Mais ce n'est qu'un jour ou deux par semaine, sauf si je remplace une collègue ici.

— Tu n'as jamais songé à t'arrêter ?

Elle fit la grimace.

— Grâce à l'argent de mes parents, ce serait possible, mais je crois que je ne supporterais pas de vivre en vase clos avec Nicholas. J'ai besoin d'autres contacts, de faire travailler ma cervelle, tu comprends ?

Il se retint de la prendre dans ses bras.

Non, pas ici.

— Bien sûr. De toute façon, c'est bien qu'il rencontre

des enfants de son âge… Ça ne te dérange pas de faire le travail de Sasha en plus du tien ?

Il avait pu constater qu'elle s'en sortait à merveille et que rien ne semblait la décourager. Son entourage n'avait-il pas tendance à en profiter ?

Elle haussa les épaules.

— Quinze jours, ce n'est pas beaucoup. Et ça me permet de me former, de mettre à jour mes connaissances.

— Tu exerces encore souvent ?

— Je suis avant tout sage-femme, mais si une infirmière me prie de la remplacer, j'accepte. J'aime la variété, et il m'arrive de m'ennuyer quand je n'ai pas de bébé en route.

Ses grands yeux bruns brillaient de nouveau, et son sourire était éblouissant.

Il ne pouvait qu'être admiratif. En rentrant du travail avec son père, la veille à midi, il l'avait trouvée dans la cuisine où elle venait de leur apporter le repas.

— Ton poulet était vraiment succulent. Maman ne l'avouera jamais, mais elle t'est très reconnaissante.

— Je n'attends pas de remerciements. Le mariage l'a épuisée.

— Oh oui ! Je l'ai aidée à tout remettre en ordre. Et comme papa a pas mal de retard à rattraper dans les vergers, je suis remonté sur le tracteur — avec plaisir, je l'admets. C'est pour ça que je ne t'ai pas rendu visite depuis dimanche.

Ce n'était pas l'envie qui lui avait manqué, mais il estimait que ses parents passaient d'abord, du moins ces premiers jours. La seule façon de se dédouaner d'avoir été absent si longtemps, c'était de retrousser ses manches pour participer au travail de la ferme. Il aurait du mal à les abandonner en plein mois d'avril.

Jessica lui posa sa main sur le bras, et il en éprouva aussitôt une vive brûlure.

— Je comprends, dit-elle. Ta mère a commencé les préparatifs dès que Sasha a demandé Grady en mariage. C'était normal qu'elle craque un jour ou l'autre.

Il s'esclaffa.

— C'est Sasha qui a demandé à Grady de l'épouser ? Tu es sûre ?

— Absolument. Juste après la naissance de Melanie.

— Je reconnais bien là ma sœur ! Je pensais qu'il aurait fait le premier pas. Il est fou d'elle.

— N'est-ce pas ? Mais jusque-là, elle l'avait tenu à distance, sans doute de peur de se retrouver de nouveau seule.

L'effluve citronné, la chaleur de Jessica…

Il risquait de perdre la tête, de l'attirer à lui pour l'embrasser comme il en mourait d'envie dès qu'il la voyait, et au centre médical c'était hors de question.

Mais s'il la rencontrait ailleurs ?

— Jess, j'ai vérifié les heures des marées. Veux-tu que nous emmenions Nicholas à la plage en sortant d'ici ? Il pourrait pêcher un peu.

Les yeux de Jess s'éclaircirent.

— Tu ferais ça ? Tu deviendrais un héros à ses yeux !

Sans transition, son regard s'assombrit.

— Ce n'est peut-être pas raisonnable.

Il s'approcha pour lui poser les mains sur les épaules.

— Je te promets d'être prudent avec lui. Et ne t'en fais pas, Grady sera bientôt de retour pour me remplacer dans le rôle du modèle masculin.

Avant d'avoir terminé sa phrase, il s'aperçut que cette idée lui déplaisait : un instant, il souhaita être l'homme qui enseignerait à Nicholas les choses de la vie.

Mais il devait être réaliste, il ne pouvait pas rester plus longtemps que prévu. En fait, mieux valait que son beau-frère, en qui il avait toute confiance, soit là pour prendre la suite.

Jessica soupira.

— Tu as raison. Malgré tout, il est inutile que Nicholas fonde trop d'espoirs sur toi si tu dois repartir…

Parlait-elle d'elle-même en même temps que de son fils ?

Il ne tenait pas à ce que la porte se referme si vite,

sans qu'il ait eu une chance d'entrevoir où les mènerait leur relation.

Elle riva son regard au sien.

— Je sais trop ce que c'est que de tout espérer et d'être déçue, ajouta-t-elle.

— Tu songes à tes parents ?

Elle hocha la tête.

— Ils m'aimaient, c'est certain, mais ils n'avaient pas besoin de moi. J'étais plutôt un poids, ils ne rêvaient que de courir la nature, d'étudier la flore et la faune de leurs terrains d'étude.

Elle poussa un soupir.

— J'ai quand même eu la chance qu'ils m'emmènent dans des contrées extraordinaires dont la plupart des gens ignorent l'existence et, bien sûr, ils m'ont toujours donné plus d'argent qu'il ne m'en fallait. Au fond, je n'ai manqué que d'affection et de complicité, avec eux.

Il sentit son cœur se serrer.

Ce devait être affreux de savoir qu'on passait en seconde position pour ses parents. Au diable le centre médical !

Il l'entoura de ses bras, la tint contre lui et lui posa de légers baisers sur le sommet du crâne.

— Tu as déjà donné bien plus que ça à ton fils.

— Je l'espère, murmura-t-elle. Je m'y efforce tous les jours, mais ce n'est pas gagné.

— Tu penses que tu ne sais pas aimer ? D'après ce que j'ai pu voir, tu serais plutôt douée !

Elle rayonnait d'amour. Pour Nicholas, pour Sasha, pour ses patients… En restait-il pour lui ?

Mais qu'avait-il à lui offrir en retour ? Il l'aimerait de loin, depuis une ville gigantesque où un petit garçon qui adorait la vie en plein air s'étiolerait telle une plante privée de lumière… Impossible d'oublier qu'il repartait à la mi-avril, et tout seul. Ce qu'il savait, c'est qu'il ne voulait pas la faire souffrir.

Il s'écarta d'elle, et elle eut un sourire en coin.

— Merci, Jackson. Je suis ravie que tu nous emmènes à la plage.

Puis elle fit demi-tour et se remit à s'occuper de ces satanées serviettes qu'elle empilait sur les étagères.

La tête de Sheree, la réceptionniste, apparut à la porte entrebâillée.

— Jackson ? Mme Harrop est là. Elle t'attend.

— Tout de suite.

Il fixa le dos raidi de Jessica.

— On mangera des *fish and chips* sur place pour le dîner, d'accord ? Tu penses que ça plaira à Nicholas ?

— Génial ! s'écria-t-elle en se retournant. Je suis impatiente d'y être.

Lui aussi, très. Trop pour quelqu'un qui ne voulait pas s'engager. Autant voir les choses en face, inviter une femme et son fils à la plage, c'était un début…

— Jackson ? Mme Harrop est adorable sous ses dehors revêches.

— Je prends note.

Pourquoi défendait-elle toujours les gens d'ici ? Peut-être parce qu'elle s'était sentie une intruse pendant son adolescence. Même lui, qui avait une famille aimante et des tas d'amis, il l'avait tenue à l'écart.

Dans la salle de consultation de Grady, Jackson invita la vieille dame assez corpulente à s'asseoir en face de lui.

— Madame Harrop ! Il y a des années que je vous ai vue. Vous vous souvenez de moi ?

— Comment oublier le chenapan qui a brisé ma vitre avec son ballon de foot !

Cela faisait quinze ans, au bas mot.

Il lui adressa un sourire piteux.

— Je vous demande pardon.

— Tu es parti trop longtemps, mon garçon ! Mais te voici revenu, à présent.

C'était au moins la cinquième fois qu'il entendait ces mots depuis son arrivée.

— Impossible de manquer le mariage de ma sœur.

— Hmm, ce Grady était fait pour elle, dit Mme Harrop en remontant sa manche. Bon, vous me la prenez, la tension, oui ou non ?

— Oui, oui ! Mais d'abord, comment vous sentez-vous depuis votre opération ?

Par son dossier, il savait qu'on lui avait posé deux stents six mois plus tôt. Son dernier taux de cholestérol était un peu élevé, sans être alarmant.

— Vieille et fatiguée, mais plus en forme qu'avant.

— Et votre régime ? Vous faites toujours attention aux corps gras ?

— Votre dame y veille.

Il s'apprêta à mesurer la tension.

— Qui ça, « ma dame » ? Ma mère ? Sasha ?

— Jessica. Elle m'apporte mes repas tous les jours, sous prétexte qu'elle en a trop fait pour elle et son fils. Je n'ai jamais eu de voisine aussi attentive aux autres.

Une sonnette d'alarme résonna dans sa tête.

C'était Jessica que Mme Harrop appelait *sa* dame. Si par hasard elle l'avait vu sortir dimanche à l'aube, cela expliquait tout.

— Vous habitez à côté de chez elle ?

Sans attendre sa réponse, il nota les tensions systolique et diastolique.

— C'est un peu élevé. Vous prenez vos médicaments régulièrement ?

— Oui, jeune homme. D'ailleurs, il me faut une nouvelle ordonnance.

Tandis qu'elle redescendait sa manche, il pianota sur le clavier de son ordinateur.

— Je pense que je vais changer le dosage.

— Elle m'a payé un bon prix pour ma maison.

— Pardon ? Qui ? Jessica ?

Le visage de la vieille dame s'éclaira.

— Bien sûr ! Mon garçon avait dépensé toutes mes économies, j'étais obligée de vendre. Elle m'a retiré une belle épine du pied en l'achetant sans me mettre dehors. Et par-dessus le marché, elle me demande un loyer dérisoire. Je peux dire qu'elle m'a sauvée !

Il éprouva un petit choc au cœur.

Jess possédait donc deux maisons ? Bien entendu, l'argent n'était pas un problème pour elle et, après tout, pourquoi serait-elle forcée de tout lui raconter ? Il avait ses secrets, lui aussi.

Il eut une nouvelle vision de sa poitrine, de ses seins magnifiques qui emplissaient toute la main.

— Voici votre ordonnance. Je voudrais vous revoir la semaine prochaine.

— Merci, docteur. Je prendrai rendez-vous en sortant.

Lorsqu'il eut raccompagné Mme Harrop, il reconnut Gary Hill à qui Jessica faisait une prise de sang.

— Salut, Gary ! Toujours fan de motocross?

— C'te blague, bien sûr ! Mais je ne suis plus aussi souple quand je tombe. Je me suis rompu quelques os ces dernières années.

— Il est peut-être temps que tu arrêtes.

— Même quand il s'est fracturé l'humérus et la clavicule, personne n'a pu lui faire entendre raison, intervint Jessica. Tu crois vraiment qu'il peut abandonner ?

— Non, je suppose. Mais pourquoi cette prise de sang ? Tu n'étais pas mon prochain patient ?

Gary haussa les épaules.

— J'ai de la fièvre. J'ai contracté la malaria l'année dernière en Malaisie, et j'ai l'impression que c'est une crise. J'espère que ça va passer rapidement, parce que j'ai une compétition aux Philippines dans huit jours !

Jessica leva les yeux au ciel.

— Comme les échantillons partent bientôt pour le labo à Nelson, Roz a jugé qu'il valait mieux les prélever le plus vite possible.

Elle étiqueta les tubes destinés à l'hématologie et fit quelques frottis.

— Voilà. On sera fixés ce soir.

Une fois dans sa salle, Jackson ouvrit le dossier de Gary sur son ordinateur.

— D'autres symptômes que la température ?

— Froid et chaud, une migraine d'enfer, et je ne peux rien garder de ce que je mange.

Il s'affala sur sa chaise en se frottant le flanc gauche.

— Tu as mal ?

Peut-être sa rate engorgée, fatiguée d'éliminer les parasites de son système sanguin.

— Une vieille blessure qui me fait encore souffrir de temps en temps. De l'arthrite, je suppose... On m'avait prévenu.

Il bâilla à se décrocher la mâchoire.

— Je m'habitue. C'est l'âge, que veux-tu.

Gary avait trente-quatre ans. A ce rythme, il serait totalement usé à quarante.

Jackson lui glissa un thermomètre sous la langue et se mit à étudier le dossier.

— *Plasmodium falciparum*, commun en Asie, mais agressif. Tu avais pris des médicaments préventifs ?

Un hochement de tête.

Il lui retira le thermomètre.

— Bon sang, près de 40°C ! Tu bois beaucoup, au moins ? Allonge-toi, je vais jeter un coup d'œil à ta rate.

Il lui palpa doucement le ventre.

— Elle est gonflée, ce qui confirme le diagnostic.

— Je le savais, mais j'espérais me tromper.

— Quand as-tu commencé à ressentir les symptômes ?

— Avant-hier soir. Je travaillais dans la Cobb Valley, et je voulais achever mon boulot.

— Il ne faut pas plaisanter avec ça, mon vieux ! Ce parasite peut devenir très méchant si on n'intervient pas à temps. Tu es marié, tu as des enfants ?

— Ouais, j'ai épousé Kate Saunders il y a dix ans.

Jackson se souvenait de cette fille discrète qui suivait la bande partout.

— Nous avons deux petits. Et toi ?

— Rien de tout ça.

— Qu'est-ce que tu attends ? Personne ne rajeunit, tu sais.

— Hmm. Tu dois partir pour l'hôpital tout de suite, il faut te mettre sous perfusion.

— Je m'en doutais. Kate m'a préparé mon sac pour la nuit.

Après avoir rédigé une lettre pour ses confrères, il accompagna le motard dans la salle d'attente.

— Salut, Kate ! C'est super de vous revoir, tous les deux.

— Tu comptes rester ? demanda Gary.

— Non.

— Pourquoi ? Moi qui voyage beaucoup, je trouve que je vis dans le plus beau petit bled du monde !

Exact, songea Jackson : petit. Trop petit pour lui.

Par chance, Jessica fit diversion en entrant pour remettre un paquet à Gary.

— Si tu pars à Nelson, autant emporter tes échantillons, tu auras les résultats sur place.

Avant de sortir, elle se tourna vers Jackson.

— A tout à l'heure ?

Son sourire fit bouillonner son sang dans ses veines.

Assise sur le sable, une légère brise de mer lui soulevant les cheveux, Jessica observait les tentatives de son fils pour lancer sa ligne.

Chaque fois qu'il envoyait la canne derrière son épaule, l'hameçon se coinçait dans les herbes sèches.

Elle pouffa.

— Doucement, Nicholas, tu vas tout casser !

— Je fais comme Jackson m'a montré !

Ce qui signifiait que, en tant que femme, elle n'avait pas à s'en mêler.

Jackson qui dégageait le fil, éclata de rire.

— Voyons, Jess, c'est inné, chez nous ! Je suis un homme.

Comment l'oublier ? Et même un spécimen parfait. Sinon, pourquoi aurait-elle couché avec lui ?

Elle s'allongea sur sa serviette de bain pour profiter des derniers rayons du soleil d'été et se remit à l'observer entre ses paupières mi-closes.

Il la regardait toujours, mais à présent c'était son corps qu'il détaillait, et elle le vit prendre une profonde inspiration.

Son nouveau Bikini devait être à son goût. Sasha avait bien fait d'insister pour qu'elle l'achète lors de cette journée de shopping à Nelson, quinze jours plus tôt.

— Décidément, l'orange te va à ravir !

Sa voix était rauque.

— Tu te rapproches. C'est « terracotta », cette fois.

Détournant le regard, elle contempla un instant le ciel d'un bleu éclatant — la couleur de l'amour. Puis elle reposa les yeux sur l'homme qui avait pris son cœur.

Comme il était occupé avec Nicholas, elle put observer sans être vue ses muscles harmonieux, sa bouche fascinante… Oui, elle était vraiment amoureuse.

Cela faisait déjà quatre jours qu'elle se demandait comment réagir. Elle avait été surprise qu'il ne manifeste aucune gêne après ses confidences à propos de ses parents. Au lieu de ça, il l'avait consolée.

En fait, c'était facile d'aimer…

— Maman ! Y'a un truc qui tire ma ligne ! Regarde !

Jackson s'empara de la canne.

— Tourne le moulinet, vite ! Voilà. Continue, sinon le poisson va se décrocher.

— Maman, c'est un poisson ! Pas vrai, Jackson ?

— Oui, mon garçon, tu viens de pêcher ton premier hareng !

Jackson prit l'épuisette et ramassa la prise.

— Bravo, Nick ! Tu es un vrai pêcheur, maintenant.

— Je peux le voir ? Je veux le tenir dans ma main !

— D'accord. Regarde, par les ouïes, comme ça.

Il se tourna vers elle.

— J'espère que tu as un appareil photo.

— Tu crois que j'aurais oublié le principal ?

Elle prit une dizaine de clichés pour capturer le plus grand sourire qu'elle ait jamais vu sur le visage de son fils et, après avoir prié Jackson de s'agenouiller près de lui, elle immortalisa le bonheur des deux pêcheurs.

— On continue ?

— D'accord, Nick.

Jackson rembobina la ligne, accrocha un nouvel appât et rangea la prise dans un panier.

— On pourra le manger pour le dîner, maman ?

Beurk… Du hareng ? Mais c'était son premier poisson…

— Si tu veux. Mais je le trouve un peu petit, pour trois.

Elle le vit rougir et se crisper.

La crise menaçait. Par chance, Jackson vint à son secours.

— Ecoute, en principe, on s'en sert plutôt pour prendre de plus gros poissons. Si on le mettait au congélateur pour quand nous irons pêcher en bateau ?

— D'accord. Maman, j'ai faim. Qu'est-ce qu'on mange ?

— C'est une surprise. Demande à Jackson.

— Des *fish and chips*, dès que l'on aura fini de pêcher. Qu'en penses-tu ? Tu n'en as pas encore assez ?

— Non, je veux en attraper un autre !

Il en prit deux de plus, puis ils remballèrent leurs affaires et se dirigèrent vers le fast-food installé à côté du parking.

Une heure plus tard, en ouvrant sa porte, Jessica se tourna vers Jackson qui portait son fils endormi dans ses bras.

— Ces *fish and chips* sur la plage au soleil couchant, arrosés de soda tiède, c'était délicieux !

— Je suis d'accord ! Rien de meilleur, avec un peu de sable qui craque sous la dent. Où est la chambre ?

Elle en eut des frissons partout et le regarda, muette de désir.

— Quelle porte est la sienne ? insista Jackson, une lueur d'impatience dans les yeux.

Elle se reprit.

Ah oui ! bien sûr, celle de son fils !

Elle le guida vers la plus petite des deux chambres.

— A quoi pensais-tu ?

Son rire grave la fit fondre, elle le regarda se pencher…

— Jess, tu veux bien ouvrir le lit ?

Honteuse, elle se précipita, et quand elle le vit déposer Nicholas avec précaution et le border, son cœur chavira.

Elle s'habituerait vite à partager son fils avec cet homme… Et sa vie aussi.

— Merci, murmura-t-elle, la gorge serrée.

Elle plaça l'ours en peluche sur l'oreiller, embrassa son fils sur le front et, malgré son émotion, esquissa une grimace.

— Il sent le poisson.

— Un peu, c'est normal.

— Toi, tu ne sens pas, et tu as manipulé ces harengs plus que lui !

— Je me suis lavé les mains là-bas, je croyais qu'il l'avait fait aussi.

— Il est encore trop petit pour y penser tout seul. Un café, avant de rentrer ?

Il lui souleva le menton.

— Juste un café ? Aucune chance de rester plus longtemps ?

De nouveau, une douce chaleur l'envahit.

— Si tu veux, répondit-elle en l'entraînant dans sa chambre.

— Oh ! Qu'est-ce que c'est ?

Jessica, qui promenait les doigts sur le haut de la cuisse de Jackson, sentit celui-ci se pétrifier dans la pénombre.

— Une ancienne blessure.

Ancienne ? Elle lui semblait pourtant assez récente. La cicatrice, une ligne boursouflée et râpeuse, était encore souple.

— De quand date-t-elle ?

S'il refusait de répondre, elle n'insisterait pas.

— Cinq semaines.

Elle sourit pour elle-même.

— En effet, c'était il y a des siècles !

Il roula sur le flanc, laissa un doigt glisser sur son sein et en caressa le mamelon, lui envoyant des aiguilles de désir dans tout le corps.

Il tentait de la faire taire, et elle allait céder. Tant pis si elle manquait quelque chose d'important.

— J'ai reçu un coup de poignard.

— Pardon ?

Se redressant dans le lit, elle l'observa à la lueur de la veilleuse du couloir.

— Tu vis dangereusement !

— Rallonge-toi, dit-il en l'attirant à lui. Tu n'as pas besoin d'en savoir plus.

— Ah si ! Maintenant que tu as commencé…

Il poussa un soupir.

— Bon. En dehors de l'hôpital, j'appartiens à une association bénévole qui soigne les plus démunis. Nous visitons les asiles de nuit, et la police fait parfois appel à nous pour secourir quelqu'un qui refuse toute aide.

— C'est en plus de tes heures de travail ? Pas étonnant que tu aies été si fatigué en arrivant !

Il lui posa un baiser sur le coin de la bouche puis se rallongea sur le dos, les mains derrière la tête et le regard fixé au plafond.

— C'était le soir de Noël, on tirait le feu d'artifice, et les rues grouillaient de joyeux fêtards…

Elle lui enlaça la taille et reposa la joue sur son torse.

— Beaucoup d'ivrognes, je suppose.

— Hmm…

Il resta un long moment silencieux.

Sentant son cœur cogner contre sa cage thoracique, elle se mit à lui masser la cuisse.

— Pendant notre tournée habituelle, nous avons reçu

un appel nous priant de venir. Il s'agissait d'examiner une femme qui se plaignait d'avoir été violée…

Elle ne dit rien, de peur qu'il n'interrompe son récit.

— En réalité, c'était un traquenard. Au moment où nous tournions au coin de la rue, nous avons été attaqués. Juliet, l'infirmière qui m'accompagnait…

La voix de Jackson s'étrangla. Mais après un instant de silence, il reprit.

— Elle courait vite, elle m'a dépassé. Elle s'est pour ainsi dire jetée sur les lames que ces types brandissaient.

— Quelle horreur !

— Depuis, j'ai des accès de colère irraisonnés, que j'ai du mal à maîtriser. Tu comprends, c'est moi qui aurais dû prendre ce coup. Je me sens coupable.

Elle caressa ses muscles raidis.

— Comment aurais-tu pu prévoir ?

— J'ai tout tenté pour la sauver, mais rien à faire. Elle était touchée au cœur. En attendant l'ambulance, je n'ai pu que lui parler en lui tenant la main, et essayer de retenir ce qu'elle souhaitait transmettre à sa famille.

— Elle savait qu'elle était en train de mourir.

— Bien entendu. Une infirmière urgentiste…

— Tu as toi-même été blessé, Jackson.

— Oui, mais je suis vivant.

Du doigt, elle traça le dessin de la cicatrice qui courait sur sa cuisse.

— Pourquoi cette agression ?

— Mystère. Malgré des recherches intensives, on n'a pas retrouvé les coupables. La police suppose que c'était un moyen d'impressionner notre association, qui tombe parfois sans le vouloir sur des affaires louches.

— Tu vas continuer, à ton retour à Hong Kong ?

— Juliet m'a fait jurer de ne pas abandonner.

Jessica frissonna.

Ainsi, il était lié par une promesse. S'il décidait de rester, cela ajouterait à son sentiment de culpabilité.

— Même pour des raisons impératives ?

Comme la maladie de Virginia, ou elle-même…

— Je pense qu'il faut que j'y retourne. Je serai mort de peur la première fois, et je verrai sans doute des hommes armés de poignards à chaque coin de rue. Mais si je ne dépasse pas ça, je suis un type fichu.

Il se redressa et plongea les yeux dans les siens.

— En même temps, je me surprends à me demander si ce ne serait pas plus intéressant de vivre une vie de médecin de campagne.

Elle retint son souffle.

— Je suppose que tu n'es pas obligé de te décider tout de suite.

— C'est vrai, mais ça ne facilite rien. Comment savoir si c'est une réaction à cette agression, ou si je suis vraiment prêt pour un tel changement ?

Pour le détendre et lui faire oublier son chagrin, elle lui massa les épaules puis l'embrassa sur le torse, et agaça son mamelon de la bouche. Puis, sentant son sexe durcir contre sa cuisse, elle changea de position et se mit à onduler sur lui.

Jackson grogna entre ses dents serrées. Sans crier gare, il la retourna sur le dos, s'agenouilla entre ses jambes et plongea en elle.

Envahie d'ondes de plaisir délicieuses, elle oublia tout.

6.

Une voix métallique tira Jessica de ses rêves, ramenant son esprit embrumé à la lumière du jour.

— Et maintenant, voici les informations de 7 heures. Hier soir…

Le radio-réveil.

Elle appuya sur le bouton pour le faire taire et se concentra sur la cause de l'agréable langueur qu'elle éprouvait.

Jackson, évidemment. Sans surprise, il avait disparu pendant qu'elle dormait.

Elle tourna la tête vers la table de chevet et sourit.

Bien entendu, il avait laissé un mot.

« Je ne tenais pas à ce que Nicholas me trouve ici à son réveil. A tout à l'heure au centre médical.

« Bisous. J. »

Sexy et prévenant. Un homme parfait. Qui partait toujours, mais qu'elle aimait toujours, même si elle ne comprenait pas pourquoi.

Elle bondit hors du lit et ouvrit les rideaux.

Le ciel était d'un bleu saphir très pur. La couleur de l'amour.

L'amour, c'était le laisser partir et attendre qu'il revienne.

— Et voici le bulletin météo, reprit la voix derrière elle. Risque d'averses ce matin. Si vous avez l'intention de sortir en mer, mieux vaudrait changer d'avis. Rafales de nord de quarante nœuds prévues à partir de midi.

Des averses ? Quel pessimisme ! La matinée était pourtant claire et ensoleillée.

— N'importe quoi, marmonna-t-elle en tournant le bouton.

Elle alla prendre sa douche et, vingt minutes plus tard, Nicholas fit irruption dans la cuisine et s'assit à la table.

— Je veux des Choco Krispies.

Elle plaça la boîte de céréales devant lui et l'examina.

— Qu'est-ce que tu as sur le dos ?

— Mon T-shirt de pêche. Il me porte bonheur. Jackson m'a dit de le mettre chaque fois que je pêcherai avec lui.

Ainsi, ils y retourneraient ?

— D'accord, mais ce matin tu vas à la garderie. Change-toi et range ça dans le panier de linge sale.

— Non, je veux que mes amis le voient ! Je veux leur raconter comment j'ai attrapé trois poissons.

Les Choco Krispies débordèrent sur la toile cirée.

— Attends, ne verse pas le lait !

Trop tard, les grains de riz soufflé flottaient sur une mare blanche.

Elle lui arracha la boîte des mains.

— J'en veux encore ! cria-t-il en tapant sur la table avec sa cuiller. Encore ! Encore !

— Tu en as déjà trop.

Comme elle finissait de remplir la bouilloire, la sonnette retentit, et Nicholas se précipita pour aller ouvrir.

— J'y vais !

— Bonjour, mon pote.

Cette voix grave et sexy…

— Maman, c'est Jackson ! hurla son fils.

— Bonjour, Jess ! Tu es à croquer, ce matin.

— Un café, Jackson ? proposa-t-elle, l'air désinvolte, comme l'homme de ses pensées entrait dans la cuisine.

— Volontiers.

Tel un ressort, Nicholas bondissait devant lui.

— Tu as vu ? J'ai mis mon T-shirt de pêche !

Elle se contenta de lever les yeux au ciel, et il se pencha vers son fils.

— Ecoute, mon garçon, ces T-shirts sont précieux pour nous, les pêcheurs. Il faut en prendre soin. Ils ont besoin d'être lavés après chaque usage et replacés dans leur tiroir jusqu'à la prochaine sortie.

Stupéfaite, elle vit son fils hocher gravement la tête.

— D'accord. Je vais me changer.

Elle le suivit du regard puis se tourna vers Jackson.

— Comment fais-tu ? Il refusait de m'obéir.

— Pour une femme seule, ce n'est pas facile. Autant faire appel à toutes les bonnes volontés.

Il passa un bras amical sur ses épaules et l'attira contre son corps solide et chaud.

— Ta relation avec lui n'est pas mauvaise. Ne sois pas si dure envers toi-même, tu n'as pas de famille pour te soutenir ou te permettre de souffler.

Il devenait de plus en plus loquace…

— Merci, dit-elle en se dégageant à regret. Tu as pris ton petit déjeuner ?

— J'ai avalé deux toasts en vitesse. Les moutons de Sam sont entrés dans le verger cette nuit, j'ai dû aider Kevin à les remettre dans leur enclos.

— Un garçon très serviable, ce Kevin.

— D'où vient-il, au fait ?

— Tamara, qu'il a épousée, attendait un bébé qui n'était pas prévu. Elle a une famille assez terrible, qui ne voulait pas en entendre parler… C'est Sasha et Grady qui l'ont accouchée, et la communauté s'est chargée de soutenir le jeune couple. Du coup, ils ont décidé de rester. Ton père a proposé à Kevin de travailler avec lui, et puisque Sam ne conduit plus beaucoup depuis son accident, il le remplace aussi quand c'est nécessaire.

— C'est pour ça qu'ils vivent dans le cottage du verger ?

— Il était libre depuis que Sasha s'est installée chez Grady après la naissance de Melanie.

Nicholas entra en trombe et bondit sur sa chaise.

— Jackson, ça va, celui-là, de T-shirt ?

— Parfait, mon garçon. Tu devrais finir tes céréales en vitesse, c'est presque l'heure de partir.

Elle retint son souffle, mais Nicholas obéit sans broncher.

Elle se tourna vers Jackson.

— Incroyable ! Tu es sûr que tu dois repartir pour Hong Kong ?

Le sourire de Jackson s'éteignit.

— J'ai droit à un joker ?

Il passa la main dans ses cheveux.

— Tu me donnes très envie de rester, crois-moi. Mais franchement, j'ai du mal à l'imaginer. D'abord, il n'existe aucun service d'urgence à proximité.

— Il y en a un à deux heures d'ici.

Il fit la moue.

Zut ! elle était allée un peu loin. Mais, après tout, la conversation n'était pas à sens unique.

— Je te l'ai déjà dit, je ne me vois pas vivre dans une communauté aussi réduite. C'est ce qui m'a fait partir, et en plus, maintenant, j'ai juré à Juliet…

C'était très clair. Il était plus honnête qu'elle, en fait.

Si leur relation ne pouvait pas évoluer, inutile de lui dire qu'elle était amoureuse de lui. Son fils était plus important que n'importe quel homme. Autant se taire et jouir de chaque moment que Jackson et elle pourraient passer ensemble.

— D'accord.

— Jess, est-ce égoïste de ma part de te demander de nous contenter de ce que nous avons déjà ?

— Non, puisque j'en profite aussi.

Son propre sourire lui parut froid. Elle recommença et réussit à y mettre de la chaleur.

— Je ne sais pas quoi te dire.

— Tu n'es pas obligée de parler.

— Mais je veux le faire. Jusqu'à samedi, je n'aurais jamais imaginé rencontrer un homme avec qui je me sente si détendue, si à l'aise. Tu provoques quelque chose en moi, et…

Oh ! bon sang, que c'était dur !

Pourquoi ne pas lui avouer carrément son amour ?

Impossible. Héritière des gènes de parents qui s'aimaient tant qu'ils la considéraient comme une intruse, elle n'était pas sûre de pouvoir assumer à la fois son rôle de mère et celui de femme.

— Bref, tu comptes beaucoup pour moi. Alors, d'accord, continuons comme ça.

On aurait dit un arrangement d'affaires !

Elle se mit à rire, de plus en plus fort, de l'étrangeté de la situation.

— Pourquoi tu ris, maman ?

Nicholas regarda Jackson, les sourcils froncés.

— Elle rit jamais, d'habitude.

— Ce doit être à cause de moi. Elle rit beaucoup quand je suis là.

— C'est parce que tu es drôle.

Jackson feignit d'être vexé.

— Comment ça, « drôle » ? Comme un clown, ou bizarre ?

En voyant son fils filer vers sa chambre, elle reprit son sérieux.

— Nicholas, reviens mettre ton bol et ta cuiller dans l'évier, s'il te plaît !

— J'ai pas le temps, je prends mon sac !

Jackson la regarda et hocha la tête.

— Nick, tu ne peux pas parler comme ça à ta maman. Tu ferais mieux de l'écouter.

— Bon, d'accord, je viens !

Après s'être exécuté, il passa même un coup d'éponge sur la toile cirée.

— Voilà, c'est tout propre.

— Merci, Nicholas. Va te préparer, maintenant.

Quand il eut disparu, elle essuya soigneusement la table.

Devait-elle accepter l'aide de Jackson ? En tout cas, il avait été obéi mieux qu'elle…

— Merci, murmura-t-elle.

— Je te l'ai déjà dit, tu es une bonne mère, Jess. Tu es simplement trop exigeante envers toi-même.

De nouveau, il l'entoura de ses bras.

Elle se dégagea en soupirant et plongea le regard dans ses yeux verts qui évoquaient le printemps, la renaissance. Un nouvel amour ? Mieux valait ne pas y songer. Mais quand il la quitterait, elle se retrouverait au cœur de l'hiver.

— Il faut y aller. Le centre ouvre dans un quart d'heure, et j'ai une consultation anténatale ce matin.

A l'heure de la pause, Jackson, une tasse de café bien corsé à la main, écoutait Roz et Rory parler de leurs patients.

Jessica n'avait pas eu une minute de repos depuis leur arrivée, et Mike était rentré rattraper un peu de sommeil. Il avait passé la nuit sur Takaka Hill, avec les sauveteurs qui tentaient de remonter de Harwood's Hole un spéléologue amateur. Le jeune homme avait fait une chute de cinquante mètres et s'était brisé les jambes.

— Vois-tu, Jackson, avec l'afflux des vacanciers, notre charge de travail s'accroît terriblement l'été, expliquait Rory. Sans compter tous ces sportifs en herbe qui viennent pratiquer l'escalade ou la spéléo sans préparation.

— On dirait qu'ils oublient leur prudence à la maison, renchérit Roz. Mais tu dois t'en souvenir, non ?

— Oui, mais je n'étais pas médecin, à l'époque. J'ai assisté à quelques accidents dont des copains ont été victimes, jamais rien de bien grave.

— Tu as la mémoire courte !

Il leva la tête.

Jessica ! Bizarre, il ne l'avait pas vue entrer. En principe il sentait sa présence avant son arrivée.

— Et ces types qui étaient sortis dans un dinghy équipé d'un moteur trop lourd ? Si un autre bateau n'était pas passé… Je te rappelle que tu es allé en récupérer un à la nage !

— Ah oui ! Ben et Haydon. Des imbéciles.

— Ils ont eu de la chance, visiblement, nota Rory tout en consultant un résultat qui arrivait du labo.

— Confirmé pour Gary, c'est bien une crise de paludisme. Il faudrait voir ce qu'on peut faire pour en éviter de nouvelles à l'avenir. Tu rencontres beaucoup de cas, à Hong Kong ?

— Nous en recevons aux urgences, mais ils sont aussitôt transférés en médecine, répondit Jackson. Si tu veux, je te donne les coordonnées d'un confrère qui s'occupe d'eux en particulier.

A travers ses paupières mi-closes, il observa Jessica qui remplissait la bouilloire.

Sa position penchée au-dessus de l'évier accentuait ses courbes, et il eut aussitôt envie d'elle.

Il n'en serait jamais rassasié…

— Tu as beaucoup de visites à domicile, Jess ? demanda Rory.

— Pas trop. Cinq cet après-midi. Je m'arrêterai chez Claire Johnston pour examiner le petit Max en revenant.

Jackson se redressa.

— Je vais te faire une ordonnance pour des antibiotiques. Il paraît qu'il a toujours cette toux sifflante…

Elle lui adressa un de ces sourires qui lui enflammaient les sens et lui chaviraient le cœur.

— D'accord. Dépose-la à la pharmacie, je la prendrai au passage.

Elle sortit un stylo et griffonna quelques mots sur sa paume.

— Voilà, je n'oublierai pas.

— Bon, dit Roz en se levant. Le travail nous appelle.

Jessica lui emboîta le pas.

— Le bébé Carrington va naître d'un moment à l'autre, je reste en *stand-by*.

Rory continua de faire passer sa tasse d'une main dans l'autre, comme s'il attendait que ses collègues soient partis.

Après avoir vidé sa tasse, Jackson repoussa sa chaise.

— Tu voulais me dire quelque chose, Rory ?

— Tu es toujours décidé à rentrer à Hong Kong ?

— Oui. Rien ne me retient ici.

L'image d'un regard noisette passa devant ses yeux.

— Dommage. Et tu comptes reprendre ton activité bénévole de nuit ?

Comment diable était-il au courant ?

— Bien sûr. Il y a tant à faire.

— Même après avoir reçu un coup de poignard ?

— Quoi ? Je vois que Jessica a trop parlé !

Il éprouvait une déception si forte que son estomac se noua douloureusement. C'était pour cette raison précise qu'il avait quitté Takaka : à cause de gens qui parlaient trop.

— Jessica ? Pas du tout. C'est le Dr Ping qui m'a informé.

— Mon chef de service ? Quand et où as-tu été en contact avec lui ? Tu peux m'expliquer ?

— Il a téléphoné pour prendre de tes nouvelles. Selon lui, tu dis toujours que tu vas très bien…

— Attends que je le voie ! Et le secret professionnel ? Il n'avait pas le droit !

Il était furieux. Comment Ping pouvait-il l'espionner ainsi ? C'était contraire à la déontologie.

— Ecoute, il s'inquiétait pour toi et voulait savoir si tu avais surmonté le traumatisme de l'agression.

Ping avait-il évoqué le malaise qu'il avait fait cette nuit-là ? Il l'aurait parié. Quel idiot d'avoir cru que tous les bavards du monde vivaient à Golden Bay !

Un goût amer dans la bouche, il tira une chaise et s'assit à califourchon.

— J'ai encore des accès de colère irraisonnés, mais de moins en moins fréquents, et je me calme de plus en plus vite. Mais ça ne m'est jamais arrivé ici, aucun patient n'a eu à s'en plaindre. Vous n'avez rien à me reprocher.

— Tu n'y es pas du tout. Personne ne sait rien à part moi.

— Alors, à quoi bon me retenir pour m'en parler ? Je suis sûr que la salle d'attente est bondée !

Rory se leva pour fermer la porte.

— C'est moi qui perds patience, Jackson. Ma vie est à Auckland, mais ma conscience m'interdit de laisser mes associés dans la panade. Je me suis juré de me trouver d'abord un remplaçant.

Jackson le regarda avec de grands yeux.

— Tu me demandes si je veux travailler à ta place, ici ?

Bien entendu, son confrère ignorait ce qui lui avait fait fuir Takaka des années plus tôt.

Rory fit la grimace.

— En quelque sorte. Bon, je comprends à ton air que c'est non. Mais si jamais Jessica te faisait changer d'avis, préviens-moi, d'accord ?

Il en resta bouche bée.

C'était donc si évident qu'elle l'intéressait ?

Il attendit que Rory ait franchi la porte pour faire les cent pas, donnant libre cours à sa rage.

Vivement que Grady rentre ! Quant à son « ami » Ping, il l'appellerait dès ce soir. Il allait voir de quel bois il se chauffait, ce traître !

— Qu'est-ce qu'il se passe ? On dirait que tu as envie de tuer quelqu'un.

Cette voix douce… Jessica.

Il leva la tête.

— Oh ! c'est juste que mon chef de service a appelé Rory pour avoir de mes nouvelles, et bien sûr il lui a tout raconté. Et ce type se prétendait mon ami !

Bizarrement, elle sourit.

— Jackson, ce sont justement les amis qui font ça. Ce médecin doit t'aimer beaucoup, il s'inquiète pour toi et veut savoir si tu es remis.

Elle lui posa un léger baiser sur la joue.

— C'est plutôt gentil de sa part.

Aussitôt, sa colère disparut comme par enchantement. Cette femme était une fée !

Il l'attira à lui.

— Si je ne t'avais pas…

Et il l'embrassa avec passion, jusqu'à ce que l'on frappe à la porte.

— Je peux prendre un café ? demanda Sheree.

Jessica recula avec un clin d'œil.

— Je te laisse.

Une fois dans sa salle de consultation, il ouvrit le dossier de sa première patiente.

Dawn Sullivan, trente-neuf ans, pas de maladie grave. Mais elle était anormalement pâle.

— Qu'est-ce qui vous amène, Dawn ?

— Je suis tout le temps fatiguée, j'ai de la peine à me lever le matin. Je ne réussis plus à me concentrer. Ce qui est terrible, parce que je suis enseignante et que la rentrée a eu lieu cette semaine.

— Vous n'avez jamais eu d'anémie, visiblement. Etes-vous réglée normalement ?

— Pas de problème de ce côté-là, mais je souffre de fréquents maux de ventre, et il m'arrive d'avoir mal partout comme si j'avais la grippe. Je voulais profiter des vacances d'été pour repeindre ma maison, mais je n'ai pu terminer qu'un mur. D'habitude, je suis pleine d'énergie…

— Et ça dure depuis combien de temps ?

— Des mois. J'ai commencé par consulter un naturopathe. Il m'a prescrit des vitamines et des minéraux, malgré tout mon état s'est aggravé. J'ai même perdu du poids sans faire de régime.

Il prit la tension de sa patiente, qui était normale, observa ses pupilles.

— Allongez-vous, je vais vous examiner.

Il lui palpa le ventre.

— Je ne vois rien de spécial.

— Alors ? s'enquit-elle en se rasseyant.

— C'est bien une anémie, il faut en trouver la cause. Des analyses de sang nous en apprendront davantage.

Quelque chose l'intriguait. Il relut l'adresse de Dawn et tenta de se souvenir du style des habitations de sa rue.

— Votre maison est récente ?

— Pas vraiment. C'est un bungalow qui doit dater d'une soixantaine d'années.

— Avant de commencer à peindre, avez-vous sablé l'ancien revêtement ?

— Oui, à la sableuse électrique. Apparemment, ça n'avait jamais été fait, il m'a fallu des semaines pour retrouver le bois sous toutes les couches superposées.

— Vous utilisiez un masque ?

— Non.

— Dans ce cas, il est possible qu'il s'agisse de saturnisme. Les peintures de cette époque-là contenaient beaucoup de plomb.

Dawn se redressa sur sa chaise.

— Quoi ? Il suffit d'inhaler la poussière ? C'est grave ?

— Nous ne saurons rien de sûr avant d'avoir les résultats du labo. Oubliez les vitamines et attendez quelques jours. Si votre organisme est intoxiqué, il faudra vous traiter par chélation.

— C'est-à-dire ?

— On vous administrera des agents chélateurs qui, après avoir absorbé le plomb de vos tissus, passeront dans vos urines. C'est très efficace. Ensuite, nous pourrons soigner les effets résiduels, comme cette fatigue due à l'anémie.

Il imprima la prescription et la signa.

— Je vous appelle dès que j'ai les résultats. En attendant, vous allez demander un mi-temps thérapeutique pour ce trimestre.

Il la raccompagna et alla chercher sa patiente suivante.

Kelly Brown marcha lentement jusqu'à la salle de consultation et s'assit avec précaution sur le bord de la chaise. Toutes les parties exposées de son corps étaient écarlates. Elle portait une robe vague, et sans doute pas de sous-vêtements.

— Un coup de soleil ?

— Oui, docteur. C'est affreux. Pouvez-vous faire quelque chose ? Je ne peux ni m'habiller ni me coucher entre des draps.

— Je vous prescris un antalgique léger. J'espère que vous buvez beaucoup d'eau. Où avez-vous attrapé ça ? Le ciel était couvert, hier.

— On est montés par la colline jusqu'à la plage de Kaiteriteri.

— Vous avez la peau très claire. Vous ne devriez jamais vous exposer sans écran total.

— En principe, je fais attention, mais j'avais oublié ma crème solaire, et je me suis juré de ne pas rester longtemps au soleil. Manque de chance, je me suis endormie, et…

— Des douches froides, beaucoup d'eau, et les cachets que je vous prescris. Méfiez-vous la prochaine fois.

— Je crois que je vais m'installer en Alaska, lança-t-elle en se levant avec peine.

Au moment où elle franchissait le seuil, elle se retourna.

— Au fait, pouvez-vous prévenir Jessica que je ne pourrai pas faire de baby-sitting cette semaine ?

Si tout le monde se mettait à compter sur lui pour transmettre des messages à Jessica…

— Pourquoi ne pas le lui dire vous-même ?

— Je suis sûre que vous la voyez plus souvent que moi !

Sur un clin d'œil malicieux, elle sortit.

Furieux, il la suivit des yeux.

Ces petites villes où personne n'échappait aux regards indiscrets… Il lui tardait de reprendre l'avion pour Hongkong.

Puis son cœur se serra.

Repartir, cela signifiait quitter Jess, et le temps qu'il lui restait à passer avec elle lui semblait déjà trop court.

7.

Jessica tenait le nouveau-né pendant qu'Anna Carrington, rayonnante, cherchait une position confortable dans le lit.

— Rappelez-vous, le lait ne vient pas forcément dès le premier jour. Mais le colostrum contient déjà toutes les bonnes choses dont votre bébé a besoin.

— C'est douloureux ? demanda Anna en prenant son fils.

— Pas du tout.

— Vous avez vu comme il est beau ?

— Magnifique.

Comme tous les autres…

Jessica observait cette réaction d'amour démesuré chez toutes les mamans depuis qu'elle était sage-femme, mais ce n'est qu'après avoir pris Nicholas dans ses bras pour la première fois qu'elle avait compris à quel point ce lien entre la mère et l'enfant changeait la vie.

— Comment dois-je le tenir ?

Elle plaça la main d'Anna sur la tête du nourrisson.

— Comme ça, il peut attraper facilement le mamelon. Frottez-lui la bouche dessus pour l'encourager à téter. Voilà. Parfait.

— Oh ! Danny, regarde ! Mon bébé est en train de téter !

Le jeune père semblait fasciné.

— Incroyable !

Jessica sentit ses yeux s'embuer tandis que le souvenir de la naissance de son fils remontait.

En fait, elle aimerait bien repasser par là. Faire un petit frère ou une petite sœur à Nicholas avec Jackson…

Elle se reprit aussitôt.

Quelle idée ! C'était hors de question. Nicholas réclamait toute son attention, et ce ne serait pas juste d'exiger qu'il la partage avec un homme, quel qu'il soit. De toute façon, Jackson ne resterait pas, et deux enfants à élever seule, ce serait beaucoup.

— Comment savoir quand il a faim ?

Elle sourit.

— Ne vous en faites pas, il vous préviendra ! Ses poumons fonctionnent à la perfection.

— Comme ceux de son père, intervint Danny.

— En fin de compte, c'est facile ! J'ai l'impression qu'il a sommeil.

— Soulevez-le doucement, posez-le contre votre épaule et frottez-lui le dos. Voilà ! On dirait que vous avez fait ça toute votre vie. N'oubliez pas de rincer vos mamelons avec de l'eau minérale et de les sécher pour éviter les gerçures, surtout au début. Bon, je vous laisse avec votre fils. Comment s'appelle-t-il, au fait ?

— Antony.

— Michael !

Elle s'esclaffa.

— Je ne m'en mêle pas. Sonnez l'infirmière si nécessaire. Je reviendrai vous voir plus tard.

Elle retourna au cabinet médical prendre ses affaires.

— Sheryl, je m'en vais. Tout s'est bien déroulé, Anna donne déjà le sein à son petit garçon. Je repasserai.

— Bon week-end ! La journée est splendide !

En effet, l'été semblait à son apogée en cette fin de semaine, et les touristes affluaient de Nelson et des villes alentour pour passer deux jours dans leur bungalow.

Une fois rentrée, elle choisit un short très court et un débardeur léger pour profiter au maximum du soleil et s'installa sur la terrasse, un verre d'eau glacée à la main.

Le ciel d'un bleu très pur — la couleur de l'amour — étincelait, et aucun souffle de vent n'agitait les feuilles des arbres. Les moineaux et les pinsons gazouillaient tandis que les tuis se chamaillaient au-dessus des dernières fleurs jaunes d'un kowhai.

— Je peux aller me baigner, maman ? demanda Nicholas qui avait entrepris de tourner à vélo autour du citronnier.

— Dès que tu auras digéré ton déjeuner, je t'emmène voir Bobby à Pohara.

En l'observant, elle éprouva de nouveau ce sentiment d'amour émerveillé.

Souffrait-il d'être enfant unique, comme elle quand elle était petite ? Elle avait grandi environnée d'adultes, sans jeunes de son âge avec qui partager ses jeux.

— Jackson viendra aussi ?

— Il cueille les avocats de Virginia.

— J'ai terminé !

La voix grave familière lui fit tourner la tête.

— Je me suis levé à l'aube. Les fruits sont dans leurs cagettes, prêts à partir pour le marché.

Jackson s'approcha d'elle, et elle surprit son regard sur ses jambes nues.

— Tu es splendide, Jess !

Le désir qu'elle perçut dans sa voix lui donna la chair de poule.

— Jackson, regarde-moi !

Son fils se mit à pédaler à toute allure, jusqu'à ce que — patatras ! — il heurte le tronc du citronnier et s'étale par terre.

Avec une grimace, elle se précipita pour le relever.

— Fais attention, mon chéri !

Elle soupira.

— Ah ! les garçons ! Au fait, Anna Carrington a accouché d'un petit garçon cette nuit.

L'expression de Jackson s'adoucit.

— Alors tu as passé la nuit debout… Un garçon ? C'est super, non ?

— Hmm. Je ne me lasse pas de voir naître des bébés.

— J'ai l'impression que tu as envie d'en faire un autre, murmura-t-il en lui caressant le poignet.

A l'évidence, il lisait en elle comme dans un livre ouvert. Elle devait y prendre garde.

— Ils sont tous adorables à la naissance. Mais après, seule avec deux enfants, je me demande comment je m'en sortirais !

Il se tourna pour contempler la pelouse et suivre des yeux Nicholas qui avait repris sa course en rond.

— Il faudrait que tu leur choisisses un père.

Drôle de façon de présenter les choses.

— Pas question. Je sais que Nicholas serait ravi d'avoir un frère ou une sœur, mais ce ne serait pas juste pour eux.

— Ni pour toi. C'est beaucoup de travail.

— Je parlais de l'absence de figure masculine. De toute façon, ça n'arrivera pas.

Il se retourna et lui prit les bras.

— Tu en sembles si certaine…

Elle l'était, parce qu'il partait. Et même s'il restait, elle craignait de ne pouvoir partager son amour entre Nicholas, lui et un autre enfant.

— Je suis pragmatique, c'est tout. Inutile de songer à l'impossible, c'est de l'énergie gaspillée.

Elle recula.

— Tu viens à la plage avec nous ?

— Tu changes de sujet, fit-il remarquer d'un ton déçu.

— Tu repars toujours en avril ?

Il hésita, et elle retint son souffle.

— Oui.

— Bon, alors n'en parlons plus. Nous allons à Pohara Beach. Tu nous accompagnes ?

— Dis oui, Jackson ! cria Nicholas, qui s'affala après un dernier dérapage. Je veux que tu viennes ! hurla-t-il, encore à plat ventre, le visage presque enfoui dans l'herbe.

— Comment refuser ? demanda Jackson en la regardant d'un air songeur.

— Il est très persuasif.

Si elle pouvait l'être autant que son fils…

Peu à peu, elle s'apercevait à quel point elle souffrirait

de son départ. Une seconde, elle avait espéré qu'il réponde non. Peut-être aurait-elle pu alors surmonter ses craintes et prendre le risque d'une nouvelle relation. Mais l'instant était passé.

Jackson alla relever le vélo pour que Nicholas remonte en selle.

— Tu as pensé à ta crème solaire, Nick ? Je suppose que tu n'as pas envie de ressembler à une tomate grillée.

— Oh non ! Bien sûr, je l'ai mise dans mon sac.

Elle considéra les deux complices, mélancolique.

Si cette situation pouvait durer… Mais le temps s'écoulait à une vitesse incroyable. Dans deux jours, ce serait mars, qui annonçait la fin de l'été austral, puis avril sonnerait la fin de sa liaison avec Jackson Wilson.

Elle ravala sa tristesse et se promit de profiter au mieux des semaines qu'il lui restait à passer en sa compagnie.

— Encore ailleurs ? la taquina Jackson en revenant vers elle.

— Ce doit être la chaleur.

— Et moi qui m'imaginais que tu rêvais à moi, avec ces yeux troublés…

— Pas du tout. C'est le pollen des fleurs de citronnier.

Il traça du doigt le contour de sa bouche, lui envoyant de l'électricité dans tout le corps.

— C'est pour ça que tu fleures si bon le citron ? Parce que tu passes ton temps à relever Nicholas et son vélo ?

Elle se hissa sur la pointe des pieds, écarta sa main et embrassa ses lèvres pleines qui la rendaient folle.

— Lis l'étiquette de mon shampoing, ce sera plus réaliste.

Il approfondit le baiser jusqu'à ce qu'elle s'accroche à lui pour garder son équilibre. Elle se colla contre son corps, sentit à quel point il la désirait…

Pas maintenant, pas ici !

Elle le repoussa.

— Jackson, non !

Ses yeux s'écarquillèrent.

— Bon sang, on dirait que j'ai quinze ans ! Quand tu m'embrasses, j'oublie tout le reste.

Il recula et sortit sa chemise de son pantalon pour dissimuler son érection.

— Bien, allons-y.

— Je rentre chercher les affaires de plage.

Il la suivit à l'intérieur.

— En fait, j'étais venu te demander si tu aimais le camping.

— Dans une tente, avec des sacs de couchage et des matelas gonflables ?

— Tu en connais une autre sorte ?

— Euh… Je n'en ai plus fait depuis un séjour dans l'outback avec mes parents.

Elle était restée assise toute la nuit, les yeux grands ouverts, son duvet remonté jusqu'au cou, terrifiée à l'idée qu'un serpent puisse la mordre.

— J'ai un ami qui possède un bout de terrain près du rivage, à Wainui Inlet. Il y a construit un abri avec des sanitaires et de quoi cuisiner. J'ai pensé que nous pourrions aller nous baigner et pêcher là-bas. Et si Nicholas veut emporter son vélo, au cas où il en aurait marre de la plage…

— Comme si c'était possible ! s'esclaffa-t-elle.

Il lui jeta un regard implorant.

— S'il te plaît, ne refuse pas ! J'ai préparé des steaks, des pommes de terre, de la salade et des fruits pour le dessert.

— De la viande ? Tu as peur de ne pas pêcher un seul poisson ?

— On va pêcher ? s'écria Nicholas d'une voix suraiguë. Qu'est-ce qu'on attend ?

Il lui fallut tout de même une bonne demi-heure pour préparer leurs affaires. Nicholas, effroyablement excité, était dans ses jambes, mais comme il s'efforçait de l'aider elle ne le gronda pas. Et Jackson vint à la rescousse.

— Nick, calme-toi un peu, sinon il ne te restera plus d'énergie pour la baignade et la pêche.

— D'accord, Jackson.

Elle secoua la tête.

— Je n'y crois pas !

— Je suis très fort pour obliger les petits garçons et leurs méchantes mamans à faire ce que je veux.

Il lui plaqua une main sur les fesses.

— Nicholas va dormir comme une souche, n'est-ce pas ?

— Il n'a jamais passé la nuit sous une tente, je pense qu'il ne fermera pas l'œil.

Sa déception manifeste la fit rire.

— Inutile d'emporter des préservatifs, ajouta-t-elle.

— C'est idiot, je viens justement d'en faire une provision… J'en prends tout de même quelques-uns, on ne sait jamais.

Elle lui lança un regard espiègle.

— Tu as raison. En cas de miracle.

En arrivant sur la plage, la première chose que fit Jessica fut de glisser des brassards gonflables aux bras de son fils.

— Ils t'aideront à flotter dans les vagues. Tiens-moi la main.

Les petits doigts de Nicholas s'agrippèrent aux siens.

— Il y a des poissons, Jackson ?

Celui-ci prit la main libre de l'enfant dans la sienne.

— Non, jamais autour de toi. En voyant tes jambes, ils s'enfuient. Tu aimes nager, Nick ?

— Euh… Pas dans les grandes vagues.

Elle se mordit la lèvre.

Bon sang, elle n'avait pas pensé à ça ! A Pohara Beach, Nicholas ne se baignait que dans la piscine.

— On restera au bord, là où c'est peu profond.

Elle s'agenouilla dans l'eau et attrapa son fils, qui regardait le mouvement de l'eau d'un air inquiet.

— Pourquoi la mer n'arrête pas de monter et de descendre ?

— Quelquefois, c'est à cause du vent.

— Mais il n'y a pas de vent !

Lorsque Jackson s'accroupit pour se mettre à leur niveau, elle ne put s'empêcher d'admirer ses cuisses musclées.

— Il y en a peut-être plus loin, ou alors un gros bateau est passé au large. Les hélices des moteurs remuent la mer, et ça envoie des vagues vers le rivage.

— Ah ? Bon, on y va ?

Toujours accroché à elle, Nicholas entra dans l'eau avec prudence, rentra l'estomac quand elle lui atteignit la taille, et regarda sa mère.

— Elle est pas froide, maman !

— Bien sûr que non. On joue au ballon ?

Ça le détendrait et lui ferait oublier son appréhension.

Elle essaya d'attraper la balle que tenait Jackson, mais il la brandit à bout de bras pour qu'elle ne puisse pas l'atteindre. Evidemment, il riait.

D'accord.

Elle lâcha son fils et sauta sur Jackson pour le renverser.

— Nicholas, au secours ! Retiens ta mère !

Il toussa, cracha, et son sourire devint sardonique.

— Viens, Nick ! On va lui montrer qu'elle ne s'en tirera pas comme ça.

Nicholas n'avait pas besoin d'encouragements. Il bondit et lui entoura les genoux de ses bras pour permettre à Jackson de lui faire boire la tasse.

Elle émergea en secouant ses cheveux.

— Bon, à qui le tour ?

— Tu m'auras pas, maman ! s'écria son fils.

Il se mit à courir en longeant le rivage, de l'eau jusqu'aux genoux, éclaboussant tout sur son passage.

Jackson et elle feignirent de le poursuivre, d'assez près pour le rattraper en cas de danger tout en lui laissant croire qu'il gagnait. Soudain, il fit un faux pas et s'affala dans l'eau.

— Vite ! Il risque de s'affoler…

Jackson se précipita pour le remettre sur ses pieds.

— Pas de mal, Nick ?

Son fils, les yeux grands ouverts, lui adressa un sourire heureux.

— Maman, tu as vu ?

Il prit de l'élan et plongea de nouveau sous l'eau.

Elle regarda Jackson.

— En fait, il aime autant la mer que la piscine.

Tant mieux, car un jour ou l'autre il faudrait qu'il sache maîtriser l'océan, présent partout à Golden Bay.

— Et le ballon ? s'écria Jackson. Oh ! il file vers le large ! Il faut que je le rattrape avant qu'il ne soit trop loin.

Il s'élança et s'éloigna à longues brasses puissantes.

— Maman, je veux nager comme Jackson !

Elle secoua ses cheveux.

— Je t'inscris au club cette semaine.

Encore une chose dont elle pouvait remercier Jackson ! Son fils avait toujours refusé les leçons de natation, se contentant de sauter et de patauger.

Elle exprimerait sa gratitude à Jackson plus tard, quand Nicholas serait endormi…

Jackson jeta un fagot sur le sable humide.

La marée descendait vite, ils pourraient allumer un feu avant la nuit complète.

— Aide-moi à ramasser plus de bois, Nick.

— Pour quoi faire ?

— Pour griller des marshmallows pour le dessert.

— Mais ils vont fondre !

— Pas si on les enlève vite.

— D'accord.

Nicholas souleva une grosse branche qu'il se mit à traîner derrière lui.

— On dort tous les trois sous la tente ?

— Oui !

Jackson se traita mentalement d'idiot.

Quand il avait projeté ce week-end de camping, ne songeant qu'à faire profiter le petit d'une nouvelle expérience, il avait omis ce côté de l'affaire : il devrait rester allongé à côté de Jessica sans pouvoir la toucher.

Il serait bien obligé de se résigner, à moins qu'ils ne dénichent un endroit discret assez proche de la tente pour entendre Nicholas s'il s'éveillait.

— Hé ! les garçons ! Venez m'aider à ramasser des coques pour le dîner.

— C'est quoi, des coques ?

— Des coquillages. Tu verras, c'est délicieux, expliqua Jackson.

Cela craquait un peu sous la dent, parfois…

— Elles s'enterrent dans le sable, il faut creuser. Comme le fait ta maman, regarde.

Il sentit sa bouche s'assécher.

Jessica était splendide dans ce Bikini orange. Il l'avait vraiment dans la peau.

Il avait eu du mal à lui répondre qu'il était toujours décidé à repartir en avril. Ce serait très dur de la quitter. Mais comment les emmener tous les deux ? Que ferait Nicholas dans un appartement au dix-huitième étage ?

Au lieu de se glisser dans son duvet cette nuit, il aurait plutôt intérêt à avancer sa date de retour à Hong Kong.

— Je veux creuser aussi, maman !

Au bout d'une demi-heure, ils durent arrêter le petit garçon et le traîner dans l'eau pour le laver.

— Pourquoi tu les jettes ? protesta ensuite Nicholas, comme Jackson rejetait sur le sable la moitié de leur récolte.

— Parce que c'est interdit d'en ramasser beaucoup.

— Ah ? Et pourquoi ?

— Si on les prenait toutes, il n'y en aurait plus demain.

— D'accord.

Pour Nicholas, la vie était simple. Il lui suffisait de quelques explications. Il ne s'inquiétait pas de l'avenir.

Jackson observa Jessica. Il l'avait surprise plusieurs fois en train d'étouffer un bâillement. Visiblement, sa nuit blanche à la maternité commençait à lui peser.

Il savait à quel point c'était exténuant de passer la nuit debout avec un patient.

— Nick, si on faisait cuire ces coques tous les deux, pour que maman se repose un peu ? Jess, pourquoi ne ferais-tu pas un petit somme sous la tente ?

Elle eut un doux sourire désabusé.

— Je me connais, je ne me réveillerais pas avant demain matin.

— Va te reposer, je t'appellerai pour le dîner. Nicholas et moi, nous allons lancer nos lignes et voir si ça mord. Et puisque tu remontes jusqu'à la tente, tu peux mettre les coques dans l'eau pour les rincer ?

Mieux valait ne pas lui laisser une chance de protester.

— Tu me promets de me réveiller ?

— Oui. Je t'attendrai avec un verre de vin, les pommes de terre seront en train de cuire et le steak prêt à passer sur le gril.

Elle bâilla sans plus se cacher.

— Bon, d'accord.

Elle prit le seau de coquillages et se mit à grimper vers leur emplacement de camping, en s'arrêtant pour regarder avant de traverser la route.

Il ne détacha le regard d'elle que lorsqu'elle entra sous la tente.

Il était malade de désir. D'amour.

Quoi ? Pas question, il n'était pas amoureux d'elle !

Alors, s'il ne l'aimait pas, pourquoi cette douleur dans sa poitrine ? Ce besoin de la protéger ? Ce temps consacré à son fils ?

Tout ce qu'il voulait, c'était lui faire l'amour et profiter de sa présence ici et maintenant. Pas de liens, pas de projets. Parce que, quoi qu'il advienne, quoi qu'elle espère, il rentrerait à Hong Kong retrouver son quotidien frénétique et désormais menaçant, puisqu'il avait promis…

Il s'accroupit et ramassa un galet pour faire un ricochet.

La première nuit où il avait suivi Jessica chez elle, il n'avait aucune intention de créer un lien entre eux. Pourquoi avait-il fait l'erreur de croire que c'était si simple ? Quand leur relation avait-elle pris un tournant sans qu'il s'en aperçoive ?

Un autre caillou plat rasa la crête des vaguelettes et disparut sous l'eau. Un troisième, puis un quatrième.

De toute façon, même si Jess et Nicholas lui manquaient, il devait tenir sa promesse.

Il se rappela les paroles de Ping, lorsqu'il avait enfin réussi à lui parler au téléphone.

— Tu es prêt à rentrer chez toi, Jackson. Et chez toi, ce n'est pas Hongkong.

Son ami en semblait si sûr qu'il n'avait pas osé protester.

Ping adorait les proverbes et autres conseils judicieux en forme de maximes, mais cette fois, il ne l'écouterait pas. Même s'il était amoureux de Jessica.

— Regarde ! Moi aussi je sais faire des ricochets !

Nicholas, qui l'avait rejoint, lançait des galets de toutes ses forces.

Ce petit gars l'imitait déjà en tout. Il l'admirait trop, peut-être ferait-il mieux d'écourter son séjour, en effet.

— Super ! Attends, je te montre.

Il se leva et passa derrière lui, lui prit le coude qu'il tira en arrière.

— Tu verras, tu réussiras mieux comme ça.

Après quelques lancers de plus, Nicholas se lassa.

— On va pêcher, maintenant ?

— D'accord. Préparons les cannes et les appâts.

— Je vais les chercher ! s'écria le petit garçon en se ruant vers leur campement.

Jackson crut entendre un bruit de moteur qui approchait et se sentit gagné par la panique.

— Nicholas, reviens ici tout de suite !

— Je fais attention !

— Attends-moi !

Il le rejoignit à la course et l'agrippa par l'épaule.

— On ne court *jamais* en traversant, Nick ! Les voitures

sont plus rapides que tu ne le penses, et il arrive que le chauffeur t'aperçoive trop tard.

— Maman me l'a déjà dit, rétorqua l'enfant en se dégageant.

Il tourna la tête à droite, à gauche, et de nouveau à droite.

— Tu vois ? Il n'y a rien. Je peux y aller, maintenant ?

Jackson haussa les épaules.

Il avait dû rêver ce ronronnement de moteur.

— Oui. Ne faisons pas de bruit pour ne pas réveiller ta mère.

Environ une heure plus tard, ils revinrent de leur expédition totalement bredouilles.

— Je voulais en attraper au moins un ! C'est pas juste !

— C'est la vie, mon garçon. Si c'était trop facile, ça perdrait tout intérêt.

Il s'arrêta à l'entrée de la tente et passa la tête par l'ouverture.

Jessica dormait sur le ventre, ses cheveux répandus sur l'oreiller. Il eut une envie folle de se pencher pour caresser ses boucles blondes.

Avec cette odeur de poisson, pas question.

Il se tourna vers Nicholas.

— Allons nous savonner les mains avant de préparer le dîner. Ensuite, nous réveillerons ta mère.

— Je veux manger tout de suite.

— Viens te laver d'abord.

— Non, j'ai trop faim ! cria Nicholas.

Pas étonnant que Jessica cède si souvent…

— Dès que tu auras les mains propres, je te donnerai une banane.

Il le prit sous le bras et le porta jusqu'aux sanitaires en le chatouillant, provoquant des cris perçants.

Pour le silence qu'il lui avait demandé de respecter, c'était raté, mais au moins il avait évité la crise de colère.

Lorsque les pommes de terre furent sur la plaque du

barbecue et les coques dans une gamelle, prêtes à cuire, il servit un verre de vin et se dirigea vers la tente.

— Debout, fainéante !

Jessica avait roulé sur le dos, bras écartés, comme pour l'inviter à le rejoindre. Endormie, elle perdait son air soucieux, et il se prit à croire un instant qu'ils se sépareraient bons amis, sans souffrance.

Un instant seulement, car il savait qu'il était trop tard pour que son cœur ne soit pas brisé.

Une grosse boule lui monta dans la gorge.

— Jess ? Le dîner est bientôt prêt.

— Va-t'en, marmonna-t-elle avant de se tourner sur le côté.

— Maman, lève-toi ! cria Nicholas en faisant irruption sous la tente pour s'agenouiller près d'elle.

Elle ouvrit les yeux.

— Coucou, vous deux !

Sa voix était encore ensommeillée. Elle se frotta les joues, bâilla et s'étira, révélant sa poitrine.

Jackson en eut la respiration coupée, et le verre trembla dans sa main.

— On se rejoint dehors. Tu veux boire ce vin ici ?

— Non, j'arrive.

Elle s'était déjà mise à genoux et cherchait un pull dans son sac.

Nicholas avait installé les chaises pliantes en rang d'oignons pour qu'ils aient tous vue sur la plage. Jackson s'affala et ramassa sa bière, toujours tremblant.

Chaque fois qu'ils faisaient l'amour, Jessica l'emmenait au paradis. Il éprouvait des sensations inouïes et une complicité jusque-là inconnue. Il se remémora ses gémissements de plaisir, comment elle entourait ses jambes des siennes… Il voulait que ça ne cesse jamais.

— Où est la télé ? demanda Nicholas.

Un éclat de rire partit de la tente, clair et doux.

— Il n'y en a pas, mon chéri. En camping on n'a pas d'électricité pour ce genre d'appareils.

Voyant le visage de Nicholas s'empourprer, Jackson intervint.

— Tes copains vont faire une de ces têtes, quand tu leur raconteras que tu as passé la nuit sous la tente et mangé des coques que tu avais trouvées toi-même !

L'enfant retrouva aussitôt le sourire.

— Tu crois que j'attraperai du poisson, demain ?

— On fera le maximum pour ça, Nick.

Jessica s'assit à côté d'eux, en pull de jersey léger.

— Décidément, cet orange te va à ravir !

— Ce saumon, Jackson, rectifia-t-elle en pouffant.

Elle but une gorgée de vin.

— Mmm ! Délicieux !

— J'aurais dû apporter du champagne…

Après un regard de reproche — ou était-ce de défi ? —, elle détourna les yeux pour fixer la ligne d'horizon.

— Cesse de me gâter, je risque de m'habituer.

Sa voix tremblait un peu.

Il se pencha vers elle et lui mit une main sur la cuisse.

— Navré, Jess, je ne peux pas…

Elle se retourna et lui posa un doigt sur la bouche.

— Ne dis rien. Je sais depuis le début que notre histoire n'a pas d'avenir, et puisque la fin est inéluctable, inutile de gaspiller le temps qu'il nous reste ensemble à en discuter.

Il ne trouva rien à répliquer.

8.

Devant le visage radieux de Sasha, Jessica tenta de dissimuler au mieux sa jalousie.

— Un petit frère ou une petite sœur pour Melanie ? Super !

Autant revenir à la réalité, en ce qui la concernait : Jackson repartirait, il ne lui ferait pas d'enfant.

— Je suis si impatiente, roucoula son amie. Et je ne serai pas seule, cette fois ! J'aurai Grady à mes côtés... Tu connais une bonne sage-femme ?

Jessica l'entoura de ses bras en souriant.

— Peut-être...

Sasha ouvrit le réfrigérateur.

— Du saumon ! Vous nous avez gâtés. Jackson est allé à Anatoki ? Je trouve ça génial, cet élevage où on peut pêcher soi-même son dîner.

— Oui, il a emmené Nicholas et l'a laissé prendre celui-ci, et même deux autres qu'il a remis à l'eau ensuite. C'est étonnant que mon fils ne t'ait pas raconté son aventure en détail !

— Je ne l'ai pas encore vu. Il suit Jackson partout, on dirait.

— Je crois que c'est son héros.

Ce qui allait bientôt devenir problématique. Et elle devrait ramasser les morceaux, consoler son petit garçon alors qu'elle-même aurait le cœur brisé...

Sasha, qui avait commencé à parer le poisson, releva la tête.

— Ça t'inquiète ?

— Oui. J'aurais dû cesser de le rencontrer tout de suite et le laisser à l'écart de la vie de mon fils.

Comme si c'était si simple ! Elle était tombée amoureuse tellement vite.

— Et si tu lui en parlais ?

— Pas question. Nous nous sommes mis d'accord dès le début : pas d'engagement, pas d'exigences de part et d'autre. Je ne lui dirai jamais que je l'aime, ça gâcherait tout.

Elle vit son amie pincer la bouche, comme chaque fois qu'elle allait lui faire la leçon.

— Laisse tomber, Sasha. Je ne lui demanderai pas de rester s'il ne le veut pas. Et de toute façon, je ne tiens pas à me lier avec qui que ce soit, à cause de Nicholas.

— Dis donc, ça devient une rengaine ! Tu sais très bien que c'est un prétexte. Enfin, tu as encore quelques semaines pour lui confier tes véritables sentiments.

Jessica prit une profonde inspiration.

— Je m'occupe de la salade ?

— Si tu veux. Jess, réfléchis. Qu'est-ce que tu risques ? Ton cœur est déjà perdu, de toute façon. Et il se peut que mon frère ne soit plus si accroché à sa carrière et à sa vie à Hong Kong. En arrivant, il était susceptible et toujours de mauvaise humeur, mais maman dit que, maintenant, il chante sous la douche ! Inouï. Et c'est grâce à toi, j'en suis sûre. Il t'aime vraiment beaucoup.

Sans répondre, Jessica rouvrit le réfrigérateur et en sortit les légumes verts.

Bien entendu, Jackson n'avait pas parlé de l'agression à sa famille. Il l'aimait sans doute beaucoup, mais pas au point de l'emmener en Asie. Une idée ridicule, d'ailleurs, car si elle était prête à le suivre, elle ne se voyait pas élever son fils dans une ville tentaculaire et polluée.

Des rires mâles résonnèrent dehors, assortis de cris aigus.

Jackson et Grady jouaient au foot avec Nicholas sur la pelouse. Son fils, qui était en train de dribbler après avoir subtilisé le ballon à Jackson, arborait un large sourire.

Soudain, il glissa et tomba face contre terre. Mais au lieu d'éclater en sanglots comme elle s'y attendait, il se releva aussitôt pour courir après le balon que Grady lui avait repris.

Elle poussa un soupir.

— Grady aura tout de même un peu de temps à consacrer à Nicholas, n'est-ce pas ?

— Bien sûr, mais ce ne sera pas la même chose.

Sasha lui tendit une coupe de champagne.

— Bois donc à mon bonheur d'être enceinte. Allons rejoindre mes parents sur la terrasse, le saumon est long à cuire.

Une fois attablée, Jessica garda un œil sur Jackson pour tenter de fixer dans sa mémoire son allure athlétique, ses grandes jambes en mouvement, son rire qui la faisait fondre.

Rien ne serait plus jamais pareil pour elle et Nicholas. Grady, occupé avec ses propres enfants, aurait moins de temps à consacrer à son fils… Mais bien qu'elle soit prête à tout pour son bonheur, elle refusait d'avouer à Jackson qu'elle l'aimait.

Lorsque le repas fut servi, toujours perdue dans ses pensées, elle fut incapable de se mêler à la conversation générale.

Comme l'avait dit Sasha, elle ne risquait plus grand-chose. Peut-être Jackson avait-il déjà deviné. Attendait-il qu'elle lui en parle, ou croisait-il les doigts pour qu'elle continue à se taire ?

— Jess ? On ne t'entend pas, ce soir.

Elle tressaillit et se frotta les bras pour se donner une contenance.

— Euh… je…

— Tu as froid ? demanda Jackson. Je vais te chercher ton pull.

Elle ne protesta pas.

C'était sa propre lâcheté qui la faisait frissonner. Elle avait trop peur qu'il se moque d'elle ou, pis, qu'il décide de repartir plus tôt que prévu. Et elle ne pouvait oublier l'exemple de ses parents, qui s'aimaient tant qu'il ne leur restait rien à donner à leur fille.

Sasha n'avait pas l'air d'y croire. Etait-ce une excuse derrière laquelle elle s'était cachée, adolescente, pour se sentir moins rejetée ?

Elle leva la tête vers Jackson qui revenait avec son pull. Il eut ce sourire qui lui déclenchait des frissons partout.

— Voilà. Tu ne portes plus que de l'orange, depuis le mariage.

— Plutôt de l'abricot, du saumon, du pêche… Des tons pastel. Il y a beaucoup de choix sur internet.

Il leva les yeux au ciel.

— Oh ! je fais confiance aux femmes pour trouver le moyen d'acheter des vêtements, même en vivant sur Mars !

— Sexiste !

Sasha avait crié en même temps qu'elle, et Virginia se joignit à leur chœur.

— Curieux d'entendre ça de la bouche d'un homme qui possède la garde-robe la plus vaste et la plus chère que je connaisse !

Jackson se contenta de sourire.

— Une partie de foot, Nick ?

— Attends, je veux encore du saumon, il est tellement bon ! Maman, tu m'emmèneras en pêcher d'autres ?

— Nous verrons. Tu as été gâté aujourd'hui, Nicholas.

— Nous y retournerons ensemble la prochaine fois que je reviendrai, intervint Jackson.

— Parce que tu comptes revenir ? s'écria-t-elle d'une voix suraiguë, qui étonna visiblement tout le monde.

— Nous en serions très heureux, ajouta Ian, même si nous comprenons que tu sois très occupé là-bas.

Jackson sembla gêné, comme s'il avait fait une gaffe.

— J'ai encore des congés à prendre. Mais c'est vrai que c'est difficile de se faire remplacer…

Il faisait déjà marche arrière.

S'efforçant d'oublier sa déception, elle observa les convives, qui paraissaient tous aussi déçus qu'elle.

Bien entendu, ses parents avaient envie qu'il reste, surtout maintenant que Virginia était malade. Sasha serait heureuse qu'il continue de donner un coup de main à la ferme et soit présent pour ses neveux. Toute sa famille était suspendue à sa décision, mais personne ne se sentait en droit de l'empêcher de poursuivre la carrière qu'il avait choisie.

Jackson avait la mâchoire crispée, les lèvres blanches et pincées. Pour la première fois depuis des semaines, il était sur le point de se mettre en colère.

Elle lui posa discrètement une main sur la cuisse.

— Tu crois qu'on trouve aussi des T-shirts de pêche dans des tons abricot ?

Elle lut de la gratitude dans les yeux verts qui plongeaient dans les siens. Les traits de Jackson s'adoucirent.

— Abricot, peut-être pas. Mais je suis certain de t'en dénicher un orange.

Tout le monde rit en chœur, même si c'était un peu forcé, et la conversation reprit sur un sujet moins périlleux.

Toutefois, elle ne parvint pas à oublier les questions qui la tracassaient. Elle avait le sentiment de courir au désastre, quoi qu'elle fasse.

Enfin, elle prit congé de la tablée et se dirigea vers le salon où son fils regardait un DVD devant la télé.

Jackson se leva aussi.

— Attends, je viens. Nicholas a dû s'endormir.

Le cœur serré, elle le regarda soulever son fils endormi dans ses bras.

— Je vous ramène ? proposa-t-il en la suivant jusqu'à sa voiture.

— Pas ce soir. Je crois que Nicholas est aussi épuisé que moi, nous allons nous coucher tôt.

— Tu m'en veux d'avoir dit à ton fils que je retournerai pêcher le saumon avec lui ?

— Non, mais je suis déçue. Nicholas est trop jeune pour saisir les nuances. Pour lui, c'est comme si tu avais promis de l'emmener demain.

— Je comprends. J'en suis navré. Je n'ai pas l'habitude des enfants de cet âge.

— Ne dis pas de bêtises…

Elle fouilla dans son sac et en sortit ses clés.

— Mais ce n'est pas pour ça que je veux rentrer seule. J'ai vraiment besoin de dormir.

Et de réfléchir sans être perturbée par sa présence.

Il lui posa un baiser sur la joue.

— D'accord, je comprends ça aussi.

Son désir de lui s'accrut pendant qu'il installait avec précaution le petit garçon dans son siège-auto.

Elle n'aurait pas dû refuser sa compagnie.

Quand elle s'assit au volant, Jackson l'embrassa longtemps, avec tant de tendresse qu'elle en eut les larmes aux yeux.

Elle se sentait perdue. Elle avait besoin d'être avec lui, et elle avait besoin d'être seule…

Jackson regarda Jessica s'engager sur la route, se retenant de sauter dans la Jeep de sa mère pour la suivre et se glisser dans son lit.

Comment allait-il pouvoir la quitter ?

Son cœur saignait déjà à cette idée, alors qu'il avait encore un mois entier à passer avec elle. Il n'osait penser au moment où il monterait dans l'avion.

Tout le monde souhaitait qu'il reste, il s'en était aperçu au dîner. C'était d'une facilité déconcertante, d'appartenir à cette communauté qu'il avait fuie autrefois. Mais que faire, ici ?

La seule solution, ce serait de travailler à Nelson, où il pourrait louer un studio et dormir sur place quelques jours par semaine. Ce n'était pas l'idéal pour une relation, mais ses parents avaient vécu ainsi. Autrefois, son père s'envolait pour l'autre bout du monde une semaine sur deux.

Lorsque les feux arrière eurent disparu, il retourna sur la terrasse vide.

Sasha et sa mère devaient discuter recettes de gâteau

au chocolat, et son père et Grady regardaient sans doute la télévision.

Il s'affala dans un fauteuil et posa les pieds sur la rambarde.

Il adorait sa famille, ce n'était pas elle qu'il avait fuie. A l'âge où il était parti, il pensait qu'ils seraient toujours là, inchangés, pour l'accueillir à son retour. En un sens, il ne s'était pas trompé, mais à présent il y avait Grady, Melanie et le bébé à venir. Il devrait rester, au moins pour sa mère qui avait besoin de lui. Mais il avait donné sa parole à Juliet, et c'était important pour lui de ne pas se dédire.

Inutile de se voiler la face, le problème principal, c'était Jessica Baxter — qui, d'ailleurs, faisait davantage partie de la famille que lui.

Grady le surprit au milieu de ses réflexions.

— Une bière ?

— Volontiers.

Le liquide glacé lui fit l'effet d'un nectar divin.

— Un délice.

— Rien n'est jamais simple, hein ?

— Non.

Ils restèrent un moment silencieux à vider leur canette, sans se soucier de parler inutilement. Pourquoi discuter de ce qu'ils savaient tous les deux ?

Il faisait plus frais, et l'air était saturé d'humidité. L'été austral cédait la place à l'automne. Bientôt, les vacanciers nettoieraient leur bateau, le rangeraient pour l'hiver, fermeraient leur résidence secondaire et rentreraient chez eux.

Que ferait Jessica ?

Il connaissait la réponse : elle ferait des gâteaux, porterait du bois à ceux qui avaient froid, de la nourriture et des livres aux plus âgés ou à ceux qui vivaient loin de la ville.

Quoi qu'elle en dise, sa générosité n'était pas destinée à se faire pardonner les bêtises qu'elle avait pu commettre dans son adolescence. Sa bonté était naturelle, voilà tout.

— On rentre, Grady ? fit la voix de Sasha derrière eux. Melanie a fini de manger, il est temps de la mettre au lit.

— D'accord, ma chérie.

Grady se leva.

— Si on sortait le bateau demain matin ? On pourrait partir très tôt et essayer de pêcher de quoi faire un brunch.

— Excellente idée ! Tu passes me prendre à 6 heures ?

En principe, la pêche le détendait, sauf quand il devait accrocher les appâts et défaire les nœuds sur la ligne de Nicholas toutes les deux minutes… Ce qui était amusant aussi, dans un genre différent.

— Quoi ? Parce que tu dors seul cette nuit, ça ne te fait rien de me tirer du lit à l'aube ?

— 6 heures et demie, alors, rétorqua-t-il en riant.

Au fond, il se sentait solitaire. Grady était de bonne compagnie, mais il avait envie de celle de quelqu'un d'autre… Une femme qui avait décidé qu'elle ne voulait pas de lui ce soir.

Jessica n'avait pas menti en disant qu'elle tombait de sommeil. Pourtant, elle ne parvenait pas à fermer l'œil. A 2 heures du matin, elle abandonna la lutte et alla se préparer une camomille.

Assise dans le salon, elle alluma la télévision et regarda distraitement la rediffusion d'un film qu'elle avait déjà vu, sans réussir à se sortir Jackson de la tête.

Elle avait compris le message de Sasha : il était temps de mettre son cœur dans la balance pour que Jackson en dispose à sa guise. Au moins, elle saurait à quoi s'en tenir.

« Jackson, je t'aime. Si jamais tu changes d'avis, tu connais mon numéro. »

Pourquoi pas ? Elle l'imaginait en train de se précipiter bras tendus vers elle en lui disant qu'il était heureux…

Non.

Et pourquoi pas : « Jackson, je t'aime. Je suis prête à t'accompagner à Hong Kong avec Nicholas pour être avec toi. » ?

Il foncerait sans doute à l'aéroport sans même faire

ses bagages. En lui avouant son amour, elle briserait les règles établies entre eux le premier soir. Mieux valait se taire, garder ses sentiments pour elle et profiter du mois qu'il lui restait.

Et après ? Les règles étaient faites pour être transgressées, non ?

Impossible, les conséquences étaient trop effrayantes. Elle n'oserait jamais.

Elle prit une profonde inspiration.

D'un autre côté, en ne lui disant rien, elle mentait par omission. Quant à cette idée qu'elle ne pouvait aimer qu'une seule personne à la fois, ça ne tenait pas debout, puisqu'elle aimait déjà et Nicholas et Jackson.

En fait, elle aimait tout de Jackson, les qualités comme les défauts. Par exemple, sa façon — si déplacée à Takaka — de s'habiller tous les jours comme une gravure de mode, ou ce besoin de toujours se sentir responsable de tout.

Serait-elle tombée amoureuse d'un homme qu'elle savait hors de portée pour ne pas risquer de s'autoriser à partager sa vie ?

Et si elle cessait de se torturer ?

— La couleur de l'amour est le bleu vif du ciel éclairé par un soleil d'or, énonça-t-elle à haute voix.

9.

Lorsque Jessica s'engagea dans l'allée des Wilson, tôt ce matin, la couleur de l'amour n'était pas au rendez-vous : le ciel était gris et lourd de nuages menaçants qu'aucun vent ne chassait, et l'humidité de l'air glaçait les os après cet été torride.

Chaque fois qu'elle repensait à ce qu'elle avait décidé, son cœur battait de façon désordonnée, et une grosse boule lui bloquait la gorge.

— Alors, n'y pense pas, s'ordonna-t-elle à voix haute.

— A quoi, maman ?

— Pardon, mon chéri, je me parlais à moi-même.

En arrivant devant la maison, elle faillit faire demi-tour et rentrer chez elle.

Où était passée cette grande détermination qu'elle avait en montant dans sa voiture ? Mais pas question d'être lâche.

— Salut ! cria Ian depuis le hangar. Vous êtes tombés du lit, tous les deux ? Curieux, Grady est aussi venu à l'aube chercher Jackson. Ils ont sorti le bateau.

Aussitôt, le soulagement la submergea, et elle sentit son cœur s'apaiser.

Quelle trouillarde elle faisait ! De toute façon, c'était reculer pour mieux sauter.

— Ils n'ont pas prévu une mer agitée, aujourd'hui ?

— Je ne crois pas. Calme plat, du moins ce matin. Il y a un avis de coup de vent pour cet après-midi, mais ils seront rentrés avant. Avec, espérons-le, du poisson pour le déjeuner !

— Moi aussi, je veux aller à la pêche !

— Non, Nicholas, c'est impossible…

Pourvu que son fils ne fasse pas une crise de colère parce que Jackson ne l'avait pas emmené !

Elle le prit dans ses bras et le serra très fort.

— Désolée, mon chéri.

Ian caressa les cheveux de son fils.

— Nick, ils n'ont invité personne d'autre non plus. Ils avaient besoin d'être entre hommes.

— C'est quoi, « être entre hommes » ?

— C'est lorsque deux amis veulent être ensemble, en se parlant, ou même parfois sans rien se dire.

Elle le considéra, perplexe.

Jackson et Grady avaient donc des secrets ?

— Eh bien, il ne me reste plus qu'à rentrer chez moi.

Se remettre à arpenter son salon, faire des cookies ?

Ian fronça les sourcils.

— Peux-tu entrer saluer Virginia, d'abord ? Je trouve qu'elle tremble beaucoup, ce matin, et ça m'inquiète. Et elle ne veut jamais rien me dire…

Jessica eut aussitôt honte de son égoïsme. Ces derniers temps, elle oubliait totalement de se soucier des autres. C'était vrai que Jackson la détournait de ceux qu'elle aimait.

— Oui, tout de suite ! Tu as remarqué quelque chose en particulier ?

— Non. Nous sommes deux médecins à la maison pour la soigner, et je reconnais que Jackson et moi l'étouffons peut-être un peu. Va simplement l'embrasser en faisant comme si de rien n'était, d'accord ?

— Nicholas, viens dire bonjour à Virginia.

— Si tu préfères, il peut me donner un coup de main pour remplir les cagettes. Nous avons cueilli les avocats ce matin.

— Oh oui, maman ! s'écria son fils.

— Parfait, alors reste avec Ian.

Elle ne savait plus si elle était soulagée ou déçue que Jackson soit absent.

Jackson moulina à toute vitesse avant que le barracuda ne happe le charbonnier accroché à son hameçon.

— Espèce de pirate ! Quelle plaie, ceux-là !

— Hé ! tu en as deux à la fois !

— C'est pour gagner du temps.

Il fit passer la ligne par-dessus le bastingage pour que ses prises atterrissent dans le grand seau posé sur le pont.

— Super, ils ont tous les deux la taille requise.

Il regarda Grady avec un sourire narquois.

— Pas comme les tiens !

— Bientôt, tu te vanteras d'avoir pris le plus gros de la journée !

— Et avec raison. En tout cas, j'ai mon brunch. Et toi ?

— Moi, je tâche de penser à toute la famille, dit Grady en ramenant un poisson minuscule.

Jackson se tint les côtes.

— Rien que pour Nicholas, il en faudrait déjà trois comme ça !

— Le spécialiste a parlé, grogna Grady en remettant sa prise à l'eau. Vous êtes très complices, tous les deux, non ?

— Il adore la pêche. Si tu peux l'emmener de temps en temps… Il va me manquer.

— Et sa mère ? Elle te manquera aussi, non ?

— Oui.

Plus qu'il ne l'aurait cru possible. Il s'en faisait la remarque chaque fois qu'ils n'étaient pas ensemble.

— Il y a un poste qui se libère aux urgences de l'hôpital de Nelson. J'ai pensé que je devrais te le signaler.

— J'en ai déjà un qui me convient, merci.

Il sentit une traction sur sa ligne, ce qui lui évita de poursuivre.

Encore un charbonnier.

— Plus qu'un, et le seau sera plein.

Et ils pourraient rentrer retrouver leur famille. Plus Jessica et Nicholas.

Jessica mit le plat de cookies au four et régla la minuterie.

C'était très calme, chez elle. Nicholas était resté avec Ian… un autre modèle masculin — même si son favori était sans conteste Jackson. Et il aurait bientôt le cœur brisé. D'un autre côté, il serait un jour ou l'autre confronté à la séparation. Mieux valait qu'il apprenne vite à ne compter que sur lui-même.

Son portable sonna.

— Allô ?

— Ici Constance. Je pense que le travail a commencé.

— Mais ce devait être dans dix jours !

— Eh oui. Pouvez-vous me rejoindre chez moi tout de suite ? Mes bébés sont pressés, en général.

— J'arrive.

Elle éteignit le four et fonça à sa voiture en appelant Virginia.

— Un accouchement avant terme. Pouvez-vous garder Nicholas jusqu'à ce que j'aie terminé ? Je peux téléphoner à Andrea pour qu'elle vienne le chercher chez vous…

— Ne dis pas de bêtises ! Nous sommes heureux de l'avoir ici. Occupe-toi plutôt de ce bébé à naître.

Lorsque la Jeep s'engagea dans l'allée, Jackson avisa Nicholas qui faisait des moulinets avec ses bras.

Pas trace de la voiture de Jess, pourtant…

— Salut, Nick ! Qu'est-ce que tu as fait ce matin ?

— J'ai rempli des cagettes. Vous avez du poisson ?

L'enfant sautait autour du bateau pour tenter de voir ce qu'ils avaient attrapé.

Jackson le souleva et le posa sur le pont.

— Regarde un peu là-dedans.

Les yeux arrondis de surprise, le petit garçon plongea le bras dans le seau.

— Y'en a des tas, et des gros !

— Ta maman n'est pas là ?

— Elle a un nouveau bébé, répondit Nicholas, qui avait

entrepris de faire passer les cannes à pêche par-dessus le bastingage.

— Ah bon ? fit Grady en adressant un clin d'œil à Jackson.

— Attention aux hameçons, Nick. C'est fragile.

Avec précaution, Jackson déposa les cannes contre le bateau.

Un autre accouchement. Il se souvenait du trouble de Jess après la naissance du petit Carrington. Elle désirait évidemment d'autres enfants.

— Tu as une poussière dans l'œil ? demanda Grady avec un sourire malicieux.

— Cesse de dire des âneries ! Les bébés ne m'intéressent pas du tout, surtout si je rentre à Hong Kong.

— Il n'y a que la vérité qui fâche ! Viens, Nick, on va nettoyer le poisson.

Grady se dirigea vers l'évier extérieur, Nicholas derrière lui, et Jackson se mit à rincer le bateau et la remorque pour en éliminer toute trace de sel.

Voulait-il des enfants avec Jess ?

Peut-être un jour…

Il sursauta en sentant l'eau froide ruisseler sur ses jambes.

Bon sang ! Il ferait mieux de se concentrer sur ce qu'il faisait au lieu de se poser des questions idiotes.

Au fait, quelle patiente devait accoucher ces jours-ci ?

— Abigail est magnifique !

Jessica, qui tendait le nouveau-né à Constance, entendit un bruit de moteur qui s'arrêtait devant la maison.

— De la visite, Tim.

L'heureux papa ne bougea pas du bord du lit où il était assis.

— Le moment est mal choisi, grogna-t-il.

— Tu veux que j'aille faire barrage ?

Un bon prétexte pour les laisser seuls avec leur fille.

— C'est gentil de ta part, mais si c'est quelqu'un de la famille, ce sera dur.

— Je m'en occupe.

La sonnette tinta avant qu'elle n'atteigne la porte d'entrée. Elle ouvrit d'un coup et eut la respiration coupée.

Jackson se tenait sur le seuil, un large sourire aux lèvres.

— J'ai pensé que je pourrais passer voir si tu as besoin d'un coup de main.

Elle tenta de reprendre son souffle.

— Trop tard, c'est fini depuis dix minutes.

Il leva un sourcil.

— En moins d'une heure ? C'était rapide.

— Constance accouche toujours très vite, c'est pourquoi elle a préféré rester à la maison plutôt que le bébé naisse dans le 4x4 de Tim.

— Donc, tu as terminé ?

— Il faut que je mette un peu d'ordre et que j'attende de voir si tout se déroule bien, même si elle en est à son quatrième. J'allais faire du café, tu en bois un avec moi ?

A condition que son cœur, qui battait à un rythme effréné, le supporte.

— Volontiers.

— La pêche a été bonne ?

— Excellente. Tu as du charbonnier pour le dîner.

Il l'examina de son regard intense.

— Tu as récupéré ton sommeil en retard ? Tu as toujours l'air aussi crevée.

— Merci du compliment, ironisa-t-elle.

Il la scrutait toujours.

— Qu'est-ce qui te tracasse, Jess ?

Sans doute avait-il déjà compris ce qu'elle tentait de lui cacher. Alors, autant en finir.

Elle lui passa devant pour sortir, referma la porte derrière elle et lui fit face.

— Toi. Moi. Nous. C'est ça qui m'empêche de dormir.

Jackson se pétrifia et la regarda avec les yeux d'un lapin pris dans les phares d'une voiture.

— Je sais que nous nous sommes mis d'accord pour profiter ensemble de ton séjour ici sans faire de projets. Mais voilà, je suis tombée amoureuse de toi.

Il pâlit, ce qui n'était pas bon signe.

Tant pis, elle allait terminer.

— Ne t'inquiète pas. Je t'ai assuré que je ne cherchais pas de relation durable, et ça n'a pas changé.

Elle s'étonnait elle-même de si bien mentir, quand elle sentit ses bras autour d'elle.

— Je te demande pardon, Jess, dit-il en l'attirant contre lui.

— C'est moi qui devrais te dire ça.

Mais était-elle responsable ? C'était arrivé si vite !

— Non, tout est ma faute ! J'ai agi en égoïste. J'étais incapable de me tenir loin de toi…

Sans la lâcher, il s'écarta pour plonger les yeux dans les siens.

— Tu es aussi belle dedans que dehors. Je n'ai jamais rencontré personne qui te ressemble.

Elle sentit les larmes lui picoter les paupières.

— Et pourtant, tu t'en vas.

— Je suis désolé. Pour tout.

Sa voix était basse et triste.

Elle se libéra d'un coup et se détourna en inspirant profondément.

Elle savait qu'elle aurait très mal un jour ou l'autre, mais on n'imagine jamais vraiment…

Il n'y aurait pas de fin heureuse pour leur histoire. Et c'était maintenant qu'elle prenait conscience que c'était ce qu'elle aurait souhaité.

— Jess, tu vas bien ? fit derrière elle la voix inquiète de Jackson.

— Je suis en pleine forme !

Elle tenta de se taire, en vain.

— Non, je suis très mal. Depuis des semaines, je me torture pour décider si je dois t'avouer ça, et à présent que j'ai joué la sincérité, j'ai gâché ce qu'il pouvait nous rester de bon avant ton départ.

La digue se rompit, et les larmes se mirent à ruisseler sur ses joues.

Elle se sentit attirée contre Jackson et perçut les battements désordonnés de son cœur.

— J'aimerais t'assurer que je reviendrai, mais ce serait égoïste. Franchement, je n'ai aucune idée de ce qui m'attend.

— Je comprends. Tu ne m'as jamais menti, et je sais que Takaka est trop petit pour toi.

— J'aurai beaucoup plus de mal à partir que la première fois. Je laisse tellement de choses importantes derrière moi… Si seulement je n'avais rien promis à Juliet !

Cela devenait de plus en plus dur.

Elle se dégagea et s'essuya les joues.

— Je ferais bien d'aller voir comment se portent Constance et le bébé. Rentre, Jackson. Je passerai chercher Nicholas plus tard.

— Jess… Tu ne penses pas que ce serait mieux pour nous deux que je parte plus tôt que prévu ?

Elle tressaillit. Elle avait redouté cette réaction, mais sans y croire vraiment.

— Ta mère sera déçue.

— Je lui expliquerai. Après tout, c'est elle qui m'a appris à être sincère et à vivre selon mes convictions. Mais je reviendrai plus souvent.

Que répondre à ça ? Elle avait l'impression que son cœur allait se briser dans sa poitrine.

— Je te reverrai, avant ton départ ?

Il l'attira de nouveau à lui.

— Oui. Je ne partirai pas sans te dire au revoir.

Elle se libéra de ses bras et s'écarta.

« Au revoir », quels mots cruels ! Une dure réalité, un avenir vide sans lui…

Derrière elle, la portière de la Jeep claqua et le moteur ronfla. Elle ne se retourna pas, de peur de lui courir après malgré elle, de le supplier de s'arrêter pour lui parler encore.

Elle ne savait même pas ce qu'il éprouvait pour elle.

Peu à peu, elle s'était mise à penser qu'elle comptait pour lui, qu'il l'aimait peut-être un peu. Même si ça ne changeait rien, ça l'aurait un peu consolée qu'il le lui dise.

Le mardi, Jessica s'éveilla à 7 heures avec une migraine épouvantable. Le son du radio-réveil lui vrilla la tête.

Elle ne s'était endormie qu'à 4 heures. Elle n'avait qu'une envie : replonger dans le sommeil pour ne pas assister au départ de Jackson.

Nicholas bondit sur son lit, secouant son pauvre crâne…

— Maman, je suis levé !

— Parfait, mon chéri. Que vas-tu manger ce matin ?

Elle-même ne pourrait rien avaler.

— Des tartines avec du miel. Je peux les faire griller ?

Elle se redressa, si vite que sa tête se mit à tourner.

— Attends que je sois avec toi !

Elle passa en hâte sa robe de chambre et le suivit.

Pendant qu'il préparait ses toasts, non sans dégâts, elle s'efforça d'ingurgiter une tasse de thé malgré sa gorge serrée.

Lorsqu'on frappa à la porte de derrière, son fils se précipita pour ouvrir.

— C'est Jackson, maman !

Elle tenta de se lever de sa chaise, mais ses jambes se dérobèrent sous elle. La main crispée sur sa tasse, elle le regarda entrer.

En pantalon et veste superbement coupés, il avait l'air de sortir d'un magazine de mode.

— Jess.

— Oui, Jackson ?

Il était passé la veille en coup de vent lui annoncer que, bien que son avion pour Hongkong ne décolle que samedi, il s'envolait aujourd'hui pour Auckland. En lui expliquant que c'était mieux pour eux.

En quoi ? Elle n'y voyait toujours aucun bénéfice, ni pour elle ni pour lui.

— Jackson, j'ai préparé mes toasts tout seul !

Son fils n'avait visiblement pas perçu l'ambiance.

— Bravo ! Nicholas, je viens vous dire au revoir. Je m'en vais tout à l'heure.

Elle sentit ses yeux s'embuer et ses mains se crisper sur la tasse, à la briser.

Nicholas jeta à Jackson un regard suppliant.

— Non ! Je veux pas que tu partes ! Maman, dis-lui de rester !

Manifestement au bord des larmes, Jackson s'accroupit pour se mettre à la hauteur de son fils.

— Navré, Nick, je suis obligé.

— Nooon ! sanglota Nicholas.

Le cœur de Jessica se brisa.

— Tu me permets de t'envoyer des e-mails ? Tu peux répondre, me raconter si tu fais des progrès en natation et si tu as pêché des poissons avec Grady.

Nicholas hocha lentement la tête, les yeux agrandis par la panique.

— Je pourrai pas ! Maman ?

Elle se sentit perdue. Son fils allait-il surmonter la défection de son modèle favori ? Etait-ce une bonne idée qu'ils restent en contact ?

— Je te montrerai, mon chéri.

Jackson se releva, Nicholas dans les bras.

— Je veux que tu t'occupes de ta maman pour moi. Elle est très spéciale, tu sais ?

— Ne t'imagine pas pour autant que c'est toi le chef de famille, Nicholas !

Elle se forçait, mais au moins elle était capable de sourire.

— Qu'est-ce que c'est, « chef de famille » ?

— Celui qui donne les permissions. Pour l'instant, c'est toujours ta maman.

Jackson serra Nicholas contre lui et lui posa un baiser sur le front.

— A plus tard, Nick.

Puis il le reposa sur ses pieds, et elle attira à elle son

petit garçon sanglotant, puis l'embrassa sur le sommet du crâne.

— Chut, mon chéri ! Tout se passera bien.

Elle regarda l'homme qui les faisait tant souffrir.

— Tu ferais mieux de partir, maintenant.

Il ne bougea pas. Il restait là, à les regarder de ses yeux verts emplis de tristesse.

— Vas-y tout de suite. S'il te plaît.

Il s'approcha, lui prit le menton dans la main et l'embrassa avec tant de tendresse qu'elle en eut mal. Ses lèvres épousèrent les siennes et, malgré elle, elle tenta d'en garder le goût à la mémoire, un parfum auquel se raccrocher et à se rappeler dans le noir de la nuit.

Puis il disparut.

Nicholas hurla plus fort, et elle resta assise, incapable de bouger, laissant couler ses larmes.

Jackson était parti.

10.

Jessica tira la couette jusque sous son menton, écoutant le ploc-ploc de l'eau sur le toit.

Il avait plu toute la nuit, et la météo annonçait toujours des pluies torrentielles pour la journée sur Takaka et la Cobb Valley.

Elle ne s'en plaignait pas. Deux jours après le départ de Jackson, ce temps convenait à son incommensurable tristesse.

Que faire ? Rester au lit ?

Nicholas finirait par se lever. Il faudrait qu'elle surmonte son chagrin, elle se colle un sourire sur le visage, feigne la bonne humeur. Mais avant d'être obligée de bouger, autant apprécier ce moment de tranquillité. Elle alluma la lampe de chevet et ouvrit le livre qu'elle avait commencé.

La lumière clignota, baissa d'intensité, se ralluma… s'éteint totalement.

Super !

— Maman, c'est tout noir ! cria Nicholas de sa chambre. Je me lève.

— Moi aussi, mon chéri.

Elle bondit hors du lit et passa un vieux jean et un T-shirt.

Elle avait l'air d'une clocharde, mais peu importait, Jackson n'était plus là pour la voir.

En évoquant son nom, elle éprouva un violent pincement familier au cœur et au ventre.

Il lui manquait tant !

En fait, elle avait commencé à souffrir de son absence

avant son départ. Quand il était venu lui dire au revoir, elle s'était fermée pour éviter d'avoir trop mal, et ces deux derniers jours elle avait travaillé comme un automate.

Un jour, elle devrait regarder leur séparation en face et s'en accommoder, mais pour l'instant elle se contentait de vivre une minute après l'autre.

— Maman, je peux sortir jouer dans les flaques ?

Nicholas était sur le seuil de sa chambre, en T-shirt de pêche, bien entendu.

Nouveau pincement au cœur.

En fait, il n'avait pas été aussi malheureux qu'elle ne le redoutait, sans doute parce qu'il ne comprenait pas encore bien le sens des mots « au revoir ». Jusqu'à présent, les gens qui le lui disaient finissaient tous par revenir. De Nelson, de l'école, de n'importe où.

Mais pas de Hong Kong.

— Laisse-moi vérifier d'abord. Elles sont peut-être profondes, avec tout ce qu'il est tombé !

Jackson était encore à Auckland. Il était si pressé qu'il n'avait même pas pu attendre le jour de son vol pour quitter Golden Bay. Selon Sasha, il était hébergé par un copain de fac de médecine avec lequel il était resté en contact.

Elle tira les rideaux, considéra sa cour pleine d'eau et, inquiète, sortit regarder ce qu'il se passait chez ses voisins et l'état de la route.

Tout était trempé, et le niveau montait. Elle n'avait jamais vu ça. On aurait dit que la maison avait été transportée sur une île.

Par chance, Mme Harrop était partie pour quelques jours à Nelson.

Elle rentra et prit son téléphone.

— Grady ? On est inondés, de ce côté, et le courant est coupé. Tout va bien, pour vous ?

— On est chez Ian et Virginia. Et si je venais vous chercher avec Nicholas ? Ce serait plus prudent. L'eau arrive des collines, on ignore quand elle va s'arrêter.

— Oui, bonne idée. Je n'aimerais pas rester coincée ici.

Elle se tourna vers son fils.

— Mets un pull et tes chaussures dans ton sac, enfile ton imperméable et tes bottes en caoutchouc. Grady vient nous chercher.

— Génial !

Il fonça vers sa chambre.

Elle rassembla quelques vêtements chauds pour elle et Nicholas, consciente qu'elle aurait du mal à l'empêcher de se mouiller aujourd'hui. Puis elle passa sa grosse veste et vérifia que tous les interrupteurs étaient éteints.

— Mon chéri, quand nous serons chez les Wilson, je ne veux pas que tu sortes, c'est trop dangereux. Tu comprends ?

— Oui, maman.

Il semblait si sage ! Jackson l'avait changé.

Nouveau pincement douloureux au cœur.

Jackson… Elle donnerait tout pour le voir entrer, en ce moment.

— Maman, Grady est là !

Nicholas courut à la porte pour le tirer à l'intérieur.

— Merci d'être venu, Grady. Je n'avais pas envie de rester à regarder l'eau monter.

Une heure plus tard, la police lui annonça au téléphone qu'un torrent traversait sa maison ainsi que celles de ses voisins.

Le cœur chaviré, elle se tourna vers Sasha.

— Au moins, nous sommes en sécurité.

Mais toutes ses affaires, ses meubles, ses livres ! Les jouets de son fils !

Ses larmes jaillirent.

— Ce ne sont que des biens matériels, marmonna-t-elle en s'essuyant les joues.

Sasha l'embrassa.

— Ce sont tes possessions personnelles. Je réagirais comme toi. Mais peut-être pourras-tu en sauver une partie.

— Tu crois ?

Ian fit irruption dans la cuisine.

— L'eau monte très vite ! cria-t-il. Il faut mettre les moutons à l'abri, venez m'aider !

— Allez-y, je m'occupe de Melanie et de Nicholas, dit Virginia.

Dans le pub où Jackson déjeunait avec son ami Simon, il entendit sonner son portable et consulta l'écran.

— Excuse-moi, c'est ma sœur. Allô ?

— Ramène tes fesses ici ! hurla Sasha. On a besoin de toi. Toute la région est inondée.

Son cœur bondit dans sa poitrine.

— Comment ça se passe à la ferme ? Maman et papa vont bien ?

Ce n'était pas la première fois que les vergers étaient envahis par les eaux, et ils s'en étaient toujours tirés sans trop de dégâts. Mais Jess ? Sa maison était juste au pied des collines !

Oh ! mon Dieu ! Et il l'avait laissée tomber…

— Pas de problème chez nous, c'est Jessica qui a besoin de toi. Elle a tout perdu, en plus de toi, espèce de sale brute !

Son cœur cognait dans sa poitrine, et ses tempes battaient.

Il lança un regard à la ronde, à la foule qui fixait l'écran de télévision pour ne rien manquer de la retransmission du match de rugby de la veille, les Auckland Blues contre les Hurricanes.

Sa place n'était pas ici, ni à Hong Kong.

— Elle n'est pas blessée ? Elle est en sûreté ?

— Elle est en train d'aider à sauver les autres sinistrés, de les rassembler et de leur trouver un hébergement.

Typique de Jessica Baxter, la femme à qui il n'avait pas eu le courage d'avouer qu'il l'aimait.

— On en a parlé aux infos ?

— Où étais-tu, Jackson ? Sur la lune ?

Sasha semblait dégoûtée de son attitude, et avec raison. Quel imbécile d'avoir pensé qu'il pouvait les quitter, tous. Et surtout Jess, l'amour de sa vie…

Il se leva brusquement. Il voulait se rendre compte par lui-même.

Simon se mit aussi debout, lui jetant un regard inquiet.

— Quelque chose qui cloche ?

— Il y a une grave inondation chez moi. J'aimerais que le barman change de chaîne pour avoir les nouvelles.

Le portable toujours collé à l'oreille, il tenta de se frayer un passage dans le pub bondé.

Simon le retint par le bras.

— Tu veux qu'on se fasse lyncher ?

— C'est important !

— Tout est relatif. J'ai envie de vivre encore un peu, et j'ai une meilleure idée. Viens, je connais un endroit plus tranquille.

Son ami lui saisit le bras de sa poigne solide de rugbyman pour l'entraîner dehors.

— Où allons-nous ?

— Qu'est-ce que tu dis ? demanda Sasha dans son oreille.

— Désolé, il faut que je raccroche. Simon m'emmène Dieu sait où contre mon gré, il faut que je me défende.

Au moment où il parvenait à dégager son bras, la lumière jaillit dans son esprit : ils étaient devant un magasin d'électroménager où l'on pouvait suivre les informations sur des rangées de téléviseurs.

Il regarda les écrans alignés et réprima un juron.

Il n'avait jamais vu Takaka dans cet état. Sa ville natale était noyée sous les eaux, des tourbillons bourbeux qui détruisaient tout sur leur passage et charriaient des troncs d'arbres et des bêtes mortes.

Sa place était là-bas. Avec Jess, en train de secourir les autres. Pourquoi avait-il mis si longtemps à le comprendre ?

Sa sœur semblait déçue.

— A ta guise. Je me suis trompée, alors… Je croyais que tu l'aimais…

Sa voix était si basse qu'il eut du mal à comprendre.

— Bref, Jackson, je dois te laisser. Nous avons des urgences, ici.

— Une minute, Sasha ! Dis-moi si la route des collines est praticable.

— Non. Elle est bloquée par des éboulements en plusieurs endroits.

Il sentit une main se poser sur son épaule.

— Je te conduis à l'aéroport ?

— Oui, merci, Simon. J'espère pouvoir monter à bord d'un vol commercial jusqu'à Nelson. Ensuite, je suppose que je devrai louer un avion privé.

Cinq heures plus tard, Jackson rangeait ses valises dans un coin du bureau du terrain de camping de Pohara et se dirigeait vers la cafétéria transformée en salle d'urgence.

Il avait eu un aperçu de la catastrophe en venant de l'aéroport de Takaka, d'abord en 4x4, puis en bateau, et enfin à pied.

Il se fraya un chemin entre les gens, les sacs et les cartons de provisions, cherchant des yeux Jessica. En vain.

En revanche, Grady était là.

— Où est Jessica ?

— Tu pourrais dire bonjour ! Elle est partie soigner Sam, qui s'est blessé en creusant une tranchée pour dévier l'eau de sa maison. Elle va bien, ne t'en fais pas…

Et Grady s'empara d'un téléphone qui sonnait.

Jackson se tourna vers le tableau blanc et consulta les listes de propriétés dévastées, de personnes évacuées, de blessés à aller examiner chez eux.

La maison de Jess n'avait pas été épargnée, et pourtant elle était en train de secourir les autres. Quelle femme merveilleuse ! Dire qu'il avait failli la quitter !

Il eut envie de la rejoindre pour la seconder dans ses visites, mais elle n'aimerait pas cela. Mieux valait se rendre utile en soignant d'autres blessés.

Il semblait qu'une victime ait besoin de soins urgents.

Il rongea son frein en attendant que Grady raccroche.

— Tom Gregory, à Tarakohe, le bras écrasé en essayant d'amarrer son bateau.

— J'y vais.

— Prends ma Jeep, elle est équipée. Ensuite, il faudra que tu files jusqu'à Wainui Inlet.

Il attrapa les clés au vol.

— On reste en contact.

— O.K. Je te fournirai les détails plus tard.

Cramponnée au volant, Jessica, penchée en avant pour distinguer la route, regagnait avec précaution le centre d'urgence improvisé.

Elle claquait des dents. Ses vêtements étaient trempés sous sa grosse veste. En regagnant le 4x4 prêté par Ian, elle avait glissé et était tombée dans un fossé bourbeux. Elle avait encore le goût de la boue dans la bouche, et elle aurait tout donné pour un chocolat bouillant. Il était plus de 19 heures, il faisait nuit noire. Et le jour le plus long de sa vie n'était pas terminé. Mais comment aller se mettre au chaud, avec tous ces sinistrés qui attendaient de l'aide ? Elle trouverait peut-être un café tiède et un sandwich à Pohara…

Elle n'était sûrement pas la seule à se sentir épuisée. Les dégâts étaient effrayants, et toutes les équipes de secours avaient travaillé sans relâche.

Quant à sa maison…

Inutile d'y penser. Elle avait eu un aperçu des dommages quand les pompiers l'y avaient emmenée prendre des affaires, des vêtements, quelques photos et un ou deux jouets de son fils. C'était certainement tout ce qu'il leur resterait.

Enfin, elle s'arrêta devant le bâtiment éclairé et poussa la portière.

A l'intérieur, il faisait chaud. Ses yeux s'accoutumèrent peu à peu à la lumière vive, et elle se détendit. Elle lâcha la trousse médicale qu'elle apportait pour la regarnir et l'entendit choir sur le sol, mais elle n'eut pas la force de se baisser pour la ramasser. Elle tombait de sommeil.

Quelqu'un l'attrapa par le bras pour l'aider à s'asseoir, et une tasse de thé apparut devant elle sur la table.

Elle tremblait si fort qu'elle craignit de la renverser avant d'avoir pu en avaler une gorgée.

— Bois ça, Jessica. Je parie que tu n'as rien mangé à midi.

Comme pour le confirmer, son estomac gronda.

— Tout était fermé.

— Je vais te chercher un sandwich.

Son cœur s'emballa. Qui était cette gentille apparition ?

Quand elle releva la tête, elle cessa un instant de respirer.

— Jackson ?

— Bois pendant que Sheree te trouve des vêtements secs, dit-il avec un sourire en coin.

Son tremblement s'accentua.

— Je rêve ?

— Ne crains rien, Jess, je ne suis pas un fantôme. Je suis revenu, pour de bon.

Dans son cerveau embrumé par l'épuisement, ces mots n'avaient qu'un sens très vague.

— Tant mieux…

Elle fixa son attention sur ses beaux yeux verts où dansaient de l'inquiétude et du remords… Et de l'amour, ou était-ce une hallucination ?

— Il paraît qu'il y a des dégâts, chez toi.

En fin de compte, c'était juste le souci normal qu'on pouvait se faire pour une amie sinistrée.

— Ton père a bien un bulldozer dans son hangar ? Je vais en avoir besoin.

Elle n'était plus capable de réagir : sa maison avait été détruite, et maintenant l'homme qui s'était enfui pour l'éviter était là, une main sur son genou, comme s'il…

Elle ne comprenait plus rien. Pourquoi était-il revenu ?

Qu'importe, ce n'était pas le moment de se poser des

questions. Elle secourait les victimes de la catastrophe, et elle allait continuer. Paierait-elle jamais ses erreurs de jeunesse ?

Elle prit une profonde inspiration.

— Contente de te voir. On a besoin de tous les médecins disponibles, ici.

Il s'empara de l'assiette qu'apportait Sheree et lui tendit un sandwich.

— Mange.

Reconnaissante, elle se mit à mâcher tout en l'examinant.

— Toi aussi, tu es trempé !

— Je soigne des gens depuis quatre heures. Il y a du travail pour quelque temps. Il pleut encore, aux dernières nouvelles.

— Il faut que je regarnisse ma trousse d'urgence…

— Je m'en occupe dans une minute, dit-il sans faire mine de bouger.

— Pourquoi es-tu revenu ?

— Je ne pouvais pas vous laisser.

Il tira une chaise et s'assit en face d'elle.

— J'ai eu tort de partir, Jess. En fait, je savais que je voulais rester, mais cette satanée promesse m'obligeait à partir.

— Je vois.

— Jackson ! cria Grady. Un gosse a besoin de points de suture à la main dans la pièce d'à côté. Tu t'en occupes ?

— O.K.

Jackson se pencha vers elle et l'embrassa sur la joue.

— Ne bouge pas d'ici.

Elle le regarda ôter sa veste ruisselante et sortir de la salle.

— C'est bien lui ? murmura-t-elle tandis que Sheree posait une pile de vêtements secs à côté d'elle.

— Tu en connais un autre qui s'habillerait comme un milord pour secourir les victimes d'une inondation ?

— Non.

Il était si sexy, même s'il donnait l'impression d'être tombé à l'eau avec son costume… Et prévenant.

— Pourquoi crois-tu qu'il est revenu ?

— Change-toi, Jessica. Tout est trop grand pour toi, mais ça te réchauffera. Vu la situation, Jackson ne va nulle part ce soir. Tu pourras lui poser la question à lui.

Elle laissa couler ses larmes, brûlantes, sur ses joues glacées.

Y avait-il une petite chance qu'il soit là pour elle ?

11.

Jessica conduisait le 4x4 avec prudence, ralentissant pour franchir les nappes d'eau qui submergeaient par endroits la route, contournant les arbres tombés.

Jackson l'observait depuis le siège passager.

Pourquoi avait-elle tenu à prendre le volant, dans l'état où elle était ? Pour recouvrer sa maîtrise ?

En sortant du centre de secours, il avait remarqué sa bouche pincée, ses lèvres blanches et ses yeux que l'inquiétude avait foncés. Dans le noir, il la voyait à peine, mais il ne pouvait détacher le regard de sa forme sombre, de ses cheveux trempés…

Adorable.

Même s'il n'était parti que deux jours, elle lui avait manqué chaque minute, et il avait dû lutter pour ne pas revenir avant.

— Comment as-tu pu arriver jusqu'ici ? demanda-t-elle. La route des collines est fermée.

— J'ai loué un avion à Nelson. Heureusement que la piste d'atterrissage est sur les hauteurs !

— Ici, en bas, ça n'aurait pas été possible.

— En effet. Je n'ai jamais rien vu de pareil. C'est un désastre dans les vergers, les avocatiers et les citronniers sont noyés. Par chance, la maison est au sec, et pleine de voisins et d'amis qui s'y sont réfugiés.

Jessica donna un coup de volant brusque pour s'engager dans l'allée de ses parents.

— Ce n'est pas la première fois que ça arrive, dans la baie, dit-elle d'une voix lasse.

— Je sais, mais je n'étais pas là.

En fait, il s'était débrouillé pour ne jamais partager les moments difficiles avec les siens.

— Jess, j'aurais voulu te dire…

Elle freina si brutalement qu'il fut projeté en arrière.

— Voilà, on y est. Je vais enfin pouvoir retrouver mes vêtements secs et embrasser mon fils.

Elle descendit et claqua la portière.

— Moi, tu ne m'embrasseras pas, si j'ai bien compris ?

Il aurait dû s'y attendre.

Il resta assis, tremblant de froid dans son costume mouillé, frissonnant d'avoir été éconduit.

Jessica contourna la bâtisse en direction de la porte de l'arrière, faisant jaillir des éclaboussures à chaque enjambée rageuse, comme pour lui signifier qu'elle ne pouvait pas affronter son retour. Ou ne le voulait pas…

Enfin, il ouvrit sa portière et descendit.

De toute façon, la soirée était mal choisie pour une conversation sérieuse. La maison était bondée, et Jess devait penser à Nicholas.

Il s'exhorta à la patience, ce qui n'était pas son fort.

Il ferait tout pour regagner sa confiance. Inutile d'exiger d'être écouté tout de suite. Il faudrait quelques jours aux experts et aux maçons pour évaluer les dommages. Ensuite, il serait à ses côtés pour la soutenir et l'aider à nettoyer la maison dont elle était si fière. Si c'était possible…

— Alors, cria son père, tu entres ? Il me reste un peu de bourbon.

— C'est bien de toi, papa !

Une seconde, il se sentit le cœur plus léger.

Mais en approchant, il remarqua à quel point son père avait vieilli ces dernières heures, et sa gorge se noua.

La maladie de sa mère était déjà difficile à accepter, mais la catastrophe avait accru l'inquiétude du chef de famille de façon dramatique. Et son départ précipité n'avait pas dû arranger les choses…

Il lui entoura les épaules de son bras.

— Papa, je te demande pardon. Je reste ici avec vous. Pour de bon.

Son père plongea le regard dans le sien.

— Moi, je l'avais compris avant toi. Va plutôt le dire à Jessica. Et tu as intérêt à être persuasif, elle aura peine à te croire.

Jackson hocha la tête, l'estomac serré.

Il lui faudrait peut-être la vie entière pour prouver à Jess qu'il pouvait changer. Si elle lui laissait une chance.

— Elle a vraiment besoin de toi, insista son père. D'après Jonty, les deux maisons qu'elle possède sont fichues.

— Oui, j'ai lu ça sur le tableau du centre d'urgence.

Depuis ce qui avait été sa cuisine, Jessica avança un pied puis l'autre avec précaution pour atteindre le salon.

Depuis la veille, l'eau avait baissé, la boue lui arrivait au-dessus des chevilles. L'odeur lui soulevait l'estomac. Tout sentait l'humidité, une trace brune marquait les murs jusqu'à hauteur de sa taille, et les meubles emportés pêle-mêle dans un coin étaient perdus à jamais. Les photos accrochées aux murs n'avaient pas été épargnées.

En en reconnaissant une de Nicholas tout souriant, à vélo sur la pelouse, elle se mit à pleurer.

Après une nuit longue et pénible où elle n'avait pas fermé l'œil, elle s'était glissée hors de chez les Wilson dès le lever du jour et avait emprunté la Jeep de Virginia. Elle voulait absolument voir ce qu'était devenu le foyer qu'elle avait installé pour elle et son fils, le havre où elle se sentait enfin chez elle.

Elle avait besoin de constater les dégâts par elle-même, toute seule, avant que quiconque lui propose de l'aide ou du matériel.

En atteignant la chambre de Nicholas, elle essuya les larmes qui lui coulaient sur les joues et considéra la pièce.

Si l'on ne distinguait plus les couleurs du jeté de lit en patchwork qu'elle avait acheté à la foire annuelle d'artisanat, on y reconnaissait les animaux du zoo, restés un peu plus clairs. Peut-être qu'elle réussirait à le ravoir un jour…

Elle ouvrit un tiroir de la commode, et son estomac se souleva.

Tout était inutilisable. Elle allait devoir refaire toute la garde-robe de son fils… Par chance, il était parti avec son T-shirt de pêche porte-bonheur.

Une autre photo trempée attira son attention.

Comment avait-elle pu l'oublier, hier ? Nicholas posait avec son premier poisson, un large sourire aux lèvres, et Jackson agenouillé à côté de lui semblait tout aussi heureux.

Les deux personnes les plus importantes de son existence, de cette vie devenue soudain si chaotique…

Ses pleurs ruisselèrent de plus belle.

— Hé ! Jess !

Tout à coup, des bras solides lui entourèrent la taille.

Elle se retourna et se pressa contre l'homme qui lui manquait tant. Elle se blottit contre son épaule en sanglotant, mouillant son pull-over de ses larmes.

Jackson la laissa pleurer tout son soûl en lui caressant le dos. Peu à peu, elle absorba sa force, et sa présence calme l'apaisa, jusqu'à ce que finalement les pleurs cessent.

Son cœur était plus léger, même si rien n'avait changé et si elle était persuadée qu'il repartirait un jour ou l'autre.

Elle recula.

— Merci. Comme s'il n'y avait pas déjà assez d'eau dans cette maison…

Il arrangea une mèche de ses cheveux en souriant.

— Voyons ce que l'on peut sauver. J'ai emprunté un pick-up, on pourrait trier ce qui est récupérable et l'emporter pour le nettoyer. Ensuite, si tu veux, on passera chez Mme Harrop.

Au moins, c'était une tâche précise à accomplir. Elle avait besoin d'action.

Elle entra dans sa chambre et jeta un coup d'œil à la ronde, au lit où elle avait pris tant de plaisir avec lui, à ses souliers éparpillés… Elle ramassa un escarpin, autrefois d'une ravissante teinte abricot, de la paire qu'elle portait pour le mariage.

— Fichue. Mais ce ne sont que des chaussures…

— Pour les femmes, c'est important, entendit-elle derrière elle.

Jackson la regardait avec un sourire tendre.

— Je t'emmènerai faire les magasins quand nous aurons fini de trier tout ça. Tu as prévenu ton assurance ?

— Je n'ai pas eu le temps hier, et il doit être encore trop tôt… J'ai de grands sacs-poubelle qui peuvent servir pour emporter le linge, à condition que je les retrouve.

Elle se mit à ouvrir des tiroirs gonflés d'eau.

— Jess…

— Les voilà ! s'écria-t-elle en sortant un rouleau de plastique dégoulinant.

— Jess ! répéta Jackson, plus fort.

Il s'approcha et lui posa les mains sur les épaules.

— Jess, je ne sais pas si c'est le bon moment pour te dire ça, mais je t'aime.

— D'accord.

Et après ? Cela n'arrangerait rien. Elle devait trier ses affaires avant que la journée commence, parce qu'ensuite elle partirait travailler.

Elle se sentit secouée gentiment.

— Je suis venu *pour rester*. Je ne repartirai plus à Hong Kong.

— Parfait, ça tombe très bien. Tu remplaceras Rory, qui a tellement envie de rejoindre sa petite amie à Auckland.

Certaines situations complexes finissaient par s'éclaircir, à condition d'être patient…

Elle marcha sur un objet souple, se pencha et fouilla la boue pour l'en extraire. La girafe de Nicholas, devenue d'un brun uniforme.

— L'un de ses jouets préférés, dit-elle en la fourrant dans un sac-poubelle.

Jackson lui en tendit deux vides.

— Va t'occuper de ta chambre, si tu veux. Je continue ici.

Il semblait très abattu.

Pourquoi ? Elle n'avait pourtant pas mal réagi à son aveu…

Enfin, Jess ferma le dernier sac plein de ses vêtements et le jeta sur le lit, sur la courtepointe en patchwork que la grand-mère de Sasha avait autrefois cousue de ses mains et qui partirait à la poubelle.

Quel dommage…

Elle contempla la pièce qui avait fait sa joie et sa fierté, qu'elle avait décorée en laissant parler sa créativité.

Tout était détruit.

Elle se mit à trembler et sentit des larmes couler de nouveau sur ses joues.

Jackson apparut soudain devant elle avec une boîte de mouchoirs miraculeusement secs.

— Tu pleures ? Attends, je m'en occupe.

Il lui tamponna le visage, mais le flot ne se tarit pas.

Elle tenta de se ressaisir.

— Je sais, ce n'était pas un palais… Mais c'était ma maison, que j'avais arrangée à mon goût pour y élever mon fils. J'ai été heureuse ici. Pour la première fois, je me sentais chez moi… Peut-être que c'était trop beau.

Il lui caressa la joue puis lui releva le menton pour l'obliger à le regarder.

— Est-ce que tu considérerais ça comme une sorte de châtiment, pour n'avoir pas assez donné d'amour ?

— Oui, c'est ce que je ressens.

— Ma chérie, l'amour qui émanait de cette maison ne provenait pas des rideaux, des fleurs dans les vases ou des livres de ta bibliothèque.

Il lui tapota la poitrine à l'endroit du cœur.

— Il venait de l'intérieur de toi. Peu importe la maison où tu vis, elle sera habitée de ta personnalité, de ton amour, de ta gaieté et de tes rires. Et Nicholas se sentira toujours aimé et en sécurité.

Il était rarement aussi volubile…

Elle commença à se détendre un peu.

— Tu le penses vraiment ?

— J'en suis convaincu.

Il se pencha et approcha sa bouche de la sienne.

— Tout à fait convaincu.

Ce fut un baiser plein de compréhension, de générosité, de cet amour qu'il avait mis si longtemps à déclarer. Elle retrouvait tout à coup ce qui lui avait tant manqué.

— Je t'aime, Jess.

Elle se pressa contre lui et lui rendit son baiser en lui passant les bras autour du cou.

— Je me sens un peu perdue. Je t'aime tant ! Mais je refuse que tu sacrifies ta vie à Hong Kong pour moi. Tu as horreur de Golden Bay…

— Je reste, point final. Je me trouve bien ici depuis que tu m'as appris à aimer cet endroit et les gens qui y vivent.

— Moi ? J'essaie juste de réparer les bêtises que j'ai faites plus jeune, et de me faire de nouveaux amis.

— Tu as passé la journée à les soigner, hier.

— Je suis infirmière. C'est mon métier.

A ce moment-là, son portable sonna.

— Jessica ? Je crois que je viens de perdre les eaux !

— C'est toi, Lynley ?

— Oui. Ouille ! J'ai des contractions toutes les dix minutes. Il faut que j'aille tout de suite au centre médical ?

— En principe, on attend qu'elles soient espacées de six minutes, mais tu peux partir maintenant. Aujourd'hui, ça risque d'être plus long et plus difficile d'atteindre la maternité.

— D'ici, ça passe sans problème. Mais de ton côté ?

— J'y serai le plus vite possible. Concentre-toi sur le bébé.

Elle raccrocha et regarda Jackson, qui l'observait.

— Je t'accompagne en ville, je suppose. Et si on s'arrêtait chez mes parents pour manger quelque chose au passage ?

— Si l'état de la route le permet…

— Allons nous en rendre compte.

Il ramassa les sacs et les jeta à l'arrière du pick-up.

Elle n'avait plus qu'à suivre sans protester avec la Jeep.

En voyant à quel point Jessica était désespérée, Jackson avait eu envie de la prendre dans ses bras pour la consoler, de l'emmener loin de ce chaos, de lui faire couler un bain chaud… Il aurait tout fait pour qu'elle oublie son chagrin. Oh ! bien sûr, elle ne le lui aurait pas permis ! Visiblement, elle avait à peine écouté ce qu'il lui disait.

Le moment était sans doute mal choisi pour lui avouer son amour et la convaincre qu'il serait toujours à ses côtés. Tout à l'heure, lorsque ses parents s'étaient inquiétés de son départ, il leur avait assuré qu'il s'en occupait. Ça l'arrangeait…

Tout en roulant, il composa le numéro de la caserne des pompiers et obtint Jonty.

— Salut, Jonty. On passe, ce matin ? Jessica a un accouchement prévu, et…

— La route est ouverte. On a fait des déviations aux endroits où elle était bloquée, mais ça glisse beaucoup. Ne laisse surtout pas Jessica venir avec ce truc qu'elle appelle sa voiture !

— Pas de danger. Ce « truc », comme tu dis, a été immergé toute la nuit.

Il ignorait si elle était entrée dans son garage, et il ne tenait pas à ce qu'elle le fasse dans l'immédiat.

— Bon sang, ce n'est pas de chance !

— Tu as raison. Je l'accompagne. Si quelqu'un a besoin d'un médecin dans les prochaines heures, je serai au cabinet médical.

Il raccrocha et appela aussitôt Jessica.

— Jess, la route est ouverte. Passons déposer les sacs chez mes parents, emportons un truc à grignoter et allons-y.

Quand ils rentreraient, sa mère aurait probablement déjà tout lavé.

— Tu tiens absolument à venir ? C'est un accouchement sans problème, Jackson.

— D'accord, mais je pourrai peut-être aider au cabinet. Il est trop tôt pour commencer à nettoyer les vergers, je ne sers à rien à la maison.

Et il voulait aussi être là pour la soutenir, car il ne la croyait pas encore remise du choc.

Elle lui répondit avec un sourire dans la voix.

— Tu sais que tu commences à réagir comme un type d'ici ?

— Si tu m'avais dit ça quand je suis arrivé, je serais reparti en courant !

— Je ne t'ai pourtant rien dit de tel, il y a trois jours !

A l'évidence, elle voulait lui faire payer sa fuite.

Eh bien, il serait patient. Rien ne pressait, ils avaient toute la vie devant eux.

— Je plaide coupable. Ecoute, si vraiment je commence à ressembler aux gens d'ici, ça me rend plutôt heureux. Je n'éprouve plus aucune panique à l'idée de m'intégrer. Je fais des progrès, non ?

Elle s'esclaffa.

— Un jour ou l'autre, tu seras élu maire de Takaka !

Il rit aussi, plus détendu.

— Ne dis pas de bêtises ! Nous n'avons pas de mairie, nous dépendons de Nelson.

Ils arrivaient chez ses parents.

Il raccrocha, se gara et serra le frein à main tandis que Jessica garait la Jeep à côté du pick-up.

Elle sauta au sol et passa derrière pour sortir deux des sacs-poubelle.

— Je me demande s'il n'y a pas une ou deux locations libres sur la plage, lui dit-elle.

— Tu as l'intention de t'y installer un moment ?

— Il faut que je trouve un logement le plus vite possible.

Il se réjouit d'avoir une tâche pratique à accomplir pour la femme de sa vie.

— Je m'en charge. Pendant que tu mets ce bébé au monde, je vais passer des coups de fil et chercher sur internet.

Il vit son visage s'éclairer.

— Merci. Regarde, le soleil revient et le ciel est presque bleu !

Il fut soulagé de constater qu'elle s'était détendue. De nouveau, il eut envie de l'embrasser mais se retint.

La patience était le maître mot, inutile de la brusquer aujourd'hui.

Il tira deux autres sacs du pick-up puis la suivit en admirant sa démarche souple et le balancement de ses hanches.

Avant que Jessica ait pu ôter ses bottes, Virginia lui tendit un mug de thé fumant.

— Bois ça, Jessica. Je t'ai appelée quand tu es partie pour t'en proposer un, mais tu ne m'as pas entendue.

Autour d'elles, l'immense cuisine bruissait des bavardages des voisins hébergés par les Wilson.

— Pardon, Virginia. J'étais tellement préoccupée…

— Je l'ai bien compris. Tu peux rester ici avec Nicholas aussi longtemps que ce sera nécessaire. Ne discute pas.

— Merci. De toute façon, je suis trop épuisée pour me mettre à chercher quelque chose aujourd'hui.

Elle posa sa joue contre celle de Virginia.

— Je te remercie encore, du fond du cœur.

Jackson fit son entrée, souriant.

— On va en ville bientôt. Si quelqu'un a besoin qu'on l'emmène…

Décidément, songea-t-elle, il ressemblait de plus en plus à un membre de la communauté.

Il y eut des remerciements polis. Visiblement, sa proposition n'intéressait personne pour l'instant.

Virginia tendit un mug à son fils.

— Emportez quelque chose à manger, vous ne trouverez rien d'ouvert.

Dix minutes plus tard, ils repartaient, et bientôt son téléphone vibra.

— Lynley ?

— Contractions toutes les cinq minutes. Trevor et moi, nous t'attendons à la maternité.

— J'arrive !

Elle raccrocha aussitôt.

— Etonnant qu'elle soit si calme, pour son premier, observa-t-elle.

— Et toi, comment étais-tu pour la naissance de Nicholas ?

— Très casse-pieds avec tout le monde, comme si personne n'avait jamais accouché avant moi. Je suis surprise qu'il me soit resté des amis après.

Elle sourit.

— Ça fait vraiment mal, tu sais... Et pour moi, ça a duré trente et une heures.

— Tu recommencerais ?

— Où veux-tu en venir ?

Jackson ralentit derrière un tracteur qui tirait une remorque chargée d'arbres déracinés.

— Euh... Je pense que je serai heureux d'avoir des enfants.

Ah ? Et en quoi était-elle concernée ?

Il est vrai qu'il avait dit trois fois déjà qu'il l'aimait...

— Moi, je le referais volontiers. La douleur est vite oubliée, quand on tient son bébé dans ses bras.

Concentré sur la route, il ne répliqua pas.

Lorsqu'ils arrivèrent, Mike les accueillit dans le cabinet médical pratiquement désert.

— Salut, vous deux, vous avez pu passer ! Je suppose que les patients sont tous trop occupés pour venir consulter.

Il se tourna vers elle.

— A part Lynley Coomes qui t'attend à la maternité avec Trevor, bien entendu.

Jackson poursuivit son chemin à grandes enjambées.

— Je suis là-bas si tu as besoin de moi, Mike !

— Tu n'es pas obligé de m'accompagner ! s'écria-t-elle en le rattrapant.

— Je vais préparer le petit déjeuner.

— Tu as toujours réponse à tout !

Il se pencha pour l'embrasser sur la joue.

— Mieux vaut t'y habituer tout de suite.

Lynley était déjà en blouse d'hôpital.

— Je ne supportais plus d'être serrée. Ah ! Trevor ! gémit-elle avec une grimace de douleur, en s'accrochant à son mari.

Celui-ci adressa à Jessica un sourire un peu crispé.

— Content que tu sois là. Il paraît que ta maison a été inondée ? J'espère que ça ne sera pas trop grave. Si tu as besoin d'aide, appelle-moi, d'accord ?

— Merci, Trevor. Il est encore trop tôt pour évaluer les dégâts. Voici Jackson Wilson, qui est urgentiste.

Jackson les salua d'un large sourire.

— Je sais qu'il n'y a pas d'urgence, ici. Si vous n'avez pas envie que je reste, dites-le, sinon j'ai l'intention de rester pour apprendre.

A la fin de l'après-midi, Lynley tenait son bébé dans ses bras.

C'était le plus merveilleux de tous, bien sûr, observa Jessica comme chaque fois.

— Emouvant, n'est-ce pas ? murmura Jackson derrière elle.

Elle se détourna et lui parla à voix basse.

— Je me dépêche de terminer, tâchons de nous éclipser avant l'arrivée de la famille.

Ils trouvèrent le cabinet fermé. Mike était rentré chez lui plus tôt que d'habitude, sans doute pour profiter d'un peu de tranquillité avec Roz.

A la cuisine, Jessica remplit la bouilloire et sortit deux tasses, puis elle ouvrit la boîte de biscuits au chocolat de Sasha et s'en fourra un dans la bouche.

— J'ai besoin de sucre, parvint-elle à articuler, la bouche pleine.

Jackson venait de s'asseoir à la table avec son ordinateur portable.

— J'ai trouvé des locations que tu peux aller visiter quand tu veux. Deux à Pohara et une à Parapara. Tu as la priorité pour les trois.

Elle s'appuya au comptoir et croisa les bras.

— Parapara, ce serait super. La plage est tellement longue ! Mais la mer, là-bas, est sans doute un peu dangereuse pour Nicholas.

— Ce n'est pas trop loin de la ville ?

— Si, bien sûr. Donc, je l'élimine.

Elle eut un sourire las.

— Merci, j'apprécie que tu aies prospecté pour moi.

— De rien. Ravi de t'aider.

Elle l'étudia.

Bizarre qu'il soit de si bonne composition, malgré son indifférence quand il lui avait avoué son amour… En plus de chercher des locations pour elle, il avait passé la journée à l'assister, lui apportant des sandwichs et du café et lui massant le dos lorsqu'il devenait douloureux.

Elle plongea le regard dans le sien.

— Jackson… Je t'aime aussi…

Le voyant sur le point de se lever, elle l'arrêta d'un geste.

— Mais ça ne signifie pas que je vais me jeter dans tes bras.

Elle avait eu du mal à prononcer ces mots, et son estomac se noua. Elle avait tant envie de lui !

— Tu peux développer ?

— Oui. J'ai des parents qui s'aiment tant qu'ils ont oublié de me donner de l'affection, et qu'ils n'ont certainement jamais eu conscience de leur égoïsme.

Elle poussa un soupir.

— Je craindrais de délaisser Nicholas… Et toi, tu veux des enfants. Mais si je les oubliais, eux aussi ?

— Impossible ! Je te connais, Jess. Je t'ai vue avec ton fils. Tu ne le négligeras jamais.

— Tu n'en sais rien.

Il se leva et lui enlaça la taille.

— Cesse de douter. Tu es une mère-née, et tu peux aimer pas mal de gens à la fois. Cite-moi un truc qui a manqué à Nicholas, depuis notre première nuit ensemble. Vas-y !

Il souriait, ses yeux irradiaient l'amour.

Elle prit un autre biscuit au chocolat et réfléchit.

Evidemment, son fils semblait plus heureux en compagnie de Jackson qu'il ne l'avait jamais été.

— Rien.

— Jess… Je ne veux pas d'autre mère que toi pour mes enfants.

Il se pencha pour l'embrasser.

— Je t'aime. Acceptes-tu de courir le risque de m'épouser ? Nous pouvons même avoir une famille si nombreuse que nous serons obligés de nous donner des rendez-vous secrets la nuit.

Face à sa sincérité, son doute s'évanouit.

Cet homme était merveilleux, et elle lui faisait confiance.

— Oui. Je t'épouserai et t'aimerai toujours, ainsi que la multitude d'enfants dont tu parles.

Cette fois, le baiser de Jackson se fit passionné, comme pour sceller leur promesse.

— Ouf ! murmura-t-il contre sa bouche. J'ai eu peur que ça me prenne un an pour te convaincre !

Quand ils traversèrent la pelouse après avoir garé la Jeep, Nicholas leur adressa des signes véhéments depuis la galerie.

— Maman ! Ça fait des heures que je t'attends !

Le cœur de Jessica chavira. Elle attira son fils dans ses bras et le serra à l'étouffer.

— Mon chéri ! Je t'ai laissé toute la journée !

Jackson lui posa une main sur l'épaule.

— Voyons, Jess ! Tu es allée travailler, comme tous les parents. Et à présent, tu lui montres à quel point tu l'aimes.

— Tu as raison.

Elle huma l'odeur douce de son fils, qui se tortillait déjà pour se dégager.

— Maman, il y avait une anguille dans le hangar. Ian dit que c'est l'eau qui l'a amenée. Je l'ai touchée, elle était toute froide et gluante !

— Incroyable, mon chéri !

— On n'a même plus besoin de partir à la pêche, alors ! s'exclama Jackson en riant.

Il lui saisit le coude.

— Allons nous changer et ouvrir une bouteille de champagne. Nous avons quelque chose à fêter.

Elle eut un large sourire.

— D'accord. Mais si tu le permets, je dois parler à Nicholas.

— Pas de problème. Emmène-le dans le bureau de ma mère, personne ne vous y dérangera.

Une fois installée dans un fauteuil confortable, elle prit son fils sur ses genoux.

— Nous devons déménager un moment, Nicholas. Notre maison a été inondée.

— C'est vrai ? Je peux la voir avec l'eau dedans ?

— Il n'y a plus d'eau à présent, mais c'est plein de boue, on ne peut pas y habiter.

Elle prit une profonde inspiration.

— Que dirais-tu si Jackson venait vivre avec nous ? Tout le temps ?

— Génial ! s'écria-t-il.

Puis son sourire s'évanouit.

— Quand ? Maintenant ? Mais on a plus de maison !

— On en trouvera une autre. Jackson et moi, nous allons nous marier, et tu auras un papa.

— Comme Bobby ?

— Exactement. Je t'aime, Nicholas.

— Moi aussi, je t'aime, et j'aime Jackson. Il va être mon papa pour de vrai ?

Il descendit de ses genoux, ouvrit la porte et fonça dans le couloir en hurlant.

— Jackson va se marier avec ma maman ! Jackson va être mon papa !

Alors qu'elle atteignait le seuil, elle vit Jackson soulever Nicholas dans ses bras, un large sourire aux lèvres.

— Comme ça, toute la baie est tout de suite au courant, dit-elle, tandis que son cœur fondait de tendresse pour son fils.

Jackson lui adressa un clin d'œil.

— C'est drôle, ça me fait plutôt plaisir que le monde entier sache que je t'épouse.

12.

Six mois plus tard, par une splendide journée de printemps, sous un ciel de la couleur de l'amour, Jessica parcourait au bras de Ian la nouvelle allée en pierre du jardin de Virginia jusqu'au chapiteau dressé sur la pelouse.

— Merci d'avoir remplacé mon père, Ian.

Bien entendu, ses parents n'avaient pas pu venir, les gorilles de Bornéo réclamant toute leur attention. Mais elle avait ravalé sa déception : elle aurait maintenant une famille qui serait toujours là pour elle.

Le père de Jackson la regarda, les larmes aux yeux.

— Je suis très ému que tu m'aies choisi. Deux mariages dans l'année, qui l'aurait cru ? Et tu as ramené mon fils à la maison.

— Une chance, ce poste à Nelson qui se libérait.

Pour l'instant, Jackson y passait trois jours par semaine et travaillait le reste du temps au centre médical.

— Accélérez un peu, vous deux ! s'écria Sasha derrière eux. Ce n'est pas le moment de bavarder !

Jessica se retourna en souriant à sa presque-belle-sœur, qui donnait la main à Nicholas.

— D'accord. Au fait, ce bleu te va à ravir !

— On dirait que mes amis font exprès d'attendre que je ressemble à une baleine pour se marier ! gémit Sasha.

— C'est vrai, c'est la seconde fois ! s'esclaffa Jessica.

Son fils, adorable en costume gris pigeon assorti à ceux de Jackson et de Grady, leva la tête vers elle.

— Dépêche-toi, maman. J'en ai marre d'attendre !

— Moi aussi, je t'aime, rétorqua-t-elle avec un clin d'œil.

Elle avança vers le bout de l'allée où Jackson l'attendait, et quand elle lui posa la main sur le bras, elle vit ses yeux s'embuer.

— Tu es merveilleuse.

La gorge trop serrée pour répondre, elle se hissa sur la pointe des pieds pour l'embrasser.

— On dirait que ça devient urgent de vous marier ! s'esclaffa Diane, le ministre chargé de la cérémonie.

Celle-ci se tourna vers les invités.

— Jessica et Jackson sont ici devant vous pour se vouer l'un à l'autre…

Ces mots firent à Jessica l'effet d'une douce huile parfumée.

En janvier, au mariage de sa meilleure amie, elle n'imaginait pas se marier au même endroit, entourée des mêmes gens. A cette époque, elle ne connaissait pas l'amour profond, ni sa couleur, ce bleu vif éclairé par le soleil d'été. Aujourd'hui, c'était le printemps, mais le ciel était presque aussi éclatant.

Tandis que Jackson lisait les vœux qu'il avait rédigés pour lui déclarer son amour, son cœur se gonfla de bonheur.

Cet homme extraordinaire était désormais son mari !

Elle passa son bouquet à Sasha et lui présenta sa main.

L'alliance incrustée de diamants qu'il lui glissa au doigt étincela sous le soleil.

— Jessica, c'est à vous à présent.

Elle prit les mains de Jackson dans les siennes.

— Jackson, aujourd'hui, devant tous, je te promets de t'aimer de tout mon cœur, de partager ma vie avec toi et d'être à tes côtés pour élever nos enfants. Je te reconnais comme le père de mon fils, dans toute l'acceptation du terme. Je t'aime. Nous t'aimons, lui et moi.

Les larmes qui brillaient dans les yeux de Jackson l'empêchèrent de poursuivre.

— Je vous déclare mari et femme, dit Diane en

souriant, dès que Jessica eut glissé l'anneau d'or au doigt de l'homme de sa vie.

— Enfin ! s'écria Jackson. Maintenant, je peux embrasser la mariée !

Il l'attira à lui et l'embrassa avec tant de passion que Ian protesta.

— Bon, ça suffit, vous deux ! Il y a des enfants, ici.

Puis il fit un pas en avant et posa la main sur l'épaule de Jessica.

— Bienvenue dans la famille, Jess !

Tous se précipitèrent pour la serrer dans leurs bras : Virginia, Sasha, puis Nicholas, Grady, Mike et Roz, Rory, Mme Harrop…

Enfin, Ian fit taire tout le monde en tapant sur un verre avec un couteau.

— On apporte le champagne. Celui par lequel tout a commencé. Oui, c'est le même, ajouta-t-il avec un clin d'œil à son fils.

Jessica saisit sa coupe en souriant.

— Je m'abstiendrai d'en boire autant que la première fois. Pas question que mes facultés soient altérées pour ma nuit de noces !

Jackson se passa une main dans les cheveux.

— Pourtant, il me semble me souvenir que tout fonctionnait bien…

Il la prit par le bras et l'entraîna à l'écart de la foule, dans la roseraie.

— J'ai envie d'être un peu seul avec ma femme. Tu es splendide dans cette robe orange !

— Abricot !

— Comme tu préfères. Au fait, j'espère que tu n'as pas oublié de mettre le Bikini orange dans ta valise !

— Je t'ai obéi. Avec deux autres, puisqu'il paraît qu'il m'en faut plusieurs.

Il n'avait pas voulu lui révéler leur destination.

— En effet, nous partons pour quinze jours. Notre avion pour Auckland décolle demain après-midi.

Elle pouffa.

— Je m'imagine tout à fait en maillot de bain à Auckland, au printemps…

— Et lundi, nous nous envolons pour les Fidji.

Elle se jeta dans ses bras.

— Tu t'en es souvenu !

— Hmm. Et à notre retour, notre maison sera prête.

La compagnie d'assurances l'ayant indemnisée pour les deux maisons, ils avaient décidé d'en construire une plus spacieuse sur le même emplacement, en vue d'accueillir la grande famille qu'ils souhaitaient fonder.

Soudain, Nicholas surgit des buissons tel un diable.

— Hé ! Tout le monde a faim, on vous attend !

Jackson le souleva dans ses bras en riant.

— Alors, retournons-y.

Elle entra à leur suite sous le chapiteau de toile orange et bleu ciel — la couleur de l'amour.

Lorsqu'ils prirent place à la table, Jackson était aux anges.

Il venait d'épouser la femme de sa vie, sa merveilleuse Jessica. Elle l'avait changé, peut-être même sauvé, en l'aimant et en lui indiquant où se trouvaient les véritables valeurs.

— Alors, mon ami, je te l'avais bien dit !

Ping était devant eux, accompagné de son épouse, Chen.

Jackson se leva pour les saluer.

— C'est vrai, mais il m'a fallu un peu de temps pour l'entendre.

— Je comprends que tu te sois laissé séduire par Golden Bay. C'est magnifique, avec tous ces moutons sur l'herbe verte et cette mer si limpide.

— Tu verras, tu viendras y vivre un jour !

Ping et Chen se regardèrent.

— Impossible. Nous n'abandonnerions jamais nos parents qui habitent Hong Kong.

Jackson hocha la tête, compréhensif.

Ping avait raison, il n'y avait rien de plus important que

la famille. D'ailleurs, à présent que Rory était prêt à partir, il allait quitter son poste à Nelson pour le remplacer au centre médical. Plus question de laisser Jess et Nicholas seuls trois jours par semaine.

Jessica riait avec Sasha, l'air heureux. Le ruban orange noué dans ses cheveux faisait ressortir la couleur de ses yeux. Elle était belle à couper le souffle.

Il jeta un regard à la ronde et admira le chapiteau tendu de bleu et d'orange.

« Abricot ! » crut-il entendre protester Jessica.

Il sourit.

Peu importe la nuance. Pour lui, la couleur orange était celle de l'amour.

LUCY RYDER

Sous le charme du médecin rebelle

Traduction française de
ANNE DUGUET

BLANCHE

HARLEQUIN

Titre original :
RESISTING HER REBEL HERO

Ce roman a déjà été publié en 2014.

1.

Le Dr Cassidy Mahoney ralentit le pas. Lorsqu'elle avait fui Boston pour s'installer à Crescent Lake, petite ville isolée au cœur de la chaîne des Cascades, elle n'avait pas imaginé soigner des détenus. C'était la première fois qu'elle pénétrait dans une cellule. Assaillie par l'odeur d'alcool éventé et les lourds effluves de promiscuité humaine, elle espérait bien que ce serait la dernière.

La situation était inhabituelle, mais, surtout, rien ne l'avait préparée à *cet homme* — une carrure impressionnante, un mètre quatre-vingt-quinze de muscles, libérant assez de testostérone pour faire suffoquer une salle entière de féministes endurcies.

Allongé avec nonchalance dans sa cellule sur une couchette de toute évidence trop petite pour lui, il chantait à tue-tête une ballade à propos d'une jolie *señorita* au regard de braise et aux lèvres vermeilles. Depuis la cellule voisine, un octogénaire l'accompagnait avec enthousiasme d'une voix grinçante, tandis que son compagnon de cellule ronflait assez fort pour faire vibrer les vitres des lucarnes, pourtant haut perchées.

Déconcertée, Cassidy se figea sur le seuil de la grille d'entrée de la zone de détention avec l'impression d'être entrée sur un plateau de cinéma sans connaître le scénario. La ville entière de Crescent Lake lui avait déjà fait l'effet, à son arrivée, d'un décor de film, et elle devait encore parfois se pincer pour s'assurer qu'elle ne rêvait pas.

Pourtant, même en imagination, jamais elle n'avait

envisagé être escortée en voiture de police jusqu'au bureau du shérif comme une vulgaire récidiviste — fût-ce pour prodiguer des soins médicaux à un détenu.

Au fond de la zone de détention, quelqu'un lâcha un juron bien senti et hurla :

— Bon sang ! La ferme, vous deux là-bas !

Hazel Porter, le petit bout de femme qui guidait Cassidy dans ce territoire inconnu, l'invita à la suivre.

— Il n'y a pas une place de libre, ce soir, dit-elle d'une voix râpeuse de fumeuse invétérée. Ce doit être la pleine lune.

D'un signe, elle lui désigna la cellule occupée par l'octogénaire et son compagnon, aussi âgé que lui.

— Ne prête pas attention à eux, mon chou : ce sont de vieux habitués, avec réservation renouvelable chaque week-end.

Les nerfs déjà à fleur de peau, Cassidy frémit en l'entendant agiter son trousseau de clés.

— Et ignore le type du fond, enchaîna Hazel. Il aboie contre tout le monde et montre les dents depuis son incarcération, il y a deux heures. J'ai bien failli appeler les services vétérinaires pour lui mettre une muselière, mais le shérif préfère le laisser cuver son vin.

Le détenu chanteur maugréa :

— Je pourrais dormir, ma vieille, si les autres ne braillaient pas à décoller la peinture des murs. Du moins ce qu'il en reste.

Hazel secoua la tête.

— Pire qu'un blaireau pris au piège, celui-là, fit-elle en refermant la porte extérieure derrière elles. Même quand il n'a pas bu.

Sur le qui-vive, Cassidy lança un regard circonspect au détenu sur sa couchette. Elle allait être enfermée en compagnie d'une bande de délinquants, dont un manifestement violent, et d'une adjointe au shérif quasi naine et sans âge. Comment ne pas être nerveuse ?

— Et le patient, qu'en est-il ? demanda-t-elle d'une voix peu assurée.

Pourvu qu'il ne s'agisse pas du forcené du fond !

Serment d'Hippocrate ou non, il était hors de question qu'elle l'approche sans le soutien d'au moins deux shérifs adjoints solidement charpentés et armés de pistolets hypodermiques.

— C'est *le* super-héros de Crescent Lake, répondit Hazel en se dirigeant vers la cellule du baryton.

Le soulagement fit flageoler les jambes de Cassidy. Mais Hazel, peu rassurante, ajouta :

— Il est revenu récemment et ce n'est pas un client facile, alors méfie-toi.

Introduisant une clé dans la serrure, elle continua à faire la conversation à Cassidy comme si elles avaient été à la maternelle ensemble.

— Rien de surprenant puisqu'il a rejoint l'US Navy avant la fin de ses études de médecine, fit-elle avec un gloussement ironique. A la naissance, ils auraient dû lui tatouer *rebelle dans l'âme* sur le front.

Cassidy cilla. Comment était-elle censée réagir ? Ou même, que répondre ? En deux semaines, elle avait découvert que les montagnards, pour la plupart polis et taciturnes avec les étrangers, n'avaient aucun égard pour la vie privée des uns et des autres. Elle les avait même entendus parier sur le nombre de jours qu'il lui faudrait avant de repartir, déconfite, à Boston.

Comme la porte de la cellule coulissait avec force cliquetis métalliques, elle prit une inspiration tremblante, essuya discrètement ses paumes moites sur sa blouse, puis observa le « rebelle dans l'âme » avec méfiance.

Une de ses longues jambes était relevée quand l'autre pendait du bord de la couchette, la lourde ranger plantée sur le sol en béton nu. Un bras plié couvrait une grande partie de son visage, mais Cassidy se rendit compte qu'elle était l'objet d'un examen approfondi.

Seigneur, c'était un colosse. Et dire qu'entre ce jeune

Goliath ivre et elle, il n'y avait qu'une naine de jardin septuagénaire…

— Et c'est pour ça qu'il se retrouve ici ?

— Oh ! Non, répondit Hazel en bougonnant. Le shérif voulait s'assurer qu'il resterait tranquille jusqu'à ton arrivée. Ce gars-là déteste qu'on le prenne pour une mauviette. Les points de suture et les sparadraps, très peu pour lui.

Le cœur battant comme si elle s'apprêtait elle-même à être mise sous les verrous, Cassidy hésita devant l'entrée de la cellule. Elle avait entendu parler de personnes qui disparaissaient dans les régions reculées, et avait l'impression bizarre que, à la seconde où elle franchirait le seuil, sa vie basculerait.

Tournant la tête, elle surprit le regard de la vieille femme posé sur elle et, gênée, haussa les épaules.

— Ça ne présente aucun danger ? Il ne serait pas plus prudent d'attendre le shérif ? Ou au moins deux de ses adjoints ? Et avec une matraque électrique ?

Les yeux bruns de Hazel pétillèrent.

— Du danger ? répondit-elle en gloussant, de toute évidence amusée à cette idée.

Cassidy se hérissa. Pour elle, le sujet était aussi sérieux qu'un contrôle fiscal. A Boston, les détenus violents, même menottés, étaient toujours accompagnés de plusieurs policiers solidement bâtis.

— Bon, à vrai dire, déclara Hazel en essuyant ses lunettes, j'ignore si ce garçon peut être qualifié d'inoffensif. Mais si tu as peur qu'il se montre violent, je te rassure tout de suite, mon chou : il est doux comme un agneau.

Cassidy lança un regard vers l'homme en question. Non seulement il n'avait rien de doux, mais il y avait longtemps que ce n'était plus un « garçon ». Pas avec cette carrure et ce corps musclé, et encore moins avec le nuage de testo-stérone et de phéromones qui emplissait l'espace exigu. Elle avait du mal à contrôler les signaux d'alarme primitifs qu'il déclenchait dans tout son système nerveux.

Même vautré sur l'étroite couchette, il exsudait une

telle virilité qu'une femme avec un tant soit peu de jugeote aurait aussitôt battu en retraite.

Hazel dut deviner sa réaction. Avec un petit rire moqueur, elle lui planta une main décharnée dans le creux des reins et la poussa sans ménagement dans la cellule.

Affolée, mais consciente d'être ridicule, Cassidy ravala à grand-peine un cri de détresse. Après tout, le prisonnier ne faisait rien de plus dangereux que de chanter de sa voix chaude de baryton.

— Qu'est-ce que vous avez pour moi, mon ange ? demanda-t-il d'un ton traînant qui fit courir un frisson de peur dans le dos de Cassidy.

Du moins fut-ce ainsi qu'elle l'interpréta. Cette boule au ventre, cette chair de poule et cette sensation de tomber en chute libre ne pouvaient signifier que de la frayeur de sa part, non ? D'autant qu'elle n'avait pas eu le temps de se changer après une journée passée en compagnie de bébés et d'enfants. Sa tunique rose, imprimée d'oursons en tenue d'infirmiers, était maculée de taches indéfinissables. Ce n'était pas vraiment pour lui donner l'assurance qui lui faisait cruellement défaut face à ce mâle dominant.

— Hazel, tu as apporté le steak saignant et les frites que j'ai commandés ?

— On ne tient pas un cinq étoiles, fiston, répondit doucement celle-ci en le fixant par-dessus ses lunettes. Si tu avais faim, il fallait y penser avant de cogner sur Wes.

— Oh ! Allez, Hazel…, fit-il, un sourire narquois se dessinant sur ses lèvres tuméfiées.

Son petit rire semblait un peu rouillé, comme s'il n'avait pas eu beaucoup de raisons de se réjouir, ces derniers temps — ou comme s'il sortait d'un profond sommeil.

— Il était plus soûl qu'un marin en permission, dit-il. Les étudiantes qu'il harcelait crevaient de peur. Il fallait bien que quelqu'un l'empêche de saccager le bar d'Hannah. Bon sang, il lui a lancé un tabouret à la tête quand elle a tenté d'intervenir !

— Ta sœur est capable de gérer ce genre de problème.

— C'est vrai, reconnut-il d'une voix endormie. Nous lui avons appris quelques techniques d'autodéfense efficaces… Je remplissais juste mon rôle de frère.

Puis il bâilla à s'en décrocher la mâchoire.

— Tu vois le résultat.

Levant une main emmaillotée d'un torchon ensanglanté, il jeta un coup d'œil sur son flanc.

— Cet abruti m'a pris en traître, dit-il d'un air dégoûté. Il était sur moi avant que j'aie pu convaincre les filles de partir… Enfin, mieux vaut une boutonnière sous mes côtes que sur le joli minois d'Hannah, non ?

— Tu es un bon frère.

— Ce n'est pas toi qui m'as appris à affronter les brutes de ce monde ? fit-il en haussant une épaule désinvolte.

Le visage rayonnant, Hazel le regardait avec une fierté mêlée d'affection évidente.

— Ben voyons. C'est encore la faute de la pauvre et faible vieille, bien sûr !

Son petit rire résonna dans la cellule exiguë… Cassidy fut prise au dépourvu par la sensation étrange qui se logea dans son ventre — un fourmillement brûlant qui se propagea aussitôt dans tous ses membres.

Alarmée par cette réaction inattendue, elle recula instinctivement, puis se reprit. Pas question de céder à la panique. Les joues en feu, elle se ressaisit et s'avança vers lui avec détermination. Elle laissa tomber sa mallette à ses pieds, et il se redressa.

Peu importait qu'elle ressemble à une maîtresse de maternelle. Elle était une femme adulte, un médecin qualifié qui s'était occupé d'enfants toute la journée, et non une lycéenne naïve, éblouie par de longues jambes, des pectoraux de lutteur et une profonde voix de baryton. Elle était déjà passée par là et n'avait pas l'intention de réitérer cette erreur. Non, plus jamais ça…

— Il n'y a rien de faible chez toi, ma chère Hazel, dit-il avec une moue moqueuse.

Cassidy, qui sortait une paire de gants chirurgicaux de

sa mallette, ne voyait pas ses yeux, mais, à son immobilité, elle devina qu'il suivait chacun de ses gestes.

— Arrête les flatteries, fiston, répondit Hazel, le réprimandant d'un ton amusé, mais ferme. Et tiens-toi bien. Mme Mahoney n'a pas de temps à perdre avec un idiot.

Madame ?... Cassidy s'apprêtait à corriger l'adjointe, mais le détenu bougea, et toute pensée cohérente l'abandonna. Elle découvrit soudain, abasourdie, à qui elle avait affaire en lisant le nom du blessé sur le badge du bar qu'il affichait.

Oh ! Seigneur... Le major Samuel J. Kellan ! Le célèbre membre de la principale force spéciale de la marine de guerre, les SEAL, était le mauvais garçon dans toute sa splendeur. Choquée, elle le dévisagea. Avait-elle des hallucinations ? N'était-il pas censé être un héros local ? Et même *national* ?

Que faisait-il dans cette cellule du comté ?

Il avait été blessé en protégeant sa sœur et des étudiantes. Et d'après les bavardages qu'elle avait surpris à droite et à gauche, tout le monde l'adorait dans la région. A la seule mention de son nom, les femmes se pâmaient d'admiration et les hommes racontaient ses exploits légendaires avec force détails. Le bruit courait que, question prouesses, personne n'arrivait à la cheville du major Kellan. A part, bien sûr, à Hollywood.

Pourtant, même contusionné, il méritait de toute évidence sa réputation de commando peu recommandable. Et celle de « tombeur » n'était en rien usurpée. Avec ses cheveux noirs épais, son regard doré et farouche, le chaume bleuté qui assombrissait sa mâchoire volontaire et sa bouche étonnamment sensuelle, il était aussi séduisant qu'on le prétendait.

Dieu merci, elle était immunisée contre les anges déchus déguisés en enfants terribles blessés. Franchement, s'il y avait bien une chose qu'elle voulait éviter à tout prix, c'était de rencontrer un autre homme plus sexy qu'il n'aurait dû être permis. *Oh ! Non...* Elle rectifia aussitôt : elle n'avait pas besoin d'un homme, un point c'est tout. Surtout s'il la déstabilisait au point que ses jambes ne la soutiennent plus qu'à peine.

Hazel s'éclaircit la gorge, la sortant brutalement de ses pensées.

— Tu as besoin de quelque chose, mon chou, avant de recoudre sa belle gueule ?

Troublée, Cassidy s'efforça de ne pas prêter attention à la forte odeur de houblon et au regard qui surveillait le moindre de ses gestes.

— On devrait le conduire aux urgences, répondit-elle avec brusquerie. Ma mallette ne contient pas le matériel adéquat ; seul un hôpital peut le mettre à ma disposition. Surtout si sa blessure à la main est grave. Les lésions sont délicates à réparer, sur un nerf.

— Pas de souci ! fit gaiement Hazel. Le shérif garde toutes sortes de choses ici, au cas où le médecin serait appelé à l'improviste. Je vais demander à Larry de les rassembler, il te les apportera. Tu auras ta salle des urgences en moins de deux.

Et avant que Cassidy n'ait pu objecter qu'une cellule n'avait rien d'un environnement stérile, Hazel s'éclipsa, réquisitionnant au passage le sergent de la réception et la laissant ébahie. Etait-elle, sans s'en rendre compte, passée dans un monde parallèle où les shérifs adjoints abandonnaient les jeunes médecins sans défense avec un détenu violent ?

Son cœur s'emballa. La seule arme à sa portée était une seringue, mais, même ivre, le major Kellan semblait capable d'écarter le danger d'une chiquenaude. Alarmée, elle lui jeta un coup d'œil par-dessus son épaule.

Elle envisageait une retraite précipitée quand sa voix chaude l'enroba, et elle mit quelques minutes à se souvenir qu'elle avait des problèmes bien plus importants sur les bras.

— Hé, mon ange, qu'est-ce qu'une belle fille comme vous fait dans un endroit aussi minable ? demanda-t-il sur un ton traînant, comme s'il avait du mal à articuler.

Ignorant son sourire nonchalant au charme ravageur, elle l'examina pour évaluer son état. D'après les rumeurs, il était subtil et envoûtant. Sa question manquait donc terriblement de finesse. Sa blessure à la tête serait-elle plus sérieuse qu'elle ne le paraissait ? Elle avait entendu des alcooliques ivres morts et des drogués défoncés faire preuve de plus d'originalité.

Comme elle s'apprêtait à lui en faire la remarque, son regard se riva au sien, et se noya aussitôt dans un lac d'humour et d'intelligence. Etait-ce dû à une illusion d'optique ou à la puissance réprimée de son corps athlétique, quoi qu'il en soit elle eut l'étrange impression qu'il n'était pas aussi soûl qu'elle l'avait cru de prime abord. Ce qui était plutôt perturbant, car il empestait à lui tout seul autant qu'une fabrique de bière.

D'aussi près, elle pouvait clairement discerner l'anneau sombre qui entourait ses iris insolites. A la lumière du néon, les paillettes ambre rendaient ses yeux aussi dorés que ceux d'un grand fauve.

Saisie d'une appréhension aussi soudaine qu'instinctive, elle frissonna et déroba brusquement son regard.

Pour l'amour du ciel, elle devait se reprendre. Cet homme était comme le joueur de flûte. Il séduisait les femmes pour passer le temps. Elle était déjà tombée dans le panneau, elle ne devait pas l'oublier…

Malheureusement, ses désirs en sommeil depuis des lustres avaient choisi le pire moment pour se réveiller.

Contrariée, elle décida de les ignorer et de se concentrer sur sa tâche. Elle voulut lui saisir le poignet, mais, à la seconde où leurs peaux se touchèrent, ses doigts reçurent une décharge qui se propagea jusque dans son épaule. Etourdie, elle retira vivement sa main et recula en trébuchant. Elle avait l'impression d'avoir été traversée par un courant de mille volts. Lui aussi avait dû le sentir, car il grommela, interloqué.

Aussitôt elle se raisonna. Ce n'était que de l'électricité

statique, un phénomène banal. Il n'y avait pas de quoi en faire toute une histoire. Cela arrivait souvent.

Toutefois, lorsqu'elle lui jeta un regard à la dérobée, elle se prit à douter. L'air raréfié des montagnes devait paralyser son cerveau. Le héros de Crescent Lake, avec ses cheveux noirs ébouriffés, ses yeux ambre et sa beauté d'ange déchu, était à peu près aussi *banal* qu'un requin tigre dans un bocal de poissons rouges.

Consciente que l'hystérie la gagnait, elle serra les dents. Elle devait avoir l'air idiote à le dévisager ainsi. Elle chercha le gant chirurgical manquant et l'aperçut tout à coup sur la couchette… juste entre les cuisses musclées. Aussitôt elle sentit une chaleur l'envahir, sa bouche s'assécher. Le jean qu'il portait semblait avoir été taillé sur mesure et moulait… enfin, *tout*.

Bon sang, elle était médecin, pas voyeuse. Repoussant l'émotion, elle se pencha pour récupérer son bien, mais il la prit de vitesse, ramassa le gant en latex et refusa de le lâcher. Décontenancée, elle leva la tête et se figea. Il fixait… sa bouche. Au bout d'un long moment, le regard doré remonta, et son pouls s'accéléra comme celui d'un sprinteur dans les starting-blocks. Oh non ! Pas question de se laisser troubler ! Elle devait se concentrer sur son travail.

— Je ne mords pas, fit-il avec un sourire taquin. A moins que vous me le demandiez très très gentiment.

Sans dissimuler son irritation, elle tira le gant d'un coup sec et envisagea une seconde de le gifler avec, elle n'était pas là pour se livrer à des petits jeux de séduction avec un SEAL hautement gradé. Mais cela n'aurait fait qu'empirer les choses. Elle batailla un moment avec le latex, puis, une fois sa main protégée, entreprit d'enlever le torchon ensanglanté.

— Où est passée la mignonne tenue blanche ? fit-il après un long silence.

Perplexe, elle releva les yeux et le surprit qui examinait sa tunique rose et son jean en fronçant les sourcils.

— La tenue blanche ?

— Oui, courte et fermée de petits boutons, vous savez ? dit-il en se penchant sur le côté pour inspecter la cellule vide. Et où est la sono ?

— La sono ?

De quoi parlait-il ?

— Le ghetto-blaster, répondit-il comme si elle avait un tout petit QI. Vous ne pouvez pas danser sans musique.

Quoi ?

— Je ne suis pas stripteaseuse, major Kellan, répondit-elle sèchement. Et les infirmières ne portent plus ce genre de blouse.

Elle avait l'habitude qu'on la prenne pour une infirmière ou, à l'occasion, pour un ange, mais une… effeuilleuse, là, c'était une première ! Hésitant entre lui rire au nez et lui planter sa seringue dans le cou, elle écarta une épaisse mèche noire de son front pour examiner sa blessure à la tête. Il devait avoir une hémorragie interne pour la confondre avec une stripteaseuse, surtout avec ses cheveux blonds rassemblés en une queue-de-cheval négligée et son léger maquillage défraîchi.

— Ah, non ?

Elle fit semblant de ne pas remarquer son ton déçu. En fait, la blessure ne nécessitait que quelques sutures adhésives. Il risquait simplement une énorme migraine en plus d'une bonne gueule de bois. Pff ! Ça lui apprendrait à faire chavirer une femme sans sa permission, à ce Casanova.

Son œil gauche était gonflé, et l'ecchymose qui l'entourait commençait déjà à prendre un aspect violacé marbré. Avec précaution, elle la palpa, et ne trouva aucun enfoncement sous la peau. Pas de trace, donc, d'os fêlé, mais il aurait un bel œil au beurre noir et sa lèvre fendue serait sûrement douloureuse.

Pas de baisers dans l'avenir immédiat.

Repoussant cette pensée incongrue, elle fouilla dans sa mallette à la recherche d'une compresse stérile imbibée d'alcool.

— Il ne vous a pas raté, fit-elle en tamponnant sa lèvre.

Une lueur menaçante apparut dans son œil valide, mais de façon si fugace qu'elle crut s'être trompée.

— Vous devriez voir les autres types, répondit-il avec un petit rire satisfait.

Les autres types ? D'après Hazel, il ne s'était battu qu'avec un seul homme, au bar. Mais il devait fantasmer, à force d'entendre vanter ses exploits.

— Et le couteau n'était pas propre non plus, je suppose ?

— Une bouteille de bière cassée, dit-il en grommelant. Vous parlez d'un cliché ! Et laissez tomber le rappel antitétanique ; j'en ai eu un il y a quelques mois. Tout baigne.

Tout « baignait », alors qu'il avait de plus en plus de mal à articuler ? Il dut deviner son scepticisme, car il esquissa une grimace exaspérée.

— Je ne suis pas soûl.

— Vraiment ?

— Juste fatigué, dit-il en bâillant de nouveau. On est vendredi.

— Et vous en avez profité pour faire la tournée des bars avec les gars de votre escouade ?

Il lui lança un regard plein de reproche.

— Le vendredi est un jour chargé. En plus, le barman d'Hannah avait une intoxication alimentaire.

— Et alors ? Vous avez maintenu l'ordre en servant des whiskys et des cacahuètes ?

— Si vous vous inquiétez pour moi, veillez-moi cette nuit, dit-il d'un air reconnaissant. Pour vous assurer que je n'ai pas de lésion fatale.

Allumant sa mini-torche, elle se pencha pour vérifier la réaction de ses pupilles.

— Je suis sûre que ce ne sera pas nécessaire, major.

La seule chose qui aurait pu lui être fatale, c'était sa surcharge de testostérone.

Elle recula pour saisir une autre compresse stérile, qu'elle appliqua sur la coupure au-dessus de son œil. Il siffla entre ses dents.

— Combien de verres avez-vous bus ? demanda-t-elle

en s'efforçant de nettoyer la blessure le plus délicatement possible.

— Deux…

Son sourire en coin semblait beaucoup trop ingénu pour un homme de sa réputation.

— Des sodas, fit-il lorsqu'elle fronça les sourcils.

A dire vrai, pour quelqu'un qui empestait la bière et dont l'élocution était aussi pâteuse que celle d'un ivrogne, il avait un regard étonnamment clair et perçant.

— Je ne bois pas quand je travaille. L'alcool et la lucidité ne font pas bon ménage.

— Hum… Avez-vous besoin d'aide pour enlever votre T-shirt ? demanda-t-elle en se débarrassant des compresses souillées.

Comme il restait silencieux, elle lui jeta un coup d'œil intrigué et piqua un fard.

— Je veux voir votre blessure, dit-elle pour dissiper tout malentendu.

Il dut lire dans ses pensées, car un sourire moqueur se dessina sur ses lèvres. Sa bouche sensuelle et ses longs cils noirs auraient pu paraître ridiculement féminins chez un homme aussi fort, mais ils accentuaient au contraire sa virilité.

— Vous avez raison de le préciser.

Maudissant son teint clair incapable de dissimuler le rouge qui lui montait aux joues, elle s'efforça d'adopter un ton glacial.

— Pardon ?

Son sourire malicieux s'élargit.

— J'aime bien la manière dont vous dites ça. Très calmement et avec un brin de supériorité.

Elle lui décocha un regard généralement réservé aux adolescents grossiers.

— Seriez-vous en train de flirter avec moi, major Kellan ?

— Moi ? fit-il d'un air innocent avant de lâcher un gloussement amusé. Si vous me posez la question, je dois être un peu rouillé.

Il se pencha si près qu'elle battit légèrement en retraite pour se soustraire à son charme trop puissant. Sans prendre la peine de répondre, elle dégagea le bas de son T-shirt déchiré et ensanglanté de sa ceinture. Puis elle le fit passer par-dessus sa tête et le jeta sur la couchette. Surtout, elle essaya de ne pas prêter attention à son corps finement ciselé de guerrier. Il y avait longtemps qu'un homme ne lui avait pas ainsi donné envie d'enfouir son nez dans le creux de son cou pour s'imprégner de l'odeur de sa peau.

Mais une professionnelle de santé digne de ce nom ne s'extasiait pas devant les séries d'abdos et de biceps impressionnants qu'elle voyait aux urgences. En tout cas, elle ne l'aurait pas dû. Après sa triste expérience, elle s'était sentie profondément trahie et s'était juré de ne plus tomber dans le panneau.

Recouvrant son sang-froid, elle sonda la blessure et s'excusa lorsque le blessé se raidit sous l'effet de la douleur. Longue d'au moins huit centimètres, la plaie se trouvait juste sous les côtes, et la zone autour, qui avait la forme d'un poing, bleuissait déjà. Avec une grimace, Cassidy laissait courir le bout de ses doigts sur l'hématome quand la porte extérieure s'ouvrit soudain et claqua contre le mur à la manière d'un coup de feu.

Aussi rapide et silencieux qu'un fauve, le major Kellan bondit en avant et poussa brutalement Cassidy au sol, s'accroupissant auprès d'elle pour faire rempart de son corps…

2.

Immédiatement sur le qui-vive, Sam sentit à peine la brûlure de sa paume blessée et l'élancement qui lui vrillait le flanc. L'adrénaline et le sang affluaient déjà dans son organisme quand, dans un recoin de son cerveau, il se rendit compte de ce qui se passait. De nouveau.

Bon sang, pas maintenant. S'il vous plaît, pas maintenant.

Mais, incapable d'arrêter le processus, il était sans défense contre l'avalanche d'images qui l'envahissaient, faussaient son sens des réalités et déclenchaient son instinct de protection. En ayant recours à la force s'il le fallait.

Il vit le jeune shérif adjoint s'arrêter net sur le seuil, blêmir, puis lâcher une table pliante en acier qui vacilla un moment sur ses pieds avant de se renverser à grand fracas. Larry recula brusquement, comme s'il avait reçu une décharge de matraque électrique.

— Ma… Major Kellan ? hurla-t-il avec un mélange de peur et d'embarras que Sam perçut comme à travers une brume. Ce… Ce n'est que moi. La… Larry ?

Ramassé sur lui-même, Sam se redressait quand soudain une douleur fulgurante irradia dans son crâne. Il se prit la tête entre les mains en vacillant. La sueur lui dégoulina dans le dos, il fut saisi de vertiges et ses forces l'abandonnèrent. Le pic d'adrénaline s'émoussait, après l'avoir transformé en arme meurtrière. En quelque chose qu'il ne reconnaissait plus. Quelque chose qui ne lui plaisait pas.

Avec effort, il ravala la bile qui remontait toujours dans sa gorge lorsqu'il avait ainsi des flash-backs particulièrement éprouvants — sans nul doute provoqués, cette fois, par la violence de la soirée, et le bruit retentissant et inattendu. Il aurait voulu boxer le mur, rugir de colère et de désespoir. Mais pas question de perdre le contrôle maintenant et de se donner davantage en spectacle.

Le sang reflua tout à coup de sa tête, le laissant étourdi, avec l'impression d'être soudain amputé des deux jambes. Titubant, il ferma les yeux pour échapper au brusque tournoiement de la cellule autour de lui.

Pourvu qu'il ne se rende pas ridicule en perdant connaissance ou en vomissant tripes et boyaux. Il voyait d'ici ce que la séduisante infirmière penserait alors du super SEAL…

Il la sentit s'approcher derrière lui et elle enroula les bras autour de sa taille pour l'empêcher de tomber à la renverse. Au comble de l'humiliation, il s'écarta et s'effondra avec lassitude sur l'étroite couchette.

— Dé… Désolé, major, j'avais les deux mains prises, dit le jeune adjoint.

— Relax, Larry, marmonna-t-il, incapable d'articuler.

Si seulement il avait pu se réfugier dans les bras de Morphée pour tout oublier. Malheureusement, il payait toujours au prix fort les quelques heures de sommeil qui lui étaient accordées, et, là, sur le moment, il ne se sentait pas prêt à affronter ses cauchemars. Les souvenirs étaient encore trop à vif, le dernier flash-back trop réel. Et si précis que l'arrière-goût métallique de la peur persistait sur sa langue, que son pouls battait toujours à ses oreilles.

Le psychiatre de la Marine l'avait prévenu que ces symptômes empireraient avant de s'améliorer ; il l'avait aussi averti qu'ils risquaient de subsister pendant des années. Exactement ce qu'il lui fallait, ce rappel incessant de son pire échec…

En attendant, il devait affronter l'infirmière. Il se contraignit à ouvrir les yeux et à les fixer sur la jeune femme qui le regardait d'un air à la fois circonspect et inquiet.

Il ne voulait ni de sa pitié, ni de tout ce qu'elle pourrait lui offrir. Tout ce dont il avait *besoin*, c'était qu'on le laisse tranquille.

— Je vais bien, dit-il avec brusquerie, furieux contre lui-même et gêné qu'elle ait été témoin de cette crise.

Mieux valait toutefois concentrer son attention sur elle. Peut-être, ainsi, parviendrait-il à chasser les images horribles qui continuaient à tourner en boucle dans son cerveau. Avec sa luxuriante chevelure blonde, son beau visage dominé par des yeux d'un vert profond et une grande bouche sensuelle, elle ressemblait à un ange sexy. Son parfum, aussi frais et revigorant que les effluves de la forêt au printemps, lui évoquait une nymphe des bois. Les gouttes de pluie qui brillaient tels des diamants dans ses cheveux lui donnaient un aspect si éthéré qu'il se demanda s'il rêvait ou s'il était en train de perdre la tête.

— Non, répondit-elle avec douceur. Mais ce n'est que provisoire.

L'espace d'un instant, il fut perdu. Avait-il exprimé ses pensées à voix haute ? Puis il se rappela ce qu'il avait dit.

— Bien sûr, fit-il, luttant contre la vague de chagrin et de colère qui menaçait de l'emporter.

Oui, il s'en remettrait, mais cela ne changerait rien au fait que ses amis étaient morts. Et la femme chargée de le soigner croyait que le héros de Crescent Lake était fou à lier et avait un problème d'alcoolisme… Un héros ? Tu parles ! Un héros ne laissait pas tomber son escouade. Pas plus qu'il ne rentrait au pays alors que ses potes y étaient renvoyés dans des housses mortuaires, quoi qu'en disent les psys.

Mais il ne parlait jamais des nombreux jours où il avait été détenu dans un trou exigu et sombre, en pleine montagne, au cœur du territoire ennemi. Il pouvait à peine y songer, et encore moins évoquer les heures d'interrogatoire et de torture qui avaient décimé la moitié de son équipe.

S'il avait survécu assez longtemps pour s'échapper, c'était pour une seule raison : ayant découvert qu'il était médecin, ils avaient eu recours à ses services pour s'occuper d'un enfant malade. Il avait essayé de marchander la libération de ses hommes, mais aussitôt ils avaient amené le bleu de l'escouade et appuyé un revolver sur sa tempe. Ensuite ils… Non, pas question de retourner dans ce trou à rats, de laisser les souvenirs le submerger de nouveau…

— Major Kellan ?

Brutalement rappelé à la réalité, il vit la seringue, et enserra aussitôt le poignet de l'infirmière pour la repousser, mais elle résista, impassible. Après un silence tendu, elle finit par arquer un sourcil plein de sollicitude indulgente. Comme s'il était un môme refusant d'aller se coucher. *Génial…*

Contrarié, il plissa les yeux, mais elle soutint son regard sans mot dire, ce qu'il ne put s'empêcher d'admirer. Il la dominait de presque trente centimètres, pesait au moins quarante kilos de plus qu'elle, et était de loin plus dangereux. Soit elle était inconsciente et ne s'en rendait pas compte, soit elle n'était pas aussi douce qu'elle le paraissait. Pour parachever son humiliation, elle n'avait plus qu'à lui ébouriffer les cheveux.

— Je dois agiter un drapeau blanc ou vous êtes du camp allié ? demanda-t-elle sur un ton amusé.

Il la relâcha en grimaçant.

— Je ne frappe pas les femmes, fit-il, embarrassé. A moins qu'elles soient armées.

D'un mouvement du menton, il désigna la seringue.

— Oh ! Ça ?

Son sourire trop angélique le mit aussitôt sur ses gardes.

— Vous n'avez quand même pas peur d'une petite aiguille, major ?

Elle semblait se moquer de lui comme si elle venait de percer à jour son secret le plus inavouable. Mais, quoi qu'elle imagine, elle serait toujours loin du compte.

— Ça ne vous fera pas mal du tout. Faites-moi confiance.

Avec un rire forcé, il s'assit à grand-peine, et, malgré lui, laissa échapper une plainte entre ses dents serrées quand le mouvement provoqua une douleur fulgurante dans son flanc.

— C'est ce qu'elles disent toutes… juste avant de vous poignarder directement dans le cœur.

— Alors, pas d'inquiétude, dit-elle en s'approchant encore plus près. Ce n'est pas votre cœur qui m'intéresse, major. Je vise un peu plus bas.

S'apercevant sans doute que ses propos prêtaient à confusion, elle piqua un fard.

— Hein ? fit-il, prétendument stupéfait, avant de porter sa main valide sur son entrejambe pour le protéger, ce qui la fit pouffer nerveusement.

— Pas aussi bas… Même si cela rendrait sûrement service à toutes les femmes alentour.

Il faillit s'étouffer de nouveau, mais avant qu'il n'ait pu lui demander des explications, la porte extérieure s'ouvrit brutalement une seconde fois. L'infirmière se figea, et ses yeux se rivèrent aux siens avec appréhension. Bon sang, il n'avait pas l'habitude de terroriser les femmes.

Se renfrognant, il s'apprêtait à la rabrouer quand son frère pénétra à grandes enjambées dans la zone de détention, et Sam reporta son irritation sur lui. Mais un seul coup d'œil sur le visage de Ruben suffit à désamorcer sa contrariété. Il connaissait ce genre de regard pour l'avoir vu des milliers de fois chez ses hommes. Il se passait quelque chose de grave.

— J'espère que vous ne l'avez pas encore anesthésié, dit Ruben en jetant un tas de vêtements sur la couchette. Habille-toi, Sam. Il faut que tu m'accompagnes.

L'infirmière s'interposa.

— Pas question ! Vous avez perdu la tête, shérif ?

Passant outre sa véhémente protestation, Sam se leva, et la douleur s'estompa instantanément. Son entraînement de SEAL reprenait le dessus.

— Un problème ? demanda-t-il à Ruben.

— Un groupe de randonneurs ne s'est pas présenté après la fermeture du parc, et la météo se dégrade. Les rangers viennent juste de trouver leur véhicule près du col de Pike's Pass. La route autour du lac était déserte, ils pensent qu'ils ont suivi le sentier qui mène à la crête.

Elk Ridge. Sam oublia immédiatement sa fatigue alors qu'un flot d'adrénaline déferlait dans ses veines. C'était l'occasion dont il rêvait inconsciemment : sortir de Crescent Lake et avoir quelque chose de plus utile à faire que servir des verres au bar d'Hannah. Franchement, après des mois de « récupération », il ne supportait plus de passer son temps à se regarder le nombril et à s'apitoyer sur lui-même.

Les sourcils froncés, Ruben se tourna vers l'infirmière.

— Pourriez-vous juste le bander ? Mon pisteur habituel a des problèmes familiaux, et nous sommes pressés.

— Au cas où vous ne l'auriez pas remarqué, shérif, le major saigne, et il a bu. Aller escalader la montagne dans son état serait suicidaire. J'insiste pour qu'on le conduise à l'hôpital.

Sam la bouscula presque pour attraper un des pansements que Larry avait posés sur la table pliante.

— Je vais bien. Et je ne suis pas ivre.

Mais avant qu'il n'ait pu ouvrir l'emballage, elle le lui arracha des mains et lui bloqua le passage. Elle semblait prête à utiliser la force pour l'empêcher de partir. C'était tellement ridicule qu'il faillit lui rire au nez, mais, agacé, il lui jeta un regard mauvais. Au lieu de battre précipitamment en retraite comme beaucoup, à sa place, l'auraient fait, elle le rabroua d'un « Reculez, major ». De toute évidence, elle n'était pas le moins du monde intimidée par son attitude de grand SEAL teigneux. Tout en pestant, il essaya de récupérer la gaze, mais elle lui enfonça un doigt dans le torse.

— Je ne plaisante pas. Reculez, sinon je me sers de la seringue.

Bluffé malgré lui par son courage, il envisagea de la laisser essayer. Qui savait ? Peut-être pourrait-il même y prendre plaisir.

— Pour votre information, *major*, les vapeurs d'alcool

qui flottaient autour de vous me sont presque montées à la tête. Et, il y a à peine cinq minutes, vous avez failli tomber dans les pommes. Vous n'êtes pas en état de vous déplacer, et encore moins de participer à une opération de sauvetage en montagne. De plus, vous saignez comme un bœuf dans la cellule bien propre du shérif. Vous avez besoin de points de suture. Et pas juste *deux ou trois*.

Amusé, il l'étudia. Elle ressemblait à une jeune chatte en colère — toutes griffes dehors, yeux verts lançant des éclairs, et crinière blonde ébouriffée. L'espace d'un instant, il mourut d'envie de plonger les doigts dans ses cheveux soyeux pour les caresser jusqu'à ce qu'elle ronronne. Mais il croisa son regard et comprit. S'il essayait, elle lui arracherait la main d'un coup de dents.

— Hum. J'ai eu des piqûres de moustiques bien pires que ça, fit-il, inexplicablement réconforté par sa sollicitude. Et si vous vous inquiétez pour mon taux d'alcool dans le sang, je suis sûr que le shérif pourra me soumettre à un éthylotest.

Il y eut un long silence tendu, et ils se livrèrent à un bras de fer mental jusqu'à ce qu'elle cède. Du moins en apparence.

— Bon, O.K., dit-elle d'un ton dubitatif.

Il ravala un sourire triomphant. Mieux valait faire profil bas s'il tenait à sa santé.

— Oh ! Et *pour votre information*, *mon ange*, dit-il alors qu'elle se mettait à trier compresses et instruments, cet abruti a tenté de m'assommer avec la bouteille, et quand j'ai esquivé le coup, elle s'est brisée sur le comptoir. C'est comme ça que mon T-shirt a été aspergé… Puis Wes a essayé de m'étriper avec le goulot.

Elle se tourna vers lui en arquant un sourcil sarcastique.

— N'ai-je pas dit « O.K. » ?

— Si, fit Ruben en glissant la tête entre eux. Mais je ne vois toujours rien venir. Alors si vous pouviez reporter cette querelle d'amoureux à plus tard, ça m'arrangerait.

Les joues en feu, Cassidy détacha son regard du SEAL pour le fixer sur le shérif, lequel battit aussitôt en retraite.

— Votre main, major !

Comme Sam obtempérait, elle désinfecta sans ménagement la vilaine entaille qu'il avait dans la paume. Il se raidit, mais elle n'en tint pas compte et nettoya la plaie, puis posa quelques sutures adhésives pour en rapprocher les bords. Le shérif s'esquiva, et, à l'instant précis où le SEAL reporta son attention sur elle, elle sentit ses cheveux se hérisser sur sa nuque. Les doigts tremblants, elle plaça une compresse, entoura la main avec un pansement étanche et jeta la gaze usagée.

Un bras hâlé passa au-dessus de son épaule pour attraper un bandage. Un picotement courut le long de son dos. Maudissant la façon dont son corps réagissait, elle se tourna et observa le SEAL alors qu'il tentait maladroitement de l'enrouler autour de son torse. Ce type de bande adhésive et élastique l'aiderait à se mouvoir et à respirer plus facilement lorsqu'il se livrerait à des acrobaties dans la montagne.

Au bout d'un moment, elle soupira avec lassitude.

— Laissez-moi m'en charger.

Visiblement surpris, il retint son regard captif durant quelques interminables secondes, puis eut un rire rauque qui la fit frémir.

— Vous ne comptez pas m'étrangler avec, n'est-ce pas ? dit-il en levant les bras avec précaution pour croiser les doigts derrière sa nuque.

Des muscles puissants roulèrent sous sa peau cuivrée, et elle dut se mordre la lèvre pour résister à l'envie de les sentir se contracter sous ses paumes. Comme s'il avait lu dans ses pensées, il prit une profonde inspiration sous son regard fasciné. L'air sembla vibrer entre eux, et elle manqua défaillir.

Oh non ! Elle n'était quand même pas attirée par lui ? Horrifiée à cette idée, elle leva la tête, et, devant l'expression de son regard doré, son pouls se mit à battre des records. Il était aussi troublé qu'elle, c'était évident.

— Vous n'êtes qu'un idiot, dit-elle pour masquer son désarroi. Et le shérif aussi. Vous ne pouvez pas partir dans cet état.

— Des randonneurs ont disparu, lui rappela-t-il avec impatience.

Cela eut le don de l'exaspérer. Elle avait déjà soigné des patients souffrant de traumatismes et en savait assez sur le SSPT, le syndrome de stress post-traumatique, pour s'inquiéter de la crise qu'il venait d'avoir. Il suffisait d'un bruit soudain et violent pour qu'il se retrouve sur le qui-vive, prêt au combat. Les crises se terminaient par des vertiges, des tremblements musculaires, une intense sudation et une confusion mentale.

— Vous vous êtes presque évanoui.

— Ne soyez pas ridicule, répondit-il comme si elle avait insinué quelque chose d'indécent. Les SEAL ne s'évanouissent pas. J'ai juste eu un étourdissement. Je souffre d'hypotension.

Devant ce mensonge flagrant, elle soupira. Il était dans un complet déni. D'un autre côté, en tant que commando, il avait l'habitude de ce genre de mission.

Après avoir enroulé la bande autour de son torse, elle la maintint en place avec une agrafe, et recula si brusquement que, dans sa hâte à s'écarter de lui, elle faillit heurter la table pliante. Aussitôt une grande main la saisit par le coude pour l'aider à retrouver son équilibre. Elle voulut se détourner, mais il resserra son étreinte et, les yeux rivés aux siens, lui effleura gentiment la bouche du pouce. Cette caresse inattendue lui coupa le souffle.

— Merci, fit-il dans un murmure avant de se pencher vers elle.

Electrisée, elle crut qu'il s'apprêtait à l'embrasser, mais, à la dernière seconde, il s'empara d'un flacon d'analgésiques derrière elle. Lui adressant un sourire moqueur, il ouvrit le couvercle pour faire tomber deux comprimés dans sa paume.

— Je dois y aller, dit-il en ramassant ses vêtements.

Avec un dernier regard brûlant dans sa direction, il sortit de la cellule d'un pas nonchalant, et elle ne put s'empêcher d'admirer sa grâce féline et son large dos musclé. Dieu merci, elle parvint à se ressaisir avant qu'il ne referme la porte extérieure derrière lui.

— Vous avez besoin de points de suture, major. Je vous suggère de venir à l'hôpital avant de contracter une septicémie.

— On a rendez-vous, alors, dit-il en lui lançant un coup d'œil amusé par-dessus son épaule.

Sur ce, il disparut, la laissant avec l'impression qu'il n'avait aucune intention de respecter sa promesse.

Du moins, en ce qui concernait les sutures…

3.

Crescent Lake avait été fondé par des négociants qui, en remontant vers le nord, avaient découvert un grand lac en forme de croissant niché au cœur d'une zone très boisée. D'après Mme Krenson, qui tenait le *Lakeside Inn*, ce qui n'était au départ qu'un comptoir de commerce de fourrures était devenu peu à peu la petite ville touristique d'aujourd'hui.

L'auberge avait été modifiée et modernisée au cours des siècles. Blottie dans un écrin forestier, cette petite mer intérieure à ses pieds, elle évoquait désormais une vieille dame à la fois élégante et mystérieuse. Du moins avait-ce été l'impression de Cassidy lorsqu'elle s'y était installée, quelques semaines auparavant.

Mais à présent, avec les nuages noirs amoncelés au-dessus de la vallée, elle espérait que l'auberge serait aussi assez solide pour résister au grain violent qui s'annonçait. Le jour venait de se lever, et le ciel était gris et pluvieux. Les montagnes disparaissaient sous un brouillard tourbillonnant qui leur donnait un aspect étrangement beau mais menaçant. Cassidy, qui les observait depuis la fenêtre de sa chambre, frissonna. Où en étaient les recherches pour retrouver les randonneurs ?

Si elle ne pouvait s'empêcher de penser à un certain Samuel, c'était qu'il n'aurait jamais dû participer à cette opération de sauvetage. Il avait beau être un héros habitué aux intempéries, il était épuisé, blessé et à cran. Il suffirait d'un mouvement maladroit, d'un faux pas pour… *Pour rien du tout.* Samuel Kellan était un SEAL hautement entraîné. S'il voulait fouiller les montagnes pendant une semaine, il était parfaitement aguerri pour ce genre de mission ; il pourrait sans doute survivre de ressources naturelles et se soigner avec des plantes ou des écorces d'arbre.

Quel que soit l'effet qu'il avait eu sur elle, il s'était dissipé. Cassidy gagna la salle de bains. Après avoir passé la nuit à réfléchir à la façon dont elle avait réagi la veille, elle tenait ses conclusions. Elle avait simplement souffert d'hypoglycémie, et peut-être été un peu oppressée par le cadre de la cellule. Et sans doute aussi légèrement impressionnée de rencontrer un héros national. Des explications parfaitement logiques à son comportement.

Si elle le revoyait dans un cadre différent, elle n'aurait aucune difficulté à adopter l'attitude pondérée et professionnelle qui faisait sa réputation. Après tout, Samuel Kellan était juste un homme. Rien de plus. Un homme comme les autres.

C'était son jour de repos, et, après une douche rapide, elle décida de jouer les touristes. Elle était venue dans la chaîne des Cascades pour fuir le gâchis qu'elle avait causé à Boston, mais n'avait pas l'intention de se noyer dans le travail. Crescent Lake était une ville magnifique. Elle avait lu que toute une série de commerces se trouvaient sur la promenade au bord du lac. Elle y trouverait quelques magasins d'antiquités, une galerie vendant des objets d'art de la région, une librairie pittoresque, et une cafétéria confortable avec vue sur le lac.

Elle n'avait pas bu de café au lait digne de ce nom depuis son départ de Boston, et, d'après les infirmières, *Just Java* servait un délicieux moka des Caraïbes et d'exquis muffins au chocolat. Ce qui était exactement ce dont elle avait besoin.

Un léger coup à la porte la fit sursauter.

— Cassidy ? dit une voix sourde dans le couloir.

Inquiète, elle serra la ceinture de son peignoir et ouvrit

à sa logeuse ; celle-ci ne l'aurait pas importunée de si bon matin s'il n'y avait pas une urgence.

— Désolée si je t'ai réveillée, dit Val Krenson d'un air soucieux. C'était l'hôpital. Ils ont retrouvé les randonneurs. Dans combien de temps peux-tu être là-bas ?

— Dix minutes. Quinze au plus tard. Ils n'ont pas dit si c'était grave ?

— Non, juste de venir le plus vite possible. Je suis bien contente que tu sois là pour donner un coup de main à Monty. Il se fatigue vite, ces derniers temps. Il aurait dû prendre sa retraite depuis des années, mais il n'y a pas beaucoup de médecins qui ont envie de s'enterrer dans ce coin perdu.

Cassidy pouvait le comprendre. Elle-même aurait dû se sentir comme un poisson hors de l'eau. Pourtant, à sa grande surprise, elle aimait vivre dans cette communauté très unie. Elle appréciait aussi le rythme plus lent, mais qu'en serait-il sur le long terme ? Elle l'ignorait.

— C'est une ville magnifique, Val, mais j'ai seulement un contrat de trois mois.

— Oh ! Ne t'inquiète pas pour ça ! répondit Val en riant. J'ai la nette impression que tu vas rester un bon bout de temps.

Songeuse, Cassidy referma la porte, puis elle s'habilla à la hâte, saisit sa mallette et se rua dans l'escalier. Dix minutes plus tard, elle se garait devant l'entrée de l'hôpital.

Lorsqu'elle arriva dans la salle d'attente, elle fut stupéfiée ; il y régnait un chaos indescriptible, comme aux urgences d'une grande ville. Il y avait des gens partout. Certains, les traits tirés, étaient affalés sur les chaises, d'autres, appuyés contre les murs ou errant dans l'entrée, buvaient du café et engloutissaient de gros sandwichs proposés par un groupe de femmes. On aurait dit un centre d'opérations provisoire.

— Dieu merci, tu es là, dit une voix derrière elle.

Encore abasourdie, elle se tourna vers la surveillante générale qui lui tendait un bloc-notes.

— Que se passe-t-il ?

— Le comité pour la gestion des catastrophes est en action, déclara Fran Gilbert avec un haussement d'épaules, comme si cela arrivait tous les jours.

Oh ! Non… Cassidy lutta contre une soudaine angoisse.

— Une catastrophe ? C'est grave à ce point ?

Fran la fixa en fronçant les sourcils d'un air désorienté.

— Grave ?… *Non* ! Désolée, Cassidy, je ne voulais pas t'effrayer. Le comité se réunit chaque fois que les sauveteurs partent secourir quelqu'un en montagne. Les jeunes filles de l'équipe junior se chargent à tour de rôle de fournir la nourriture et les boissons chaudes. Pour s'entraîner, ils installent des postes de premiers soins. Quand ils ont appris que les randonneurs avaient été retrouvés, ils sont venus se réfugier ici.

Soulagée, Cassidy admira la façon dont la communauté se mobilisait en cas de besoin.

— Alors, qu'avons-nous ?

— Des blessures, mineures pour la plupart, mais beaucoup trop nombreuses pour ce pauvre Monty, répondit Fran.

Elle se lança dans un rapide compte rendu de la situation en entraînant Cassidy vers les box.

Le Dr Montgomery leur jeta un bref coup d'œil en les entendant arriver.

— Ravi de te voir, Cassidy, dit-il avant de donner des instructions à l'infirmière qui l'assistait.

Très vite Cassidy fut submergée de travail. Elle dut soigner une jambe et une clavicule cassées, un poignet fracturé, une commotion cérébrale et un genou contusionné dont la tuméfaction était sans doute due à une lésion du cartilage. Elle s'occupa aussi d'une multitude de coupures et d'égratignures, ainsi que d'un cas d'hypothermie associée à une déshydratation.

Une fois que tous les randonneurs traités eurent été transférés dans les services idoines, elle reporta son attention sur les équipes de sauvetage. En dehors des contusions et des lacérations prévisibles, elle diagnostiqua une déchirure des ligaments de la cheville, une épaule démise et un doigt fracturé. Ce qui était plutôt anodin eu égard à la nuit épouvantable qu'ils avaient tous endurée.

Elle venait de laisser Hank Henderson bien installé sur une chaise, le pied entouré d'une poche de glace, quand Monty sollicita son avis au sujet de la blessure à l'épaule d'Andy Littleton. Elle l'examina, puis lui demanda de prendre une profonde inspiration et tira rapidement sur son bras afin que la tête humérale se remette d'elle-même en place. Livide, il tangua sur son siège et vomit dans le haricot qu'elle avait poussé vers lui.

Pendant qu'elle immobilisait son épaule avec une écharpe, il lui fit jurer de ne raconter à personne qu'il avait « dégobillé » comme une fille. Ravalant un sourire, elle le rassura, puis se tourna vers Monty dont le visage rayonnait.

— On dirait que, pour notre plus grande satisfaction, le vieux Howie a perdu une recrue de choix, dit-il avec fierté. Il m'avait dit que vous étiez brillante, mais il a oublié de souligner que vous saviez parler aux gens, et que vos diagnostics étaient quasi infaillibles. Il ne voulait pas vous laisser partir, hein ?

Devant son air scrutateur, elle se fit l'effet d'une interne fraîchement arrivée. Pour dissimuler son embarras, elle accrocha son stéthoscope à son cou. Pas besoin d'être extralucide pour deviner la question derrière le compliment : pourquoi soignait-elle des rhumes et des otites dans un petit hôpital de montagne au lieu de diriger son propre service d'urgences, comme elle en avait eu l'intention à l'origine ? Elle choisit ses mots avec précaution.

— Howie est un homme merveilleux, et j'aimais les défis quotidiens des urgences d'un grand centre hospitalier, mais j'avais l'impression d'exercer en zone de guerre. A un moment donné, je n'ai plus supporté ces overdoses, ces agressions à coups de couteau, ces viols… Je me suis aperçue que j'avais besoin de revenir à l'essentiel. Howie a évoqué Crescent Lake, et j'ai pensé que c'était l'endroit idéal. Au moins, ici, je connais les patients, ce ne sont pas des numéros qui défilent en permanence.

Elle se garda bien de préciser la raison principale : la chaîne des Cascades se trouvait d'un côté du continent, et Boston de l'autre. Elle avait fui les répercussions, désastreuses sur sa carrière, d'une erreur de jugement concernant un policier blessé dans l'exercice de ses fonctions. Un homme dont la réputation de héros s'était ensuite révélée imméritée.

Elle frémit au souvenir de sa crédulité. Mais qui aurait pu deviner que ce beau policier de la brigade des mœurs était corrompu ? En fait, son acte de bravoure n'avait été qu'une ruse pour endormir les gens, et elle en particulier. Il avait profité de sa naïveté pour la poursuivre de ses assiduités, et lui voler sa carte magnétique. Ayant ainsi accès à la pharmacie des urgences et aux carnets de prescription, il n'avait plus eu qu'à contrefaire sa signature. Ce trafic de psychotropes et de narcotiques s'était terminé par une enquête policière de grande envergure, dont elle avait été la principale suspecte.

En vérité, sa seule faute avait été son aveuglement. Elle avait accordé sa confiance à quelqu'un qui n'en était pas digne. Rétrospectivement, cet homme était trop parfait pour que cela ne soit pas une illusion. Il était simplement doué pour charmer les femmes. Le temps qu'elle le comprenne, les médias l'avaient mise au pilori, questionnant ses compétences professionnelles. Un terrible cauchemar.

Heureusement pour elle, Lance Turnbull faisait déjà l'objet d'une enquête interne pour avoir abusé de la crédulité d'autres femmes médecins. Elle avait fini par être disculpée de toutes les charges qui pesaient sur elle, mais le mal était fait. Elle avait subi les commentaires narquois et les plaisanteries cruelles de ses confrères jusqu'à en être brisée…

— Le travail d'une généraliste est assez ennuyeux comparé à l'excitation des urgences, dit Monty, l'arrachant à ses pensées. Surtout ici, dans ce coin perdu.

— Pas *toujours*, fit-elle, moqueuse, en parcourant la salle des yeux.

— Non, tu as raison. La saison touristique est généralement assez animée. Sinon, c'est plutôt calme.

— Je n'ai rien contre. Et je suis impressionnée par la façon dont les gens se serrent les coudes à Crescent Lake. Chacun aide ses voisins sans rien attendre en retour.

— C'est cet esprit communautaire qui m'a retenu ici pendant plus de cinquante ans, dit-il en ouvrant la porte. Je t'ai observée pendant ces deux semaines, Cassidy. Tu as un diagnostic extrêmement sûr. Quelqu'un comme toi nous serait bien utile pour gérer cet hôpital.

Elle s'apprêtait à lui rappeler qu'elle n'était là que pour trois mois, mais il lui coupa l'herbe sous le pied.

— Réfléchis-y, dit-il avant de se détourner.

Décontenancée, elle le regarda s'éloigner dans le couloir. Elle aimait exercer ici, c'était indéniable, mais elle avait toujours vécu à Boston, et ce n'était pas le genre de décision qui se prenait à la légère.

Ce fut seulement en fin d'après-midi que Cassidy se rendit compte qu'elle errait dans le service... comme si elle guettait quelque chose. Elle attendait qu'un certain SEAL se présente pour se faire soigner ! Irritée contre elle-même, elle partait vers les vestiaires quand la porte des urgences s'ouvrit à la volée. Et il fut là, comme s'il arrivait à l'improviste d'une convention de super-héros aussi impressionnants et hargneux que lui.

Prise de vertige, elle tenta de relativiser. Elle n'avait rien mangé de la journée, ce qui expliquait ce soudain étourdissement. Celui-ci n'avait, bien sûr, rien à voir avec le regard doré qui la transperçait et la réduisait à l'état de lapin hypnotisé par les phares d'une voiture.

Se ressaisissant, elle désigna une salle de soins vide et Sam remonta le couloir, à moitié traîné à moitié porté par le shérif et son adjoint, qui le soulevèrent pour l'étendre sur la table d'examen. Aussitôt elle sut qu'elle s'était illusionnée.

— A présent, Cassidy, tu peux le piquer avec autant

d'aiguilles que tu veux, dit le shérif en jetant un coup d'œil furieux à son frère. En fait, c'est un ordre. Peut-être que cela lui mettra un peu de plomb dans la cervelle et que je ne serai pas obligé de le coller en prison pour non-respect des consignes.

— Mais je vais bien, dit le SEAL d'une voix rageuse.

Greg, le jeune adjoint qui avait aidé le shérif, rentra la tête dans les épaules et s'esquiva.

Sage décision, car Samuel proféra un chapelet de menaces à peine voilées. Elle avait beau être soulagée qu'il soit revenu en un seul morceau, la journée avait été longue et la nuit précédente encore davantage. Pour sa part, elle l'avait passée à se demander si elle n'avait pas été victime d'un mirage.

Mais maintenant qu'elle était rassurée sur sa santé mentale, elle se trouvait confrontée à un problème autrement plus angoissant : à la lumière du jour, il était encore plus dangereusement séduisant. Elle avait déjà assez de mal à reprendre sa vie en main sans avoir à se coltiner un macho belliqueux !

Le shérif semblait dans le même état d'esprit. Croisant les bras sur sa poitrine, et pas le moins du monde impressionné par le comportement agressif de son frère, il le fusilla des yeux. Puis il se tourna vers elle.

— S'il te donne du fil à retordre, colle-le dans la blouse rose de l'hôpital. Il mérite une bonne leçon, après les acrobaties auxquelles il s'est livré.

Comme le SEAL grondait, dents serrées, elle observa avec intérêt la confrontation de leurs deux volontés. L'air exaspéré et épuisé, le shérif se passa les doigts dans ses cheveux mouillés.

— Ecoute-moi bien, Sam, je sais que tu es un SEAL costaud et coriace, mais laisse simplement le médecin s'occuper de toi, d'accord ? Je n'ai pas le temps de jouer les baby-sitters pour t'empêcher de te vider de ton sang. Tu n'imagines pas la paperasse que ça entraînerait. Un vrai cauchemar. C'est bientôt les élections, je ne peux pas me permettre de te perdre et de porter le deuil.

— Puisque je te dis que je vais bien, répondit Samuel, furieux. Arrête de me dorloter ; je ne suis pas en sucre. Et ce que Monty ferait, je peux le faire moi-même. Alors, sors de mon champ de vision avant que je ne me fâche pour de bon.

— C'est ça, dit Ruben, acide. Tu ne peux même pas lever le bras sans aide. Maintenant boucle-la et laisse-toi examiner. Tu as une mine de déterré.

Samuel lâcha un juron bien senti, et le shérif se tourna vers Cassidy avec un sourire sans joie.

— Comme promis, il est tout à toi maintenant, docteur. Il est un peu plus amoché qu'hier, mais je refuse de m'en attribuer le mérite. C'est un enquiquineur de première et un cabochard, je suggère un sédatif… Une dose de cheval pour l'endormir, ce serait encore le mieux.

Ignorant les sarcasmes de son frère, Samuel la dévisagea en plissant les yeux.

— Docteur ? Vous êtes le *médecin* ? Je croyais que vous étiez infirmière.

Son ton laissait entendre qu'elle l'avait délibérément induit en erreur.

— Non, stripteaseuse, vous savez bien, fit-elle benoîtement.

— Cette blague-là, il ne l'avait encore jamais faite, dit Ruben en remettant son Stetson sur son crâne. Cassidy, ne prête pas attention à ses regards de tueur. Sous ses dehors de SEAL macho, c'est un gentil nounours.

Sur ce, il porta la main à son chapeau et disparut dans le couloir, la laissant seule avec le SEAL furibond.

« Un gentil nounours » ne correspondait pas vraiment à l'homme qu'elle avait devant elle. Ravalant un sourire, elle lui tendit une serviette, puis sortit du placard un flacon de désinfectant, un kit de sutures, des seringues et un paquet de compresses.

— Ainsi, vous êtes médecin… ?

— Cela vous pose un problème, major, ou est-ce votre manière de me présenter des excuses ?

Il étudia d'un air narquois le plateau qu'elle préparait.

— Seulement si vous méditez une vengeance.

— Vous avez de la chance, je ne suis pas rancunière.

Avec un sourire en coin, il enfouit son nez dans la serviette, et elle dut se retenir pour ne pas se cogner la tête contre le mur. Cela aurait pourtant été beaucoup moins douloureux que d'être prise dans les filets de ce SEAL. Par chance, sa conversation avec Monty lui avait rappelé pourquoi elle limitait ses contacts avec les hommes au cadre professionnel.

Elle observa brièvement Sam. Le shérif avait raison : il avait une mine épouvantable.

— Cette fois, vous ne pourrez pas échapper à la piqûre, major ; il n'y a personne pour vous sauver… En fait, je prévois même qu'il y en aura d'autres dans un avenir proche.

Sans tenir compte de son froncement de sourcils, elle vint vers lui et repoussa la parka trempée de ses épaules, qu'elle fit glisser le long de ses bras. Il reprit sa respiration avec difficulté.

— Belle, intelligente, et médium, en plus ?

Réprimant son agacement, elle laissa la veste matelassée tomber au sol, et alla se laver les mains.

— Pas besoin d'être extralucide pour constater que vous êtes un addict de l'action qui adore les ennuis.

Il balaya sa remarque d'un haussement d'épaules.

— C'est le job qui veut ça.

— Oui, un travail pour lequel le monde libre vous sera éternellement reconnaissant.

Comme elle pivotait sur ses talons, elle surprit une lueur amusée dans son regard ambré. Ainsi, il ne se prenait pas du tout au sérieux ? Cela l'étonna. Elle était habituée aux machos qui se considéraient comme des dieux. Découvrir qu'il était capable d'autodérision la troubla, et elle ressentit quelque chose qui ressemblait fort à de l'admiration.

Revenant vers lui, elle tira sur son T-shirt blanc, à présent couvert de boue, pour le libérer de la ceinture. Une fois qu'il fut torse nu, elle commença à dérouler rapidement le bandage souillé et pesta. Il y avait du sang frais sur le pansement distendu. Soulevant un bord, elle pressa doucement une main sur son ventre musclé et l'arracha d'un geste sûr.

— Nom de Dieu, siffla-t-il sous l'effet de la douleur. Qu'est-ce qui vous prend ?

Ses doigts agrippés au bord du lit avaient blanchi, et il semblait prêt à étriper Cassidy.

— Désolée, murmura-t-elle, sincère, mais ç'aurait été pire si je l'avais enlevé plus lentement.

— Peut-être pour vous... Bon sang, la CIA vous a-t-elle contactée ?

— La CIA ? fit-elle, devinant que la question n'avait rien de flatteur.

— Oui. J'ai entendu dire qu'ils cherchaient des spécialistes en interrogatoire. Ma compagnie vous recruterait sur-le-champ pour torturer les têtards au BUD/S.

— Des têtards ? Au BUD/S ? répéta-t-elle avec perplexité, tout en versant quelques gouttes de désinfectant dans un bol d'eau chaude.

— Ceux qui jouent aux SEAL au stage élémentaire de démolition sous-marine, *le* BUD/S. Ils doivent démolir les futures *grenouilles*... Je veux dire les démoraliser durant une semaine d'enfer pour faire le tri entre les hommes, les vrais, et les mauviettes. Vous seriez parfaite pour ce travail.

De toute évidence, il avait réussi à survivre à cette épreuve. Sans doute grâce à son caractère têtu.

Après avoir enfilé une paire de gants stériles, elle déchira un gros morceau de coton hydrophile.

— Allongez-vous bien à plat et placez votre bras au-dessus de votre tête.

Il grimaça : il était trop grand et devait laisser pendre ses jambes au bout de la table d'examen.

— Si vous continuez à m'arracher mes vêtements, je

vais finir par croire que vous avez des arrière-pensées, mademoiselle Honey.

— *Dr* Mahoney, rectifia-t-elle distraitement.

Elle désinfecta la zone autour de la blessure, qu'elle nettoya ensuite avec une gaze.

— Bien, *madame,* dit-il sur un ton bien trop déférent pour ne pas lui mettre la puce à l'oreille.

Levant les yeux, elle surprit son petit sourire effronté et dut se faire violence pour ne pas le lui retourner. Ou même pire… embrasser ses lèvres meurtries.

Aux dires de tous, il n'était pas le genre d'homme à s'arrêter aux baisers, et préférait les aventures d'un soir. Sans doute parce qu'un SEAL ne pouvait se permettre une relation à long terme.

Elle frissonna. Mieux valait qu'elle maintienne ses désirs dans une bienheureuse hibernation, plutôt que de s'enflammer dès qu'elle l'approchait. Le médecin en elle allait devoir reprendre les rênes, et le plus tôt serait le mieux. Une fois qu'elle aurait suturé sa plaie, elle le renverrait à ses occupations en espérant ne plus jamais le revoir…

4.

Sam, songeur, regardait le Dr Boston s'occuper de sa blessure. Pourquoi l'attirait-elle autant ? Elle lui avait pourtant bien fait comprendre qu'elle n'était pas intéressée. De toute façon, il réintégrerait bientôt la base navale de Coronado, et ne pouvait s'accorder davantage qu'un flirt innocent. Néanmoins, il avait beau essayer de se convaincre, ces arguments ne lui étaient d'aucune aide.

Elle était très belle, c'était vraï, mais c'était le cas de millions d'autres femmes, et jamais il n'avait eu le moindre problème à abandonner ses conquêtes. Il y avait une différence avec elle : son côté fascinant. Il ne serait pas facile de l'oublier ou même de la quitter, il le pressentait. Non seulement elle était intelligente et avait de la repartie, mais elle ne prenait pas sa réputation de commando coriace au sérieux et le traitait comme les autres patients. C'était pour cela surtout qu'il l'appréciait.

Ces derniers temps, il ne supportait plus d'être un objet d'adulation de la part des femmes. Lorsqu'il avait une vingtaine d'années, il s'était prêté au jeu avec insouciance, et même un certain plaisir, mais, depuis une décennie, il avait vu et fait trop de choses horribles pour ne pas s'en agacer.

D'un autre côté, les incessants coups d'œil méfiants que Cassidy lui lançait l'amusaient pour une raison étrange, lui qui avait perdu le sourire depuis des lustres. Ils lui donnaient envie de goûter à sa peau satinée. Comment réagirait-elle s'il cédait à son impulsion ?

Elle dut deviner le cours de ses pensées, car elle lui jeta une fois de plus un regard suspicieux. Et lorsqu'il haussa les sourcils en jouant l'innocent, ses yeux verts s'étrécirent comme si elle le soupçonnait de préparer un mauvais coup.

Elle piqua un fard. Si elle avait su…

— Je ne résisterai peut-être pas à l'envie de vous jeter à terre, mais je n'utiliserai pas cette seringue. Vous êtes en sécurité, parole de SEAL.

Bien sûr, comme il s'y attendait, elle poussa un profond soupir d'exaspération.

— Changez de disque, major, dit-elle en enfonçant l'aiguille dans une ampoule d'anesthésique local. Ce doit être fatigant à la longue…

Il feignit de ne pas comprendre.

— Fatigant ?

Il voulait qu'elle continue à parler. Même lorsqu'elle était irritée, il aimait le son de sa voix de velours. Il pouvait s'y perdre et oublier un bref instant la culpabilité qui le taraudait.

Après avoir tapoté la seringue, elle poussa le piston pour faire couler quelques gouttes d'anesthésique, puis frotta le bord de la plaie avec une compresse alcoolisée.

— Oui, fatigant de répéter les mêmes fadaises. Ça ne doit pas être facile de se renouveler, j'imagine ?

— En fait, ce n'est pas si difficile que ça, dit-il d'un ton assuré alors qu'il se sentait rouillé.

Les situations de vie ou de mort ne laissaient pas beaucoup de temps pour les distractions de ce type.

— Je pourrais le faire en dormant.

Elle inséra la pointe de l'aiguille sous sa peau. Aussitôt, un engourdissement bienfaisant se propagea dans son flanc.

— C'est bien le problème, non ? murmura-t-elle avant d'ouvrir le kit de sutures. Ça n'a plus aucune signification.

— Les femmes ont pourtant l'air d'apprécier.

La lueur agacée qui traversa ses yeux verts le réjouit. Il aimait la provoquer en déployant son charme de manière appuyée.

— Elles ne veulent probablement pas vous vexer.

— Vous croyez ? demanda-t-il, feignant d'être blessé.

— Nous ne sommes plus dans les années 1980. Il va falloir trouver mieux que de mauvais dialogues de films pour draguer les filles.

Devant son scepticisme, elle secoua la tête comme si son cas était désespéré. Lorsqu'elle se retourna avec une aiguille à suture et son monofil, il lui tendit la pince porte-aiguille, et se rembrunit en voyant la surprise se peindre sur son visage.

— J'ai été à la fac de médecine, lui rappela-t-il.

Il se souciait de son opinion, et cela le contrariait. Mais, dès le début, elle l'avait mal jugé. La faute à Ruben, qui l'avait enfermé dans une cellule sous de faux prétextes… Elle finit par accepter l'instrument ainsi que le reproche implicite avec un hochement de tête.

— D'après ce que j'ai entendu dire, vous avez abandonné vos études pour jouer aux pirates.

Il l'observa alors qu'elle rapprochait les bords de la plaie, et entreprenait de la recoudre.

— Vous ne devriez pas croire tout ce que vous entendez.

Il ne faisait pas uniquement allusion à ses exploits embellis de Navy SEAL. Il avait le sentiment que quelqu'un lui avait raconté par le menu ses erreurs de jeunesse, même si la plupart étaient enjolivées ou franchement inventées. Son air dubitatif confirma ses soupçons.

— Vous voulez dire que vous ne survolez pas la terre en justaucorps, collants et cape, pour sauver l'humanité ? demanda-t-elle tout en travaillant avec dextérité.

Un rang de points de suture soignés commençait à refermer l'estafilade, longue d'environ huit centimètres.

Le costume de Superman ? Il ne put s'empêcher de rire. Dieu merci, son uniforme de combat était nettement plus seyant. Converser avec une femme qui ne le traitait pas comme s'il marchait sur les eaux était agréable. Sa bouche expressive lui évoqua soudain des nuits torrides, des baisers enflammés, des draps froissés… des fantasmes auxquels il ne s'était pas livré depuis un moment. Et il en fut soulagé. Il était encore normal, de ce point de vue-là.

— Vous croyez à ce mythe ?

— Je ne crois plus aux super-héros depuis très longtemps, répondit-elle distraitement avant de froncer les sourcils. Pourquoi ce choix ?

— Quel choix ?

— Rejoindre la Navy au lieu de terminer vos études de médecine.

— Mais je les ai finies. Grâce à l'Oncle Sam.

— Mais pourquoi vous engager dans l'armée alors que vous aviez déjà la possibilité de sauver des vies ?

Il combattit le réflexe stupide d'inventer un quelconque prétexte macho qui la conforterait dans la piètre opinion qu'elle avait de lui. Au tréfonds de son être, il désirait qu'elle le considère autrement que comme un marine aux muscles hypertrophiés.

— J'étais à New York quand les Twin Towers se sont effondrées…

Jamais jusqu'ici il n'avait confié à quiconque ce qui avait véritablement motivé son engagement. Mais, pour une raison obscure, il éprouvait un besoin viscéral de s'épancher auprès d'elle. Il se rappelait de manière très claire l'instant où son univers protégé s'était écroulé. A l'époque, il vivait dans l'insouciance, comme n'importe quel étudiant profitant de sa jeunesse et de sa bonne santé pour s'amuser.

— Vous étiez *sur place* ?

Surpris, il leva la tête. Perdu dans ses souvenirs, il avait oublié la présence de Cassidy. Ses yeux écarquillés exprimaient une compassion qu'il ne méritait pas.

— A quelques rues de là, oui. J'avais séché les cours et j'étais venu passer trois jours à Brooklyn avec un ami. Nous étions assis à la terrasse d'un café quand… quand le premier avion a percuté une des tours… Nous nous sommes précipités vers le World Trade Center, mais des policiers nous ont empêchés d'approcher. Je ne me suis jamais senti aussi impuissant. Du haut de mes quatre ans d'études, je pensais tout contrôler…

Il la transperça du regard.

— Je pensais tout *savoir*, poursuivit-il avec dédain. J'ai vu des gens mourir sous mes yeux… Le jour suivant, Jack et moi, nous nous sommes enrôlés pour jouer un rôle plus actif dans la protection de notre pays.

— Soigner les malades et sauver des vies, c'est ça prendre une part active, major.

Il secoua la tête.

— Pas assez. De plus, il y a déjà des milliers de médecins civils aux Etats-Unis. Mais qui sauve la vie des femmes et des hommes qui défendent le monde libre ?

— Je…

— Le père de mon ami était un des pompiers qui sont morts, ce jour-là. Je n'oublierai jamais l'expression de Jack lorsqu'il a appris que son père ne reviendrait jamais.

Il ferma les yeux, se rappelant à quel point ces événements l'avaient anéanti, non seulement ceux du 11-Septembre, mais également d'autres plus récents.

— Il est impossible d'oublier ce genre de douleur. De surmonter la culpabilité du survivant…

Cassidy sentit son cœur se serrer. Les violentes émotions qui agitaient Samuel se reflétaient dans son magnifique regard. Sous ses dehors nonchalants, le héros de Crescent Lake souffrait d'une blessure intime et, pour une raison qu'elle évita d'analyser, cela la terrifia. Elle préférait le considérer comme un coureur de jupons superficiel qui s'était engagé uniquement pour le prestige de l'uniforme. Encore qu'il n'ait pas besoin de sa tenue de combat pour avoir toutes les femmes à ses pieds.

Repoussant les boucles qui lui masquaient en partie les yeux, elle l'étudia de près. Le 11-Septembre avait sans nul doute changé le cours de sa vie, mais c'était une tragédie dans un passé plus proche qui lui donnait à présent cet air égaré, elle l'aurait parié. Et soudain elle désira plus que tout voir de nouveau ses yeux pétillant de malice se poser sur elle. Ce souhait lui parut aussitôt insensé. N'attendait-elle pas avec impatience d'en avoir fini avec lui pour le renvoyer à ses occupations ?

— Donc ce n'est pas ce que vous avez fait ? demanda-t-elle avec désinvolture en reprenant sa tâche.

Ses muscles se crispèrent sous ses doigts, et il resta étrangement immobile durant quelques secondes.

— Fait quoi ?

L'atmosphère devint électrique. Alertée, elle leva la tête et découvrit son regard, tel un faisceau laser, vrillé sur elle. Quelle sensation bizarre. C'était comme s'ils communiquaient sur différents niveaux en même temps. Mais que se passait-il vraiment ? A son grand désarroi, elle prit conscience qu'elle n'en savait rien.

— Abandonner vos études pour jouer aux pirates, lui rappela-t-elle, déconcertée.

Elle observa alors avec fascination son corps se décontracter, ses yeux s'adoucir, sa bouche se détendre et même esquisser un sourire en coin. Ses brusques changements d'humeur l'étourdissaient.

— Eh bien… en théorie, je suppose que si.

— Vous n'êtes qu'un idiot, dit-elle avec un soupir, en s'attaquant au dernier point de suture.

Elle ne voulait surtout pas s'intéresser de trop près à lui.

— C'est la deuxième fois que vous me le dites, l'accusa-t-il sur un ton plaintif.

— C'est parce que je le pense.

— Pourquoi ? Parce que j'aime faire sauter des avions ?

— Non, dit-elle en délaçant sa ranger crottée pour la laisser tomber sur le sol avec la chaussette mouillée. Parce que, au lieu de guérir les gens, vous lancez des bombes sur eux.

Attrapant un tabouret dans un coin de la pièce, elle le lui glissa sous le mollet, puis saisit une paire de ciseaux. Pas question de lui enlever son jean pour atteindre sa cuisse blessée. Rien que de l'imaginer en boxer, une bouffée de chaleur lui monta au visage.

— J'en guéris certains, dit-il avec douceur. Chaque équipe des forces spéciales a besoin d'un médecin.

Elle s'interrompit dans sa tâche pour le regarder en fronçant les sourcils.

— Mais pourquoi vouloir à tout prix provoquer des ravages à coups d'explosifs ? Vous pourriez vous contenter d'un hôpital comme ici.

— Je viens de vous l'expliquer. J'aime bien tout faire sauter. En plus, je suis doué pour ça.

A en juger par son expression, il la prenait pour une andouille, et elle eut envie de le gifler. Mais il cherchait probablement précisément cela, la provoquer.

Elle leva les yeux au ciel.

— Quel homme !

— C'est si terrible que ça ? demanda-t-il, visiblement amusé par son incompréhension toute féminine.

Elle n'en croyait pas ses oreilles. Il semblait si déconnecté de la réalité qu'elle le fixa un moment en silence. D'ailleurs, avec le taux de testostérone charrié dans son sang, elle avait eu beaucoup de chance de sortir indemne de leur première rencontre. En fait, pas tout à fait indemne, admit-elle à contrecœur. Toutefois, si elle lui laissait entendre que le sujet lui tenait à cœur, elle ne s'en tirerait peut-être pas à si bon compte.

— Le problème, c'est que vous évitez de parler de ce qui vous tracasse vraiment, dit-elle.

— Parler, c'est bon pour les politiciens… et les filles, répondit-il, railleur.

Exaspérée par cette insulte délibérée, elle poussa un profond soupir.

— Les SEAL préfèrent l'action, poursuivit-il sans même paraître s'en apercevoir. Ils ne restent pas des heures à bavasser. Heureusement, sinon rien ne se ferait.

Il la gratifia d'un sourire malicieux.

— Mais si vous voulez savoir ce que je pensais hier soir, je serais ravi de…

— Je le sais déjà, fit-elle en coupant rapidement la toile de son jean jusqu'au genou. Vos techniques de séduction ont besoin d'une mise à jour.

— Vraiment ?

Il remua les sourcils de façon si comique qu'elle leva de nouveau les yeux au ciel. Le temps qu'elle se ressaisisse, il l'étudiait avec une intensité telle que son pouls s'emballa. Décidément, son humeur lunatique lui donnait le vertige.

— Je parle de ce que vous ressassez quand vous vous croyez à l'abri des regards, dit-elle avec une feinte désinvolture, comme si la conversation n'était destinée qu'à le distraire des soins. Et aussi de votre réaction aux vifs stimuli ; on dirait que vous vous attendez à une attaque de ninjas.

Une lueur hagarde vacilla brièvement dans ses yeux dorés, puis son regard se durcit.

— Beaucoup de personnes souffrent de SSPT, major, dit-elle comme si de rien n'était. Il n'y a aucune raison d'en avoir honte.

— Vous êtes psy maintenant ?

— Je suis spécialisée en traumatologie. Tous les jours, aux urgences, nous traitons des patients qui ont survécu à des expériences traumatiques.

— Le simple fait d'être un SEAL expose à des situations stressantes, la coupa-t-il avec impatience. Ça fait partie du métier. Si vous ne pouvez pas y faire face, vous n'avez pas votre place chez les SEAL. Alors vous gérez. Point final.

De toute évidence, il n'avait pas l'intention d'en dire davantage. Mais au moins, la prochaine fois, s'il y en avait une et qu'il était dans de meilleures dispositions d'esprit, elle pourrait aborder de nouveau le sujet. Pour l'instant, il voulait l'éviter, et elle se devait de respecter ce souhait.

Elle commençait à peine à dénuder le milieu de sa cuisse quand il tressaillit et lui agrippa le poignet, fixant ses ciseaux d'un air alarmé. Avec un sourire rassurant, elle écarta délicatement la toile de jean imbibée de sang et grimaça en découvrant l'entaille en dents-de-scie.

— Ça va faire un peu mal.

Après l'avoir désinfectée, elle sonda la blessure, injecta un anesthésique local, puis entreprit de la suturer.

— Alors, dit-il tout bas, qu'est-ce qu'une urgentiste d'un grand centre hospitalier fait dans un endroit comme celui-ci ?

Elle lui jeta un coup d'œil agacé avant de tirer avec adresse sur le porte-aiguille.

— Nous avons déjà eu cette conversation, major, vous vous souvenez ?

— J'étais un peu fatigué, la nuit dernière, répondit-il, les sourcils froncés, mais il y a une chose dont je suis sûr : vous n'avez pas répondu à ma question.

Soucieuse, elle l'observa. Ses traits tirés trahissaient un épuisement que même quarante heures sans sommeil ne justifiaient pas. Outre les symptômes qu'elle avait pu noter, il devait être tourmenté par des cauchemars.

— Quelle question ?

— Eh bien... Pourquoi vous installer dans ce bled perdu ?

Gênée par son regard perçant, elle tria les compresses le temps de reprendre contenance. En choisissant une de la bonne taille, elle se retourna vers lui en haussant les épaules.

— Le surmenage des grandes villes. J'avais besoin de changement pour recharger mes batteries.

— Ah ! Je vois, dit-il d'une voix traînante alors qu'elle déchirait l'emballage avec plus de force que nécessaire.

— Comment cela ?

— Une idylle qui s'est mal terminée.

Stupéfaite par sa perspicacité, elle laissa échapper un petit rire choqué avant de placer la gaze sur les sutures.

— Croyez-moi, l'amour n'a *vraiment* rien à voir avec cette histoire.

— Alors... ?

— Disons que je devais prendre un peu de recul pour

remettre les choses en perspective, fit-elle, ébranlée par son insistance.

— Oui, se distancier, comme disent les psys. Dieu sait que j'en connais un rayon là-dessus.

Devant son regard sombre et son sourire amer, ses propres problèmes s'évanouirent. La gorge nouée, elle reprit sa tâche en silence de peur de céder à ses émotions. Il ne sembla pas s'en formaliser et parut même s'endormir. Mais dès qu'elle se redressa, il se releva. Elle surprit sa grimace de douleur, alors que, la mâchoire serrée, il balançait ses jambes par-dessus le bord de la table d'examen.

— Je vais vous donner des antalgiques, dit-elle, tendant la main vers le rayon supérieur de l'étagère.

Elle entendit un faible bruit, et un déplacement d'air derrière elle l'alerta juste avant qu'une chaleur ne se propage le long de son dos. Le cœur battant la chamade, elle se figea, de crainte d'entrer en collision avec lui. Un long bras hâlé passa au-dessus de son épaule pour attraper un flacon.

— Celui-ci ira très bien, déclarant-il d'une voix rauque.

Troublée, elle tourna la tête. Il était encore plus près qu'elle ne le croyait. Bien trop près… Ses yeux dorés s'assombrirent, et, en une fraction de seconde, l'atmosphère se transforma en une vibration intense et primitive, ardente.

Elle ouvrit la bouche, mais, incapable de prononcer un mot, la referma. Soudain l'air alentour s'électrisa alors qu'il la couvait d'un regard brûlant de sensualité. Son visage n'était qu'à quelques centimètres…

Avant qu'elle n'ait pu esquisser un geste, il la saisit par les épaules et la fit pivoter pour la pousser contre le mur. Le souffle coupé, elle vit ses lèvres bouger. Le sang battait si fort à ses oreilles qu'elle n'entendit pas ce qu'il lui disait. Son corps était tendu d'impatience et les secondes semblèrent s'étirer alors qu'il inclinait la tête vers elle. Puis sa bouche s'empara de la sienne et… elle fut aspirée dans une distorsion temporelle, précipitée vers un univers inconnu et follement grisant.

Galvanisée, elle posa pourtant les mains sur son torse

musclé pour tenter de le repousser. D'instinct elle savait que, si elle le laissait continuer, il l'absorberait dans son champ de force et qu'elle se consumerait sous l'impact. Mais il s'écarta légèrement et effleura ses lèvres des siennes avec une douceur et une tendresse qui firent fondre ses dernières velléités de résistance.

Avec un gémissement sourd, elle s'abandonna à son étreinte. Toute pensée cohérente la déserta et elle s'accrocha à lui pour ne pas tomber. Sans doute encouragé par sa réaction, il enfouit ses doigts dans ses cheveux, et elle ferma les yeux pour s'immerger dans leur baiser… quand tout à coup il l'interrompit.

— Bon sang, mais qu'est-ce que… ? murmura-t-il sur un ton stupéfait.

Décontenancée par cette retraite brutale, elle rouvrit les yeux. Il la fixait avec une intensité farouche… comme s'il la rendait responsable d'elle ne savait quelle explosion d'étoiles. Il la dévisagea ainsi un long moment, le souffle court, puis, si soudainement qu'elle vacilla sur ses jambes, il s'écarta et recula… Ce qui lui fit l'effet d'une douche glacée.

— Qu'est-ce… ? Pour… Pourquoi… ?

Voilà qu'elle bégayait… Génial.

— Qu'est-ce qu'il vous a pris ? demanda-t-elle.

Croisant les bras sur son torse, il appuya une épaule contre le mur et ses yeux se posèrent de nouveau sur sa bouche.

— J'avais besoin de savoir si vos lèvres étaient aussi délectables qu'elles le semblaient.

Il avait l'air de trouver parfaitement normal de pousser quelqu'un contre un mur et de l'embrasser à lui en couper la respiration.

Alors pourquoi mourait-elle d'envie de recommencer ? Furieuse de sentir son corps réagir à cette idée, elle fusilla Samuel du regard.

— Ecoutez, je ne suis pas une de ces filles sans cervelle éblouies par l'uniforme de la Navy et prêtes à tout pour un baiser passable avec un SEAL sexy. Et une salle de soins n'est vraiment pas l'endroit idéal pour ce genre de débordements.

Il la défia du regard. Allait-il s'emporter ? Mais soudain un lent sourire sensuel se dessina sur ses lèvres.

— *Sexy* ? Vous me trouvez sexy ?

Elle eut envie de le frapper. Pour éviter de faire ou de dire quelque chose qu'elle regretterait, elle se dirigea vers la porte.

— Si vous vous sentez fiévreux, ou si une inflammation apparaît autour des blessures, fit-elle par-dessus son épaule, appelez pour obtenir une ordonnance. Sinon prenez un rendez-vous dans une semaine pour ôter les sutures…

5.

Installé derrière le bar en chêne massif, Sam prépara une seconde série de cocktails pour une tablée de femmes assises près de la piste de danse. Des cadeaux étaient empilés dans un coin de leur box. Sans doute fêtaient-elles un anniversaire, ou le prochain mariage de l'une d'elles. Il espérait simplement que leur soirée ne dérape pas et qu'elles ne se mettent pas à danser sur les tables.

Certains habitués masculins avaient tendance à s'énerver lorsqu'il interrompait des numéros d'effeuillage improvisés. Mais, même à Crescent Lake, le bureau du shérif n'appréciait pas ce type de débordement. Et la dernière fois qu'il s'était interposé, il avait fini dans une cellule, livré à la merci d'une diablesse blonde…

Changeant de position pour soulager sa cuisse blessée, il salua quelques vieilles connaissances et versa un Cosmopolitan dans un verre à Martini. Comment un adulte qui se respectait pouvait-il commander des cocktails aux noms aussi exotiques que « Panthère rose » ou « Paradis perdu » ? Et, pire encore, les boire ? Lui-même s'en tenait à la bière et au whisky. A la seule idée d'ingurgiter des mélanges douceâtres aux couleurs de barbe à papa ou de mousse des bois, il avait des haut-le-cœur. Bien sûr, à l'occasion, il avalait d'un trait un petit verre de tequila avec des amis, mais pour une simple question d'amour-propre.

Hank, un shérif adjoint qui n'était pas de service, se fraya un passage dans la foule, le bras enroulé autour d'une fille sexy en jean et pull moulants. Comme Sam lui jetait un clin d'œil complice, Hank eut un large sourire.

— Elle a une copine, cria-t-il. Ça t'intéresse ?

Amusé, Sam secoua la tête. Jusqu'à l'arrivée de sa sœur, il était responsable du bar. Il était un peu plus de 20 heures, et le *Fahrenheit* était déjà bondé. Avec le juke-box qui braillait, il pouvait à peine s'entendre penser. La cuisine débitait à la chaîne de grandes assiettes d'ailes de poulet à la sauce Buffalo, de frites et de piments rouges suffisamment forts pour écailler le vernis du comptoir.

Il avait passé la semaine à récupérer du bétail égaré, à rattraper de jeunes chauffards au volant de voitures volées et à esquiver les charges de chevrotine du vieux Jeevers, persuadé que les adjoints du shérif étaient des extraterrestres téléportés de leur vaisseau mère. Et lorsqu'il ne jouait pas au policier, il servait des verres au bar en écoutant Jerry Farnell raconter en boucle ses aventures pendant l'opération *Tempête du désert.*

Son frère l'avait persuadé de « donner un coup de main » au bureau du shérif, mais il n'était pas stupide. Ruben voulait seulement se créer des occasions de bavarder avec lui. Sans doute se demandait-il pourquoi il était encore en permission, à se comporter comme un lion en cage, au lieu d'être parachuté en territoire hostile pour prendre l'ennemi par surprise.

Il soupçonnait sa famille de se relayer pour s'occuper de son cas en espérant qu'il craque et se mette à table. De toute évidence, ils en avaient par-dessus la tête de son mauvais caractère, qui avait déjà lassé les membres de son escouade. Mais lui non plus ne supportait plus ses nerfs à vif. Il désirait reprendre du service et faire ce pour quoi il avait été entraîné.

Ce qu'ils ne comprenaient pas, c'était que les SEAL ne craquaient pas sous la pression, et qu'ils ne parlaient jamais de leurs missions, pour la plupart classées secrètes. En outre il avait vu et fait un certain nombre de choses atroces dont il ne voulait surtout pas se souvenir. *Plus jamais*. S'il s'aventurait à y réfléchir trop sérieusement, il deviendrait fou et terminerait comme Jerry, à écumer les bars pour se soûler en ressassant ses exploits passés.

Finalement les crétins qui occupaient un coin du comptoir renoncèrent à le provoquer et orientèrent la conversation sur la femme médecin de Boston, avançant diverses hypothèses. Il cessa très vite d'écouter leurs divagations égrillardes. Le Dr Mahoney avait peut-être décidé de s'installer à Crescent Lake pour remettre les choses en perspective, mais elle n'avait certainement pas envisagé de s'intéresser aux « talents locaux ».

C'était une belle femme élégante, sans nul doute habituée aux avances des hommes ; un idiot comme Buddy Holliday ne risquait pas de l'impressionner. D'ailleurs, la façon dont elle avait réagi dans la salle de soins à son baiser avait confirmé son intuition : un type avait dû lui jouer un sale tour. Et c'était pour cette raison qu'elle s'était défoulée sur lui.

Encore que, d'après son expérience, une femme n'avait pas toujours besoin d'une raison valable pour traiter un type de pervers s'il la poussait contre un mur pour l'embrasser. Souvent elles agissaient de manière irrationnelle. Et c'était bien pour ça qu'il appréciait d'être un SEAL ; les hommes entre eux ne faisaient pas autant de chichis.

Pourtant, avant de sortir comme une furie de la salle de soins, après une dernière pique insultante, elle avait moulé son corps contre le sien et répondu avec fougue à son baiser — quoi qu'elle en ait dit ensuite.

En tout cas, il pouvait être rassuré sur un point : quelqu'un souffrant du SSPT ne rêvait pas d'embrasser une femme jusqu'à ce qu'elle s'abandonne dans ses bras et en perde le souffle. Il n'était pas obsédé par l'idée d'enfouir ses doigts dans une longue chevelure soyeuse et de caresser des formes délicieusement arrondies. Et, bien sûr, il ne fantasmait pas sur des étreintes passionnées avec quelqu'un qui passait sans avertissement du chaud au froid.

Il aurait été fou de poursuivre de ses assiduités celle qui

lui avait arraché plusieurs épaisseurs de peau en enlevant un pansement adhésif. Contrairement à la croyance populaire, il n'avait pas sombré dans la démence…

Par chance quelqu'un le héla et il se retourna, soulagé. Il passait déjà suffisamment de temps à penser à elle.

Pendant l'heure suivante, il s'efforça de répondre plaisamment au trio de femmes hyper-maquillées accoudées au bar qui le draguaient ouvertement. Il aurait dû se sentir flatté, mais, ce soir, il n'était pas d'humeur à entrer dans leur jeu.

Lorsque sa sœur arriva, il n'avait plus qu'un seul désir : s'enfoncer dans la forêt pour s'isoler un moment.

— Bon sang, où étais-tu passée ? demanda-t-il, irrité.

Aussitôt le sourire chaleureux d'Hannah s'effaça, et elle fronça les sourcils, manifestement déconcertée.

— Que veux-tu dire ?

— Tu es en retard.

Elle jeta un coup d'œil sur l'horloge murale.

— Un quart d'heure. Ce n'est pas le bout du monde. Et arrête de faire cette tête, tu vas faire fuir les clients.

Comme elle parcourait la foule joyeuse des yeux, son regard se posa sur le groupe d'hommes qui occupaient le coin du comptoir, et elle se rembrunit.

— Qu'est-ce que Buddy a encore dit pour te vexer ? demanda-t-elle en le fixant comme s'il allait se transformer en psychopathe.

— La susceptibilité, c'est bon pour les femmes. Un homme ne se *vexe* pas, il s'énerve.

Elle leva les yeux au ciel.

— Qu'est-ce qui t'a mis hors de toi, alors ?

— Je ne suis pas hors de moi. J'ai juste une hémorragie cérébrale, à les écouter se vanter de leurs supposées prouesses sexuelles.

— Et alors ? Ils jacassent comme ça chaque fois. La semaine dernière, c'était pour se faire remarquer des étudiantes d'Olympia, et tu avais l'air de trouver ça drôle, puisque tu m'as empêchée de les mettre dehors avant que ça dégénère.

— Les blagues de potaches, ce n'est plus trop de leur âge, tu ne crois pas ?

Elle le dévisagea d'un air incrédule.

— Tu parles bien de Buddy Holliday ? Celui dont les plaisanteries ne volent pas plus haut que sa ceinture ?

Il ne put retenir une grimace écœurée, et elle inclina la tête.

— Ça ne serait pas plutôt parce qu'ils s'en sont pris à une certaine toubib de l'hôpital ? demanda-t-elle, tout sucre tout miel.

Exaspéré, il croisa les bras sur son torse.

— Qu'est-ce que tu insinues, maintenant ?

Mais Hannah ne se laissa pas intimider par son attitude hargneuse. Au contraire, elle s'approcha de lui comme s'il allait lui raconter une histoire croustillante et qu'elle ne voulait rater aucun détail salace. Pourquoi se donnait-elle cette peine ? Un groupe de rock se produisait près de la piste de danse depuis plus d'une heure, et le niveau sonore était tel qu'ils auraient pu aussi bien se trouver chacun à un bout du comptoir. Ils auraient pu hurler pour se parler, personne n'aurait surpris leur conversation.

— Ne te tracasse pas, Sammy, ces gars-là jouent les grandes gueules, mais ils se dégonflent dès qu'il s'agit de passer à l'action.

— Pourquoi te crois-tu obligée de me dire ça ?

Elle ignora sa question. Lorsqu'elle avait une idée en tête, elle avait la ténacité d'un rottweiler.

— Ruben pense qu'elle aurait beaucoup de succès à Hollywood, dit-elle avec un gloussement amusé. Je pense qu'il est amoureux.

Soudain Sam eut l'impression de suffoquer. Arrachant son tablier, il le jeta derrière le bar. Il résista à grand-peine à l'envie d'arracher la bouteille de gin des mains d'Hannah pour la fracasser contre le miroir derrière eux. Mais il y avait des limites à ne pas franchir. Sa sœur serait furieuse s'il cassait quelque chose.

Glissant les doigts dans ses cheveux, il ravala un juron. Il avait besoin d'air. Besoin de se ressaisir, de s'isoler…

— Je sors, grogna-t-il en la bousculant pour passer. Je te laisse prendre la relève.

Visiblement stupéfaite par la violence de sa réaction, elle se tourna pour le fixer, bouche bée.

— Mais… qu'est-ce que j'ai dit ? Qu'est-ce que j'ai fait ?

Devant son regard blessé, il sentit de nouveau la culpabilité l'envahir et poussa un soupir de frustration.

— Rien, dit-il en se massant le tour des yeux pour soulager la violente migraine qui s'annonçait.

Il devait absolument reprendre son sang-froid. Hannah ne méritait pas qu'il passe son humeur massacrante sur elle.

— Désolé, Hannah. Je suis juste fatigué et j'ai mal à la tête.

— Encore ? demanda-t-elle sur un ton soucieux. Tu devrais aller voir un médecin.

Sa remarque raviva aussitôt son irritation.

— Non, fit-il avec lassitude. Je n'ai pas besoin de voir un fichu toubib. Je suis moi-même médecin, tu as oublié ?

Son expression devint sceptique, et il devina ce qu'elle pensait : c'était d'un psy qu'il avait besoin, pas d'un généraliste.

— Les sottises de Buddy t'ont toujours laissé indifférent, alors c'est quoi, ton problème ?

Son problème ? Il était un SEAL sans escouade… Mais avant qu'il n'ait pu le lui rappeler, elle écarquilla les yeux et lâcha un petit rire interloqué.

— C'est à cause d'elle, n'est-ce pas ? La fille de Boston qui aide Monty à l'hôpital. Celle dont Buddy et ses copains parlent sans arrêt.

Elle semblait prendre un malin plaisir à insister, comme le jour où, adolescente, elle l'avait trouvé en train de dévorer un *Playboy* qu'il avait découvert en débarrassant le garage de M. Henderson. Il n'aurait plus manqué qu'elle le menace d'avertir leur mère !...

— Toi aussi, tu as le béguin pour elle ! Trop génial ! C'est comme à l'époque où Ruben et toi vous disputiez les faveurs de Missy Hawkins. Vous reveniez à la maison avec des coquards et des lèvres fendues. Cette fois, comment ça va se terminer ? Par un duel au pistolet à l'aube ou un règlement de comptes à mains nues ? Je pourrai y assister ?

Il sentit une douleur lui vriller l'arrière du crâne.

— Et c'est moi qui suis considéré comme le cinglé de la famille ? Quel âge as-tu, Hannah ? Treize ans ? Je suis un Navy SEAL, pour l'amour du ciel ! Un SEAL ne se bat pas pour une femme. C'est bien trop dangereux.

— Ça t'est déjà arrivé ? demanda-t-elle avec une curiosité évidente.

— Non ! Ce serait puéril !

— D'accord..., fit-elle, ironique.

— C'est ça, fiche-toi de moi. Rappelle-toi simplement que je connais des centaines de façons de tuer un homme et que ça passe pour une mort naturelle. En plus, je ne vois pas pourquoi je m'intéresserais à une fille qui joue au toubib de cambrousse.

Hannah prit un air écœuré.

— C'est ça, continue à te cacher la vérité, pauvre crétin, dit-elle en lui tapotant l'épaule avec condescendance.

Ulcéré, il se renfrogna.

— Tu peux répéter ?

Elle lui décocha un petit sourire narquois.

— J'ai compris ton problème, mon grand. Cours te réfugier dans ta caverne avec tes dénis et tes illusions. Je suis sûre que les psychiatres de la Navy seront contents d'apprendre que tu as finalement franchi les limites.

Après avoir résumé en quelques mots tout le bien qu'il pensait des psys de la Navy, il tourna les talons et emprunta le couloir qui menait à la porte de derrière. Il l'ouvrit d'un coup sec et la claqua derrière lui pour échapper au rire de sa sœur.

Hannah avait tort, se dit-il en démarrant. Peu lui importait que Ruben se soit entiché ou non de la jolie toubib. Bientôt il repartirait, et les seules aventures qu'il se permettait ne duraient jamais plus d'une semaine. De toute façon, ses permissions étaient souvent trop courtes pour développer une relation à long terme. Et si la petite voix dans sa tête lui disait qu'il se berçait d'illusions, il n'y prêta pas attention ; il était seulement fatigué.

Oui, fatigué de rester comme un idiot à attendre que son commandant l'appelle. Fatigué d'essayer de convaincre tout le monde qu'il allait bien…

Soudain, Sam s'aperçut qu'au lieu de sortir de la ville comme il en avait eu l'intention, il venait de se garer sur le parking de l'hôpital. Agacé, il observa l'entrée des urgences. En fin de compte il était peut-être aussi fou qu'on le prétendait. Seul un fou resterait ainsi au volant de sa voiture en pensant à une femme qui traitait ses patients avec la délicatesse d'un instructeur du BUD/S.

Lui aussi était médecin, bon sang. Il était capable d'enlever lui-même ses fichues sutures. Néanmoins, il éteignit son moteur et sortit de son véhicule. Au fond, puisqu'il était là, autant en profiter pour s'en débarrasser. Elles commençaient à sérieusement le démanger.

Surpris qu'il n'y ait personne à la réception, il se dirigea vers les salles de soins, mais elles étaient vides, elles aussi. Un peu alarmé, il revenait sur ses pas quand une porte s'ouvrit quelque part derrière lui. Il se retourna et vit Fran Gilbert, une amie de sa mère, venir vers lui en poussant un chariot de médicaments. Elle semblait légèrement préoccupée.

— Oh ! Samuel, quelle surprise ! dit-elle. Il y a un problème ?

Comme il levait sa main bandée, le visage de la surveillante s'éclaira.

— Cassidy va s'en charger. Je dois faire le tour des chambres.

— Il y a affluence ?

— Ni plus ni moins que d'habitude. Si ce n'est qu'une dizaine de bambins ont été hospitalisés tout à l'heure avec une forte fièvre qui les rend grincheux ; ils réclament une attention de chaque seconde. Cassidy est là-bas…

Elle lui montra une porte au bout du corridor.

— Je l'ai obligée à faire une pause. Qui sait ce qui peut se passer durant la nuit avec une bande de gamins malades.

Sur ce, elle s'éloigna d'un pas pressé. Il la regarda disparaître, puis se dirigea vers la zone réservée au personnel. A peine avait-il poussé le battant qu'il reconnut la voix de Cassidy. Il fronça les sourcils. N'était-elle pas censée se reposer en prévision d'une nuit difficile ?

Après avoir refermé doucement la porte derrière lui, il traversa le couloir, et ce qu'il découvrit chassa immédiatement sa morosité. S'appuyant contre le chambranle, il croisa les bras et laissa son regard glisser sur les longues jambes vêtues de jean perchées sur une échelle. Le Dr Boston était seule et marmonnait entre ses dents quelque chose à propos de bassins et d'encaustique tout en consultant un bloc-notes.

Inconsciente de sa présence, elle tourna une page qu'elle parcourut de haut en bas avant de recommencer en soupirant.

— C'est une plaisanterie, murmura-t-elle sur un ton écœuré. Qui a mis les bassins avec les tenues chirurgicales stériles ? C'est un véritable foutoir !

Elle se figea comme si elle avait dit quelque chose d'indécent, puis secoua la tête en riant.

— Oui, on peut utiliser le mot « foutoir » sans que le monde implose ou que la foudre se déchaîne ! dit-elle.

— Vous en êtes sûre, docteur ? lança Sam, amusé.

Avec un cri étranglé, elle sursauta et lâcha son bloc. Elle tenta de se raccrocher à l'étagère, mais son pied glissa sur le barreau et elle partit en arrière.

Aussitôt Sam bondit au bas de l'échelle pour la rattraper, et elle atterrit contre son torse avec un bruit sourd. Le souffle coupé, il tituba jusqu'au mur et s'y adossa, un bras enroulé autour de sa taille et l'autre autour de ses cuisses. Les pieds écartés afin de garder son équilibre, il la retourna contre lui, plongea son regard dans ses yeux verts écarquillés, et, avec un large sourire satisfait, l'observa qui le fixait, bouche bée. Le rond parfait de ses lèvres pulpeuses était prometteur de baisers torrides dans l'obscurité.

— Je… Vous… Oh… Seigneur, balbutia-t-elle, manifestement encore sous le choc.

S'agrippant à son T-shirt, elle reprit non sans mal sa respiration.

— *Vous* !

Etait-elle soulagée ou contrariée de le voir ? Sans l'ombre d'un doute, il privilégia la seconde hypothèse.

— Vous vous attendiez à quelqu'un d'autre ? demanda-t-il, même si, étrangement, l'idée lui déplaisait.

— Je… euh… Vous…

L'air excédé, elle renonça à se montrer cohérente et s'humecta les lèvres du bout de la langue. Soudain elle dut s'apercevoir qu'elle le provoquait inconsciemment, car elle leva les yeux au ciel et plaqua ses paumes contre son torse pour le repousser.

— Reposez-moi par terre ! Bon sang, vous m'avez fichu une sacrée frousse !

— *Une sacrée frousse* ? répéta-t-il, ravi de son trouble, elle si posée d'habitude. Allons, allons, docteur… D'abord « foutoir », et maintenant « bon sang » et « sacrée frousse » ? Vous vous lâchez.

— Vous avez *tout* entendu ?

Cette fois, elle était écarlate, ce qui le fit rire, et il desserra légèrement son étreinte pour la libérer. Il prit d'autant plus plaisir à sentir ses courbes généreuses glisser le long de son corps qu'elle rougissait de plus belle. Brusquement il comprit pourquoi il était venu à l'hôpital : en fait, il ne supportait pas que son frère cherche à s'attirer les bonnes grâces de Cassidy. Et encore moins que Buddy et ses copains plaisantent à son sujet.

Pour quelle raison, il l'ignorait. Toutefois le moment était mal choisi pour approfondir la question, il préférait humer avec délices le parfum fruité de sa chevelure et savourer le doux contact de ses seins contre son torse. Soudain, plus rien ne compta que l'embrasser de nouveau pour vérifier s'il n'avait pas rêvé le goût irrésistible de ses lèvres.

Elle dut le deviner, car, avec un murmure de protestation, elle s'écarta tant bien que mal pour se mettre hors de portée. Dans ses yeux écarquillés, il lui sembla cependant discerner une certaine excitation.

— Que faites-vous ici, major ? demanda-t-elle sur un ton soupçonneux.

La tête penchée, il l'observa un long moment. Puis, faisant un pas vers elle, il se réjouit de son expression légèrement paniquée lorsque, en reculant, elle se retrouva coincée contre le mur. Il y appuya sa paume pour l'empêcher de fuir, glissa son autre main sous sa nuque et, du pouce, caressa sa gorge.

Troublé de son pouls qui palpitait sous ses doigts, il lui souleva le menton pour l'obliger à le regarder. Un parfum de pêche l'enivra.

— Je n'avais pas l'intention de venir ici, dit-il d'une voix rauque. Mais vous… me rendez fou, et je suis incapable de garder mes distances.

Prenant une brusque inspiration, elle s'agrippa à son T-shirt comme si elle n'arrivait pas à décider si elle devait le repousser ou l'attirer vers elle. Il profita de son hésitation pour presser ses lèvres sur les siennes en un doux baiser qui lui donna le vertige.

— Samuel…

— Mmmh… ?

Ignorant sa protestation, il redessina sa bouche du bout de la langue, avant de l'embrasser avec avidité.

Seigneur, non, il n'avait pas rêvé ces sensations, ce

feu ardent qui le consumait alors qu'elle répondait avec fougue à son baiser…

— Sa… Samuel. C'est une… une très mauvaise idée…

Pourtant, elle ne cherchait pas à se libérer. Il n'était donc pas le seul à perdre la tête.

— J'aime t'entendre prononcer mon nom… sentir ton corps se mouler contre le mien quand tu es excitée.

— Non, ce n'est pas vrai… Je ne suis pas…

Comme il pressait ses hanches contre les siennes pour lui apporter un démenti flagrant, elle sentit l'évidence de son désir à lui et poussa un gémissement.

— Oh que si, tu l'es ! dit-il d'un ton lascif.

Les joues écarlates, elle rit nerveusement d'un air embarrassé.

— Je… Je suis sérieuse.

A force de contorsions, elle réussit à se libérer… pour se retrouver bloquée dans un angle de la pièce. Elle poussa un soupir contrarié et, le menton levé en signe de défi, serra les poings comme si elle envisageait de lui décocher un coup.

Amusé, il sourit. Qu'elle essaie, il n'avait rien contre, bien au contraire. Elle écarta de son front les boucles blondes qui s'étaient échappées de sa queue-de-cheval.

— Ecoutez… J'ai des problèmes bien plus importants à régler que votre… ton ego, d'accord ?

Croisant les bras, il la dévisagea. Avec ses cheveux ébouriffés et son expression perturbée, elle semblait avoir seize ans. Le Dr Mahoney n'avait plus rien à présent de froid et de distant.

Il haussa un sourcil ironique.

— Ah oui ? Lesquels ? Par exemple, pourquoi les bassins sont répertoriés à côté des tenues stériles ?…

6.

Cassidy ne put s'empêcher de rire.

— Ne sois pas ridicule !

Sa voix haut perchée la fit frémir. Pour l'amour du ciel, elle se comportait comme une adolescente exaltée. Et si, quand elle s'était pressée contre Sam, elle avait été tentée de refaire connaissance avec ce corps irrésistible, elle n'avait aucune intention de l'admettre à voix haute. Elle avait simplement été… surprise. Rien de plus. Elle avait surmonté son attirance pour lui. Enfin… presque.

Il était trop dangereux pour elle. Avec lui, elle oubliait tout — jusqu'à ses peines de cœur et les douloureuses leçons qu'elle avait apprises. Il lui donnait envie de jeter sa raison aux orties. Une chance qu'elle ait pu reprendre ses esprits à temps…

Tout en se mordillant nerveusement la lèvre, elle l'observait avec une certaine méfiance. Et son cœur s'emballa de nouveau quand il s'écarta du montant de la porte où il était adossé.

— Ecoute, major, dit-elle aussitôt quand il s'avança vers elle. Je… je suis occupée.

La paume qu'elle posa sur son torse pour l'empêcher d'approcher davantage n'eut aucun effet sur lui.

— *Vraiment* occupée. Et je n'ai pas le temps pour tes suggestions tordues de… de préliminaires. Samuel, *arrête* !

Il haussa les sourcils et une ombre de sourire étira ses lèvres. Bravo. Maintenant, il se fichait d'elle. Jusqu'où allait-elle s'enferrer dans le ridicule ?

— De préliminaires ?

Ignorant sa question de toute façon purement rhétorique, elle s'esquiva par le côté et gagna la porte. Se sentant proche de la sécurité toute relative du corridor, elle se retourna, prête à fuir s'il le fallait.

— Donc, que fais-tu ici, exactement, major ?

Il la dévisagea sans se presser, ce qui la mit au supplice, puis leva sa main bandée.

— Oh !

En fait, il n'était pas là pour *elle*, mais pour le médecin… Alors pourquoi était-elle déçue ? Au contraire, elle était soulagée, non ? Elle était bien trop occupée pour avoir le temps de s'amuser à ces petits jeux.

— Pourquoi ne pas me l'avoir dit tout de suite ? fit-elle, agacée, avant de pivoter sur ses talons pour remonter le couloir.

Elle le guida jusqu'à la salle équipée pour la petite chirurgie, et, instinctivement, enfila une blouse, comme pour se protéger de son regard trop pénétrant par une tenue de travail. Ses mains tremblaient. Consternée, elle prit une longue inspiration dans l'espoir de se calmer, avant de se tourner vers lui. Appuyé contre la table d'examen, ses yeux songeurs rivés sur elle, il commença à dérouler son bandage.

— Franchement, dit-elle en croisant les bras, je suis étonnée de te voir. Je m'attendais à ce que tu réduises tes pansements en charpie.

— Pour en faire quoi ? Des boulettes de papier mâché ?

— Idiot, fit-elle, amusée malgré elle.

Alors qu'elle palpait la blessure en cours de cicatrisation, elle s'efforça de rester insensible à la chaleur de sa peau calleuse sous ses doigts. Puis elle attrapa une paire de ciseaux et, délicatement, souleva chaque suture afin de les couper et de les enlever.

— Dans la mesure du possible, moi, j'évite les bagarres de bar, dit-elle en rencontrant brièvement son regard ironique. Et aussi de me jeter d'un avion en marche…

Le rire qui monta de la gorge de Samuel provoqua d'étranges remous dans son ventre.

— Tu ne sais pas ce que tu rates.

— En tout cas, je sais ce que j'évite, répondit-elle en désinfectant la cicatrice avant d'y pulvériser une fine couche de cellules de peau synthétiques. Des fractures, par exemple. Par contre, toi, ce qui te manque de toute évidence, c'est un peu de plomb dans la cervelle.

Elle recouvrit sa paume d'un pansement adhésif et lui recommanda de ne pas la mouiller pendant quelques jours. Elle s'apprêtait à se détourner quand il l'attrapa par le poignet.

— Tu n'as pas envie de savoir quel effet cela fait, de foncer vers la terre à trente mètres par seconde ? murmura-t-il sur un ton persuasif.

Devant l'expression de ses yeux dorés, elle frémit. *Seigneur...* Si cela ressemblait à ce qu'elle éprouvait à cet instant, sûrement pas.

— Non, je...

Sans lui laisser le temps de se ressaisir, il l'attira contre lui jusqu'à ce que, grisée par son odeur virile, elle perde sa dernière once de bon sens et que s'évanouisse sa résolution de le tenir à distance. Elle était soudain incapable de se rappeler en quoi c'était une si mauvaise idée. Il n'avait pas eu à fournir le moindre effort.

— C'est comme l'instant précis, quand on fait l'amour, dit-il d'une voix légèrement plus rauque qui acheva de la faire fondre, où l'on se rend compte...

Ses lèvres effleurèrent les siennes.

— ... qu'on ne peut plus revenir en arrière.

— Samuel..., prononça-t-elle dans un souffle, espérant qu'il ne sente pas son corps vibrer à ces mots.

Du bout de la langue, il s'amusa à redessiner le contour de sa bouche, et son cœur parut s'emballer de plus belle.

— Puis tout se précipite...

Un gémissement lui échappa alors que, sans pouvoir s'en empêcher, elle glissait les mains derrière sa nuque.

— … et ça te frappe de plein fouet… Tchac !

Elle sursauta : ses dents s'étaient refermées sur sa lèvre pour la mordiller. Oh ! Seigneur… Une vague brûlante se répandit dans ses veines, et ses jambes flageolèrent.

Avant qu'elle n'ait pu protester, il s'empara de sa bouche en un baiser torride qui échappa aussitôt à tout contrôle. Dans un bref éclair de lucidité, alarmée par le cyclone qui l'emportait, elle faillit s'arracher à son étreinte pour prendre ses jambes à son cou.

Mais ses bras se refermèrent sur elle comme un étau, et toute pensée cohérente la déserta. Le corps en feu, elle fut plongée dans un maelström de sensations inconnues.

Encore bouleversée par la puissance des émotions qui se déchaînaient en elle, elle tenta de reprendre son souffle. Un martèlement résonnait dans son crâne. Son cerveau menaçait-il d'exploser ? Cet homme était une véritable tornade, susceptible d'aspirer tout ce qui se trouvait autour de lui.

Mais il semblait soudain sur le qui-vive, et, surprise, elle mit un moment avant de prendre conscience que le vacarme ne provenait pas de sa tête.

De nouveaux coups retentirent, immédiatement suivis d'un cri d'alarme. Sans un bruit, Samuel la poussa de côté et remonta le couloir d'une démarche féline. Le voyant porter la main à son flanc comme s'il y cherchait une arme, elle reprit ses esprits et se lança à sa poursuite. Mieux valait le rattraper avant qu'il ne s'attaque à un pauvre patient sans défense.

Lorsqu'elle le retint par son T-shirt, il se retourna et riva sur elle un regard froid et meurtrier qui la fit frémir.

— Tout va bien, Samuel, dit-elle doucement. C'est juste une urgence médicale.

Comme il semblait ne pas l'avoir entendue, elle le secoua.

— Laisse tomber, major, je m'en occupe.

Pendant d'interminables secondes, il la fixa d'un air inexpressif. Elle s'attendait presque à ce qu'il l'écrase tel un moustique gênant quand il cligna lentement des yeux. C'était comme s'il revenait au présent… après un flash-back. Elle l'observait, la gorge nouée. Le sang se retira de son visage, et, avant qu'elle n'ait pu esquisser un geste, il chancela et dut s'appuyer au mur pour ne pas tomber.

— Vas-y, dit-il d'une voix sourde par-dessus son épaule.

Il posa son front sur son bras, les muscles de son dos se crispèrent comme sous l'effet d'une douleur insoutenable. Elle hésita, mais un nouveau cri l'alerta, et elle se précipita à la réception.

Un seul regard sur le couple qui y attendait suffit à chasser de son esprit Samuel et ses problèmes de SSPT. Un homme paniqué soutenait une femme enceinte, clairement proche du terme. Blanche comme un linge et couverte de sueur, celle-ci se cramponnait à son ventre arrondi. Cassidy remarqua tout de suite que le bas de sa robe de grossesse était taché.

— Aidez-la, docteur, dit l'homme d'une voix suppliante. Elle saigne et ça ne s'arrête pas. Je crois que le bébé ne peut pas sortir…

Priant le ciel pour qu'il ne soit pas trop tard, Cassidy poussa vers eux le chariot brancard le plus proche.

— Que s'est-il passé ? Pourquoi n'êtes-vous pas venus plus tôt ?

— Gail voulait accoucher à la maison, mais la sage-femme n'a pas répondu au téléphone, répondit le mari en bredouillant, les yeux écarquillés par l'angoisse. Je ne savais pas quoi faire. Je n'y connais rien… Oh ! Seigneur, pourquoi est-ce que j'ai autant attendu ?…

Blême, il tituba, et Cassidy dut le saisir par le coude pour qu'il reprenne son équilibre. Il ne manquait plus qu'il s'évanouisse. Elle s'apprêtait à le sommer de reprendre son sang-froid quand Gail émit un faible gémissement et flageola sur ses jambes. Sans hésiter, Cassidy se précipita pour la rattraper et appela à l'aide. Pourvu qu'un membre de l'équipe médicale l'entende. Mais le poids de Gail l'entraîna vers le sol et elles s'effondrèrent toutes les deux.

Terrifié, l'homme poussait à présent des cris hystériques.

Cassidy, la respiration coupée par sa chute brutale, était incapable de le faire taire.

Un visage apparut au-dessus de sa tête et, avant qu'elle ne soit remise de sa surprise, Samuel se pencha pour prendre Gail dans ses bras avec une facilité déconcertante. Retrouvant sa respiration, Cassidy se releva tant bien que mal.

— Ça va ? lui demanda-t-il alors qu'il allongeait avec précaution la parturiente sur le lit roulant.

Cela aurait plutôt été à elle de lui poser la question, mais, hormis une légère pâleur et un visage fermé, il semblait s'être remis. Son regard était parfaitement lucide. D'un haussement de sourcils, il lui signifia que le moment était mal choisi pour se soucier de lui.

— Oui, ça va, répondit-elle, chassant ses doutes. Interroge le mari pour en savoir plus.

Sur ce, elle remonta rapidement le couloir avec le chariot et, en passant, appuya sur le bouton d'urgence. Une fois dans la salle d'opération, elle contrôla les signes vitaux de la parturiente et, devant sa respiration laborieuse et son pouls erratique, ses craintes s'accrurent.

Sans perdre une seconde, elle saisit une paire de ciseaux et coupa la robe tachée de sang. Elle avait fini d'intuber Gail et l'avait placée sous perfusion de sérum physiologique quand Heather, une des infirmières de nuit, arriva en courant. Pendant que, sous sa direction, celle-ci s'occupait des médicaments, elle sortit une seringue de son emballage et planta l'aiguille dans l'ampoule que Heather lui tendait.

— Prépare-la pour la césarienne, dit-elle en injectant le produit. Et appelle le Dr Montgomery. Je vais avoir besoin d'aide.

— Tu as déjà toute l'aide voulue, l'informa une voix grave.

Elle jeta un coup d'œil par-dessus son épaule, Samuel entrait dans la salle.

— Major…

— Son nom est Gail Sanders, la coupa-t-il calmement comme s'il pratiquait ce genre d'intervention tous les jours. Institutrice en maternelle. Première grossesse. Normale. Aucun antécédent.

Il la fixait avec insistance. Son message silencieux était clair : ils n'avaient pas le temps de discuter de son SSPT, ni d'attendre Monty.

— Docteur Mahoney… ? fit Heather, sans doute surprise par leur échange.

Son intervention bienvenue détendit aussitôt l'atmosphère.

— Apporte l'échographe au major Kellan, dit Cassidy.

Samuel et elle transférèrent Gail sur la table d'opération. Dès qu'elle eut appliqué une couche de gel conducteur sur le ventre distendu de la patiente, il y passa la sonde.

— Va te changer, dit-il, sans se détourner de l'écran du moniteur. Je m'occupe de l'écho.

— Samuel… Tu es sûr que… ?

Elle s'interrompit et se mordilla nerveusement la lèvre. Comment lui demander s'il était assez sain d'esprit pour pratiquer cet examen plutôt complexe ? Il dut deviner ses doutes, car son visage se rembrunit. Toutefois lorsqu'elle observa sa main experte manier la sonde, elle fut rassurée. Il ne semblait souffrir d'aucune séquelle de sa crise d'hypervigilance, quelques instants plus tôt.

— Je vais très bien, la rabroua-t-il avant de reporter son attention sur la parturiente. Ce qui n'est pas le cas de Gail et du bébé. Alors, pour l'amour du ciel, dépêche-toi.

— J'espère que tu sais ce que tu fais, dit-elle calmement.

Il lui fallut moins d'une minute pour passer une nouvelle tenue stérile. Quelques secondes plus tard, il la rejoignit pour se laver, lui aussi, les mains avec soin.

— Nous ne pouvons pas attendre et tu le sais, Cassidy, dit-il quand elle lui jeta un regard inquisiteur.

— Oui, tu as raison, mais c'est moi qui suis en charge ; toi, tu te contentes de m'assister, répondit-elle en poussant les portes de la salle d'opération.

Pendant leur absence, Heather avait mis le défibrillateur

sous tension et placé un oxymètre à l'index de la patiente. Elle finissait d'installer les électrodes qui la reliaient au moniteur cardiaque. Cassidy consulta l'écran de l'échographe pour étudier la série de clichés que Samuel avait enregistrée. Le bébé se présentait par le siège.

— J'ai mis au monde des bébés dans de pires positions que celle-ci, dit-il en s'approchant d'elle.

— Moi aussi, mais toujours avec un obstétricien prêt à intervenir. D'autant que l'hémorragie est préoccupante.

Comme il restait silencieux, elle leva les yeux et découvrit, le cœur serré, qu'il l'observait avec intensité.

— Quoi ?

Un chaud sourire illumina son regard doré.

— Tu es capable de le faire. Aie confiance en toi. En plus, je suis là.

Elle s'apprêtait à l'interroger sur son expérience dans ce domaine quand l'alarme se déclencha sur le moniteur.

— La fréquence cardiaque s'emballe, confirma Heather.

Tandis qu'il enfilait à son tour des gants stériles, Cassidy se plaça aux côtés de Gail. Elle allait devoir s'en remettre à un homme qui comparait le parachutage en territoire hostile à une étreinte amoureuse. Toutefois, à cet instant, il paraissait très compétent.

— La tension s'effondre, dit Heather d'un ton inquiet.

— Surveille les signes vitaux du bébé et préviens-moi si la tension de la mère descend en dessous de 5.

Lorsque Samuel eut badigeonné le ventre de Gail d'une solution de bétadine, Cassidy saisit son scalpel et pratiqua une incision à travers les différentes couches de peau, le muscle et la paroi de l'utérus. Elle glissa ensuite ses doigts dans la cavité utérine. Quand la tête et les épaules du bébé apparurent, elle comprit aussitôt pour quelles raisons il était resté bloqué et l'origine de l'hémorragie de Gail : le placenta s'était détaché de la paroi utérine et le cordon ombilical s'était enroulé autour du cou et sous le bras du nouveau-né, lequel était cyanosé et flasque.

Une fois que Samuel l'eut fait délicatement passer

par-dessus la tête du bébé, elle dégagea celui-ci du ventre maternel et le déposa dans la serviette chaude que lui présentait Samuel. Puis elle clampa le cordon et le coupa. Elle leva alors les yeux pour accrocher le regard doré qui lui faisait face au-dessus du masque.

— La petite est à toi, dit-elle simplement avant de se tourner vers la mère.

D'instinct, elle savait qu'elle pouvait se fier à lui. A ce stade, il était aussi capable qu'elle de réanimer l'enfant, si cela était encore possible. Par contre, elle n'avait pas une seconde à perdre si elle voulait sauver Gail.

Durant la demi-heure suivante, secondée par Heather, elle lutta pour juguler l'hémorragie. Lorsqu'elle y fut enfin parvenue, elle ordonna à l'infirmière de transfuser encore plusieurs poches de sang, puis entreprit de suturer les incisions avant de placer un drain.

Elle vérifia ensuite les signes vitaux de Gail. A son grand soulagement, l'état de la patiente, bien qu'encore critique, commençait à se stabiliser. Alors seulement elle put s'accorder une pause, pour être aussitôt assaillie par l'angoisse. Samuel avait-il réussi à sauver la nouveau-née ?

Il marchait de long en large dans un coin de la salle, et son visage grave l'alarma aussitôt. Puis soudain il lui sembla entendre un faible cri. Avait-elle rêvé ? Comme elle le dévisageait, osant à peine y croire, ses yeux pétillèrent, et il lui montra le trésor qu'il tenait dans ses bras : la fillette emmitouflée dans une couverture rose.

Emue, elle lui adressa un sourire tremblant, chassant ses larmes d'un battement de paupières. Ce qui la bouleversait le plus était-il son soulagement devant le travail accompli ou le regard étrangement complice qu'ils avaient échangé ?

Elle retourna auprès de sa patiente. Après avoir vérifié de nouveau ses signes vitaux, elle arrêta l'administration d'anesthésique, sans toutefois enlever l'appareillage en place. Alors que Heather et elle transféraient Gail sur le lit brancard et la couvraient d'un drap et d'une épaisse couverture de laine, elle fut consciente du regard scrutateur de Samuel.

— Nous allons la laisser sous sédation jusqu'à l'arrivée de l'hélicoptère, dit-elle.

— Tu ne la gardes pas ici ? demanda-t-il alors qu'elle accrochait une nouvelle poche de sérum physiologique.

— Non, nous n'avons pas l'infrastructure nécessaire pour une patiente dans un état critique. Gail et son bébé ont besoin de soins néonatals. Dans un grand centre hospitalier avec un équipement de pointe, si quelque chose tourne mal ils pourront mieux s'occuper d'elles.

Elle prit deux ampoules d'antibiotiques sur le plateau et injecta le mélange dans le point d'accès de la perfusion. Puis, enlevant ses gants, elle nota les détails de l'intervention et les médicaments utilisés.

— Je vais aller parler au mari, dit-elle avec un soupir soulagé.

Elle s'apprêtait à sortir quand une main la retint par l'épaule. Surprise, elle leva les yeux vers Samuel.

— Tu veux la voir ? demanda-t-il en lui tendant le bébé.

Sam avait été impressionné par la façon dont Cassidy avait géré cette urgence. A aucun moment elle n'avait paniqué ni hésité. Il avait vu des soldats chevronnés s'affoler dans des situations moins désastreuses, et il l'admirait d'avoir su garder la tête froide.

Jamais on aurait cru, en observant à présent la nouveau-née, qu'elle avait frôlé la mort. Son teint rose lui donnait une mine resplendissante. De grands yeux bleus se fixèrent sur Cassidy, avec une intensité si troublante qu'il en eut la chair de poule. C'était comme si la fillette avait conscience de lui devoir la vie.

L'air ravi, Cassidy caressa sa petite joue duveteuse.

— Tu as vu, Samuel, ses petits poings pressés contre son menton ? On dirait un angelot qui prie. N'est-elle pas magnifique ?

Pendant un long moment, incapable d'émettre un son, il la regarda. Jamais il n'aurait pensé voir cette expression pleine de douceur et de joie ineffable sur son beau visage. Il ravala avec difficulté la boule qui s'était logée dans sa gorge.

— Oui, vraiment magnifique.

Inconsciente des émotions chaotiques qui le chaviraient, elle continua à murmurer des mots tendres à la nouveau-née et sourit lorsque la petite bâilla. Et il dut se faire violence pour se ressaisir.

— Tu t'en es admirablement bien sortie, docteur, lui chuchota-t-il à l'oreille.

Visiblement prise de court, elle s'écarta en rougissant et lui jeta un coup d'œil incertain.

Au moins n'était-il pas le seul à ressentir cette attirance inopportune.

— Toi aussi, major, répondit-elle avec brusquerie.

Evitant avec soin de le toucher, elle lui rendit le bébé, puis, l'air soudain épuisé, s'éloigna d'un pas hésitant.

— Cassidy ? fit-il alors qu'elle commençait à enlever sa blouse chirurgicale.

Elle se figea, et lui lança un regard un peu effrayé par-dessus son épaule.

— Oui ?

— Tu n'as pas l'intention de terminer ce que nous avions commencé tout à l'heure… avant d'être interrompus ?

Elle piqua un fard, s'imaginant sans doute qu'il faisait allusion à leur baiser.

— Je ne…, balbutia-t-elle d'une voix étranglée.

— J'ai encore vingt-sept agrafes à enlever…

Devant son expression décontenancée, il ne put dissimuler son amusement. Elle se reprit et, le fusillant des yeux, se dirigea d'un pas raide vers la porte.

— Retrouve-moi aux urgences dans un quart d'heure, dit-elle sèchement avant de sortir.

Elle l'aurait sans doute volontiers giflé pour lui faire

ravaler son sourire. Sans doute devait-il au bébé qu'il tenait au creux de son bras d'y avoir échappé.

Cassidy Mahoney, de toute évidence, n'était pas une femme à traiter à la légère. Alors pourquoi se sentait-il aussi joyeux ? Peut-être était-il idiot ou tout simplement fou, comme sa famille le pensait.

— Et, toi, tu en penses quoi ? demanda-t-il à la nouveau-née qui le fixait intensément.

Elle cligna des yeux avant de bâiller de nouveau.

— Oui, tu as raison, trésor, c'est exactement mon avis.

7.

Cassidy envoya Fran Gilbert s'occuper des points de sutures de Samuel. Non, ce n'était pas de la lâcheté de sa part, le mari de Gail avait besoin de savoir comment se portaient sa femme et sa fille.

Cassidy trouva Chip Sanders en compagnie d'une des infirmières ; celle-ci, une femme très maternelle d'une soixantaine d'années, était en train de le réconforter. Quand il se tourna vers Cassidy, l'expression de son visage était si pleine d'espoir qu'elle n'eut pas le courage de lui raconter les détails. Avec un sourire rassurant, elle lui annonça qu'il était papa d'une adorable petite fille et que sa femme se remettait doucement.

Chip poussa un cri de joie, l'étreignit, la souleva, la fit tourner en l'air avant de la reposer pour l'embrasser sur le front. Elle éclata de rire, et le prévint toutefois que l'état de Gail était encore critique. La mère et l'enfant allaient être transférés au Spruce Ridge General.

Il partit presque en courant les rejoindre, et elle regagna le service d'un pas allègre. Rendre quelqu'un assez heureux pour lui faire oublier jusqu'à l'angoisse dans laquelle il était plongé, rien ne valait ce sentiment. Dieu merci, tout s'était bien déroulé. Chip pouvait remercier un certain SEAL — un homme qui avait un effet désastreux sur elle, et dont la simple voix chaude semait la zizanie dans ses sens.

Elle finissait de transcrire ses notes sur le tableau de service quand elle apprit que l'hélicoptère arriverait dans cinq minutes. Après avoir transmis les dernières instructions à l'infirmière de nuit, elle se dirigea vers la salle de réveil. Elle… ou plutôt *ils* avaient tout fait pour que Gail Sanders et sa fille s'en sortent. A présent, au service d'obstétrique du Spruce Ridge General de prendre le relais pour qu'elles se rétablissent complètement.

Heather l'attendait. Ensemble, elles conduisirent la nouvelle famille à l'hélistation, où l'appareil était déjà en train de se poser. Tandis que les urgentistes transféraient Gail et son bébé dans l'hélicoptère, elle résuma rapidement l'état des deux patientes au médecin en charge de l'évacuation sanitaire, puis signa le bon de sortie. L'homme leva le pouce en signe d'approbation et, quelques minutes à peine après avoir atterri, l'hélicoptère redécollait en direction de Spruce Ridge.

Le visage rayonnant, Heather se tourna vers Cassidy.

— Génial ! J'adore quand une situation qui s'annonce dramatique finit bien. Pas toi ? Et le major était tout simplement fantastique, non ?…

Comme Cassidy lui lançait un coup d'œil ironique, elle s'empressa de préciser :

— Je veux dire… avec le bébé, évidemment. J'ai entendu dire que Chip pleurait comme une Madeleine. Pauvre gars ; il a dû avoir la peur de sa vie.

Elle s'interrompit pour soupirer de façon théâtrale.

— Tu ne le trouves pas craquant ?

— Qui ? Chip ?

— Mais non, idiote ! Samuel Kellan, bien sûr ! Attends que je raconte ça aux filles ; elles vont en être vertes de jalousie. Tu imagines ? Je l'ai vu en action de mes propres yeux ! J'ai encore du mal à le croire… Oh ! Flûte, fit-elle en consultant sa montre. Il faut que j'y aille. Tu es la meilleure, Cass !

Amusée, Cassidy la regarda s'engouffrer dans l'hôpital, et se retourna pour apercevoir les lumières de l'hélicoptère se fondre dans les ténèbres des montagnes. Elle inspira quelques longues goulées d'air froid afin de relâcher peu à peu la tension de la nuit.

Le héros de Crescent Lake avait encore sévi. Elle n'était évidemment pas jalouse qu'il recueille tous les honneurs pour cette césarienne. Il était incontestablement arrivé au moment où on avait eu besoin de lui, mais tout le monde semblait considérer son intervention comme un véritable miracle.

Se moquant d'elle-même, elle alla prévenir Fran qu'elle faisait une pause, et prit le chemin de son bureau. Avec un peu de chance, elle pourrait peut-être bénéficier de quelques heures de sommeil avant la prochaine urgence.

Le couloir interdit au public qui desservait les bureaux était plongé dans l'obscurité, mais l'un d'eux était éclairé — le sien. Aussitôt son pouls s'accéléra. Cette situation réveillait de déplaisants souvenirs en elle. La peur la saisit, puis elle se rappela que Crescent Lake n'était pas Boston. Dans une petite ville de montagne, les policiers en manque ne forçaient pas les armoires des médecins pour y trouver des stupéfiants. Du moins l'espérait-elle.

Les nerfs à vif, elle s'approcha prudemment de la porte ouverte pour jeter un coup d'œil à l'intérieur et fut en partie rassurée. Rien ne semblait avoir bougé. Seule la lampe sur la table était allumée. Elle pénétrait prudemment dans la pièce quand elle entendit un son qui accéléra les battements de son cœur. Bravant son appréhension, elle fouilla des yeux le coin le plus obscur… et eut une impression de déjà-vu : le « chouchou » de Crescent Lake était allongé sur le canapé, un bras replié sur son visage.

Poussant un profond soupir de soulagement, elle secoua la tête en souriant. Apparemment, même sur ce sofa, il avait du mal à caser son grand corps. Pourquoi était-il resté à l'hôpital ? La question lui traversa l'esprit, mais elle y vit surtout l'occasion d'étudier Sam tout à son aise. Elle put ainsi apprécier la façon dont son jean délavé moulait ses cuisses et ses hanches étroites, ainsi que d'autres parties plus… intimes de son anatomie. Son T-shirt noir soulignait son torse large et ses biceps, et ses cils dessinaient une ombre sur ses pommettes.

Brusquement, elle prit conscience de s'être inconsciemment avancée dans la pièce pour le détailler avec l'émerveillement d'une adolescente énamourée. Elle allait repartir vers la porte quand une main se referma sur son poignet, et elle se retrouva brutalement plaquée à terre. Son bras était immobilisé au-dessus de sa tête, et une main pressée sur sa bouche étouffait le cri qui resta coincé dans sa gorge.

Effarée, elle croisa les yeux de Samuel, qui brillaient d'un farouche éclat doré. Une brève seconde, elle l'imagina qui sortait un poignard pour lui trancher la carotide.

Son puissant corps pesait tout entier sur elle et sa cuisse, entre ses jambes, la maintenait clouée au sol. Totalement immobilisée, elle ne pouvait que fixer son regard ambré et attendre, réduite à sa merci. Le pire était que, malgré elle, elle trouvait cela un peu excitant. Un peu beaucoup, même.

Ce n'était pas normal. Elle devait avoir l'esprit dérangé…

— Ça va ? demanda-t-il en roulant sur le côté.

Prenant une forte inspiration, elle rejeta les cheveux de son visage avant de se redresser pour le foudroyer du regard.

— Tu es dingue, ou quoi ?

Sur le point de déverser sa fureur, elle se tut. Ce n'était peut-être pas la bonne attitude face à un homme victime du SSPT, si toutefois c'était bien ce dont il souffrait…

Il n'avait pas l'air très fier. En fait, il paraissait même… embarrassé. Bienvenue au club, ironisa-t-elle silencieusement.

— Désolé, fit-il, si doucement qu'elle faillit ne pas l'entendre, en se passant la main sur le visage.

— Désolé ? C'est tout ce que tu trouves à dire ?

Elle avait du mal à contrôler sa voix, qui partait dans les aigus.

— C'est un peu maigre comme excuse, quand on attaque sauvagement les gens comme ça, non ?

— Que veux-tu que je te dise ? répondit-il, visiblement excédé. En plus, c'était ta faute.

Outrée, elle faillit s'étrangler.

— Quoi ? *Ma* faute ?

Il eut le culot d'esquisser un sourire narquois, qui lui donna une furieuse envie de le frapper.

— Eh bien oui, tu approchais du divan en catimini, dit-il comme si cela tombait sous le sens.

Comme si les femmes passaient leur temps à le surprendre dans son sommeil. Encore que, si elle en jugeait par l'attitude de Heather, il semblait les attirer comme un aimant…

— Qu'étais-je censé comprendre ? demanda-t-il. Je croyais tu voulais m'entraîner dans un genre de combat auquel je suis tout disposé à me prêter…

Elle le fixa avec une incrédulité croissante, puis, relevant les genoux, elle y posa son front pour tenter de se calmer.

— Tu as vraiment une imagination débordante, dit-elle.

— Ah oui ? Avoue, tu cherchais simplement un prétexte pour te rouler par terre avec moi. Tu voulais finir ce que tu avais commencé plus tôt.

— Que *tu* avais commencé, tu veux dire ?

— *Moi* ? Tu as visiblement des problèmes de mémoire, docteur.

— Et toi, tu divagues. Je devrais te jeter dehors, fit-elle, agacée par son regard moqueur. Tu m'en crois incapable ?

— Je ne le crois pas — j'en suis sûr.

En dépit de son arrogance, elle le trouvait terriblement irrésistible. Des désirs d'autant plus dangereux qu'ils n'avaient pas été suscités depuis longtemps prirent possession d'elle.

Tout à coup il lui saisit le poignet pour la tirer vers lui. Elle se débattit mais perdit l'équilibre, et il en profita pour rouler sur elle.

— Hé ! Qu'est-ce que tu fais ?

— Tu as vraiment besoin d'une explication ? demanda-t-il, ironique, en laissant courir ses doigts sur sa cuisse.

Elle l'arrêta d'une tape sur la main.

— Non. Pas plus que je ne devrais avoir besoin de t'en fournir une. Tu vas faire une erreur.

— Ceci…, murmura-t-il en l'embrassant au coin des lèvres, n'est pas une erreur.

— Major…

Elle avait beau s'efforcer de paraître ferme, sa voix fléchit. Une onde de désir se diffusait dans ses veines.

— Laisse-moi me relever.

Si elle restait ainsi allongée sous lui, elle ne pourrait bientôt plus répondre d'elle…

Son regard d'ambre s'assombrit et devint brûlant. Lentement il secoua la tête, soudain sérieux.

— Impossible. J'ai un problème…

Lui prenant la main, il la porta à ses lèvres pour embrasser le creux de sa paume.

— J'ai essayé. J'ai vraiment essayé, je te jure. Mais je n'ai pas pu empêcher *ça*.

— Essaie encore, répondit-elle dans un souffle en lui effleurant la joue.

Elle sentit son cœur battre plus fort. Le bout de ses seins se durcissait sous ses caresses. Le lent sourire qu'il lui adressa n'arrangea rien.

— Si je ne trouve pas un exutoire immédiat, je risque d'avoir des ennuis. Peut-être même de me blesser. Et tu serais obligée de me soigner, non ?

— Ne rêve pas, major, dit-elle, néanmoins consciente que sa résistance faiblissait de seconde en seconde.

— Sam.

— Pardon ?

— Pas « major », Sam.

Comme sa bouche couvrait la sienne, elle ferma les yeux. *Mon Dieu…* Il fallait absolument qu'ils arrêtent avant que… avant…

— Dis-le, murmura-t-il en lui mordillant la lèvre.

De quoi parlait-il ? Elle n'arrivait plus à réfléchir correctement. Glissant ses doigts dans ses cheveux, elle se pressa encore plus étroitement contre lui.

— Quoi ?

— Mon nom. Dis-le et je te donnerai exactement ce que tu attends de moi.

Prête à céder à tous ses caprices, elle laissa échapper son nom comme un soupir.

— Sam…

Alors il l'embrassa. Un baiser si brûlant, si impérieux qu'elle gémit et y répondit avec une ardeur qu'elle ignorait posséder jusqu'à cette seconde. Mais elle allait arrêter. Encore quelques secondes de ce plaisir insoutenable et elle le repousserait…

Ce fut sa dernière pensée rationnelle. Dès l'instant où il glissa la main sous son jean, contre la peau nue de son ventre, elle ne fut plus que désir. Un désir qu'elle n'avait jamais éprouvé avec une telle intensité.

L'attente devenait une véritable torture. Puis il lui enleva son T-shirt et se débarrassa du sien. Posant les mains de chaque côté de sa tête, il l'embrassa jusqu'à ce qu'elle n'en puisse plus.

— Sam, je t'en prie… Viens…

Alors, refusant de la faire patienter plus longtemps, il acheva de la déshabiller et la pénétra avec un gémissement qui fit écho au sien.

Emportée par le rythme toujours plus soutenu que la passion leur imposait, elle s'accrocha à lui, l'implorant silencieusement. Alors, incapable de se contenir davantage, elle s'abandonna avec lui à la vague de pure jouissance qui déferla sur eux pour les conduire aux sommets de l'extase…

8.

Le problème, avec les erreurs désastreuses, c'était que plus on essayait de ne pas y repenser, plus elles se faisaient obsédantes. Ce cercle vicieux donna la migraine à Cassidy et la rendit maussade toute la semaine suivante. Et même si elle parvenait à oublier, ne fût-ce qu'un instant, qu'elle avait eu une aventure d'un soir avec un homme qui n'était pas du tout pour elle, il lui suffisait de croiser un miroir pour éprouver tout le poids de la honte…

D'autant que Sam n'avait pas cherché à la contacter. Ce silence était le plus limpide des messages — il ne voulait plus rien avoirà faire avec elle, voilà tout. Ils avaient partagé un bon moment ensemble, mais leur relation s'arrêtait là. En quittant l'hôpital, huit jours plus tard, Cassidy parvint même à se convaincre que c'était mieux ainsi. Qu'elle était soulagée. Elle n'avait finalement aucun besoin qu'un homme vienne bouleverser sa vie. Fût-il grand, fort et horriblement sexy…

Compte tenu de ce qu'elle avait enduré l'année précédente, elle aurait vraiment été stupide de tomber amoureuse d'un autre de ces « mâles dominants ». Même s'il avait un irrésistible regard doré et le pouvoir de la rendre folle de plaisir.

Sam se rembrunit en voyant Ruben entrer dans le bar. Les réflexions de son frère commençaient à lui porter sur les nerfs. Plusieurs fois dans la semaine, pendant leur ronde, il avait failli l'éjecter de son véhicule de shérif. Sans doute sa mauvaise humeur n'était-elle pas étrangère à son exaspération. Depuis l'échange torride qu'il avait partagé avec Cassidy, il ne pensait plus qu'à elle — et à la façon dont elle l'avait quitté cette fameuse nuit, sans un regard en arrière, sous prétexte d'assurer sa garde. Il l'aurait pourtant crue aussi impatiente que lui de poursuivre cette expérience. Mais non.

Alors il gardait ses distances. De toute façon, il devait repartir et n'avait donc pas de place dans sa vie pour le genre de relation qu'elle semblait rechercher. Et de quoi se serait-il plaint ? Il menait l'existence qu'il avait toujours souhaitée, non ? Sauf qu'il devait supporter les interminables discours de Ruben. De façon plus ou moins subtile, celui-ci l'encourageait à voir un psy et à repartir protéger la veuve et l'orphelin. Il devait redorer le blason de ses fonctions ternies par son attitude stupide. Puis, deux minutes après, il l'encourageait à revenir dans la région afin de gérer le bureau du shérif avec lui.

Comme si c'était possible… Ruben, tout comme lui, aimait être aux commandes, leur association ne durerait pas une semaine.

Pour tout dire, il en avait assez. Assez de persécuter les gens le jour et de leur servir des bières le soir. Aussi, quand il vit son frère arriver, était-il prêt à décharger sa frustration sur lui.

— Je ne sais pas qui t'a appelé, mais je n'ai encore démoli le portrait de personne, fit-il, ironique. Mais je peux toujours faire une exception pour toi…

— Personne ne s'est plaint, répondit Ruben avec un soupir las. Du moins pas depuis trois heures.

— Très drôle. Tu veux une bière ?

— Avec plaisir.

Ruben posa son chapeau sur le comptoir et se passa la main dans les cheveux.

— Je ne suis pas en service. Enfin… pas officiellement.

— Ça veut dire quoi, au juste ?

— Que je ne suis pas ici pour jouer les piliers de bar et raconter ma vie au barman.

— Ça tombe bien, car je la connais déjà, et elle est aussi excitante qu'une séance chez le dentiste. Mais si c'est pour m'assommer une fois de plus avec tes sermons sur mon comportement insupportable, désolé, je vais devoir te mettre dehors.

Ruben haussa un sourcil avec cette expression supérieure de grand frère qui l'avait toujours exaspéré quand ils étaient plus jeunes.

— Parce que tu crois que je te laisserais faire ?... En fait, je suis venu te proposer un travail.

— Au cas où tu ne l'aurais pas remarqué, j'en ai déjà un. Et même trois, si on compte les rondes dans un SUV climatisé pour harceler toute la journée des innocents, et le service au bar le soir.

— Marty et Andy reprennent le boulot demain, et, de toute façon, tu n'as pas exactement le profil pour le job de shérif adjoint.

— Tiens donc... Et qu'est-ce qui t'a fait changer d'avis ?

— J'ai besoin de tes talents exceptionnels.

Sam lui jeta un regard sarcastique.

— Tu veux que je descende quelqu'un ? Que je fasse exploser quelque chose ? Que je m'infiltre en territoire ennemi ?... Drôle de proposition de la part d'un homme qui a juré de faire respecter la loi.

— Pas de ces compétences-là, crétin. Je parle du diplôme que tu as obtenu grâce à l'argent du contribuable. J'ai besoin d'un médecin.

— Pourquoi ? Tu es malade ? Ta petite amie est enceinte de quadruplés ?

— Non, je ne suis pas malade, répondit Ruben d'un ton irrité. Et je n'ai pas vraiment le temps de batifoler. Mais j'ai un problème que toi seul peux résoudre : Monty a eu un accident de voiture à Spruce Ridge. Il a été conduit à l'hôpital avec une commotion cérébrale et une fracture de la hanche.

— Bon sang… Il va bien ?

— Je pense… C'est pour ça qu'il me faut un médecin.

— Au cas où tu l'aurais oublié, vous en avez déjà un. La toubib qui vient de Boston. Celle qui te plaît, du moins d'après Hannah…

— C'est vrai qu'elle est très jolie…

— Oui, eh bien, ne t'approche pas trop d'elle, d'accord ? marmonna Sam, les dents serrées.

— Pourquoi ? C'est chasse gardée ? ironisa son frère. Bon, je suppose que je vais devoir trouver un autre médecin, alors. Peut-être le gars de Redfern. Les infirmières seront ravies, elles étaient tout émoustillées la dernière fois où on a dû faire appel à lui.

— Pas question. Dis au Dr Boston que je la verrai demain matin.

— Dis-lui toi-même ! répondit Ruben en se dirigeant vers la porte, laissant Sam avec la désagréable sensation de s'être fait manipuler.

Il était 22 heures passées quand un coup discret à la porte sortit Cassidy de sa lecture. Intriguée par cette visite tardive, elle posa le magazine et se leva de son lit. Elle s'attendait à trouver sa logeuse, aussi fut-elle perturbée de découvrir un certain SEAL appuyé contre le chambranle, les mains glissées dans les poches de son jean.

Malgré le faible éclairage du couloir, elle surprit le regard effronté qu'il promena sur elle, de ses cheveux emmêlés à ses pieds nus. Elle ne l'avait pas revu depuis qu'il l'avait emmenée dans des régions jusque-là inconnues, et elle était affreusement consciente de ne rien porter sous son fin débardeur et son ample et confortable pantalon de soie.

— Major, dit-elle fraîchement en guise d'accueil.

— Docteur, répondit-il sur le même ton, mais avec une lueur rieuse dans les yeux.

— Que fais-tu ici ?

— Invite-moi à entrer et je te le dirai. A moins que tu tiennes à ce que tout l'étage soit au courant ?…

Sans attendre la réponse, il poussa la porte, et elle dut s'écarter pour le laisser passer. Jetant son blouson de cuir vieilli sur le dossier d'un fauteuil, il examina la chambre, et s'attarda devant le lit double défait. Elle frémit, d'autant que les lampes de chevet créaient une ambiance par trop intime. Lorsqu'il se tourna vers elle, elle sut à ses yeux que leurs pensées suivaient le même chemin…

— Tu me fuis, dit-il sur un ton vaguement accusateur.

C'était étonnant. Elle pensait que lui aussi préférait l'éviter après ce qui s'était passé. Devoir en parler lui paraissait non seulement superflu mais… très embarrassant. Elle avait tout essayé pour oublier l'incident, sans le moindre succès d'ailleurs. Mais s'il tenait vraiment à l'évoquer, elle lui devait de se montrer honnête.

— Ecoute, Sam, je ne tiens pas à entamer une… Bon, pour faire court, c'était une erreur.

— Une erreur ? répéta-t-il, le visage soudain fermé.

La gorge sèche, elle se dirigea vers le minibar pour se servir un verre d'eau.

— Tu veux boire quelque chose ?

— Non, merci.

L'insistance avec laquelle il la regardait allait lui faire perdre tous ses moyens. Pour se donner une contenance, elle se réfugia près de la fenêtre.

— Qu'y a-t-il, Sam ? Tu as besoin d'un médecin ?

— Oui… Non. Enfin si, mais pas pour moi.

— Que veux-tu dire ?

— Monty a eu un accident. Il est au Spruce Ridge General.

Elle se sentit blêmir. Même si elle ne le connaissait pas depuis longtemps, elle avait appris à apprécier le vieux médecin.

— Oh non ! Et que… ?

— Fracture de la hanche. Il ne pourra pas travailler avant un bout de temps.

— Après un tel accident, il n'aura plus la force d'assumer la charge de travail, tu le sais aussi bien que moi. Mieux vaut qu'il profite enfin d'une retraite bien méritée.

— Il y a plus de cinquante ans qu'il soigne les gens ici. Son vrai domaine, c'est l'hôpital.

— Oui, mais il a tout de même besoin de lever le pied.

— Va le lui dire… De toute façon, avec le tourisme qui s'est développé dans la région, il faudrait quelqu'un de plus jeune pour gérer l'hôpital… Ça t'intéresserait ?

Sa question éveilla une bouffée d'espoir qu'elle étouffa aussitôt. Inutile de se leurrer. S'il la lui posait, c'était uniquement par curiosité, et non parce qu'il souhaitait qu'elle reste à Crescent Lake…

— Et toi ?

— J'ai déjà un job, lui rappela-t-il avec impatience.

— Je sais, mais tu es plus qu'un SEAL, major. Et même si tu excelles dans ce travail d'infiltration et de démolition, tu ne pourras pas l'être éternellement. Un jour tu devras décrocher ou grimper les échelons.

— A moins qu'on ne ramène mon corps dans une housse mortuaire avant.

— Tais-toi ! s'exclama-t-elle, rendue soudain furieuse par sa désinvolture macabre. Ne dis pas ça !

L'idée qu'il meure au combat lui donnait la nausée.

— Tout soldat vit avec cette idée, Cassidy, dit-il avec douceur. C'est une réalité inévitable. Avant chaque mission, nous écrivons à notre famille et nous mettons nos affaires en ordre.

Des larmes lui brûlaient les yeux, qu'elle s'empressa de chasser d'un battement de paupières.

— Ce… ce n'est pas juste.

— Mon sort t'importe, alors ? demanda-t-il avec une arrogance bien masculine qui l'irrita.

— Evidemment !

Aussitôt, elle se rendit compte qu'elle avait parlé trop vite. Il risquait de donner un sens trop… personnel à sa réponse.

— Tu es un membre des forces armées du pays. Ton sort me soucie au même titre que celui de tous les soldats.

— Oui, bien sûr…, dit-il avec un scepticisme évident.

Il s'approcha pour poser les mains de chaque côté d'elle sur le rebord de la fenêtre, et enchaîna.

— Tu es certaine que je ne te manquerais pas, si je devais ne pas revenir ? Même pas un petit peu ?

Comme il se penchait pour lui mordiller le lobe de l'oreille, elle sentit une chaleur familière monter au creux de son ventre.

— Sam…

Elle avait envie de lui. Si fort qu'il lui était impossible de le nier.

— Il ne vaut mieux pas…, dit-elle, éperdue, dans un souffle. Ce serait une erreur.

— Non. C'est inévitable. Admets-le… Reconnais que je te manquerais si un de ces terroristes devait m'éliminer…

Etourdie par la force de ses émotions, elle laissa ses paumes glisser sur son torse.

— Oui, dit-elle finalement. Oh ! Oui…

Son baiser l'empêcha d'en dire davantage et lui fit prendre conscience, s'il en était besoin, de son attachement à lui.

La soulevant dans ses bras, il la porta jusqu'au lit défait.

— Alors montre-le-moi, Cassidy, murmura-t-il contre sa gorge. Montre-moi à quel point je te manquerais…

9.

Lorsqu'elle ouvrit l'œil, le lendemain matin, Cassidy s'étira langoureusement, puis, un léger sourire aux lèvres, glissa la main vers l'autre côté du lit ; il était encore chaud de la présence de Sam, mais elle était seule. Elle était soulagée, évidemment, elle ne pouvait que l'être. Mais une impression de vide dans sa poitrine le démentait.

L'intimité obscure de la nuit avait favorisé leurs étreintes enfiévrées, leurs caresses avides et leurs baisers brûlants ; ils s'étaient mutuellement découverts. Alors, incapables de patienter plus longtemps, ils s'étaient unis dans un tourbillon de jouissance qui les avait laissés tous deux épuisés et alanguis. Puis il l'avait attirée vers lui, et elle avait sombré dans un profond et bienheureux sommeil alors que ses bras l'enserraient comme s'il ne voulait plus jamais la lâcher.

Et là, contre lui, contre son torse chaud, elle s'était sentie en sécurité et protégée — une sensation qu'elle n'avait pas éprouvée depuis très longtemps. Comme si elle avait enfin trouvé un abri contre la tempête.

Ce qui était idiot.

C'était *lui* la tempête. Il avait surgi dans sa vie alors qu'elle était décidée à fuir le monde. A se terrer. Il l'avait bouleversée, avec son irrésistible sourire et ses baisers torrides. Et il lui avait laissé entrevoir l'homme attentionné et tout à fait honorable qu'il était sous ses dehors de SEAL implacable et ténébreux. Pire, il avait forcé son admiration alors même qu'elle était convaincue qu'il n'était qu'une copie conforme de Lance Turnbull.

Donc, c'était entendu : il lui plaisait. Il lui plaisait même beaucoup, mais ce n'était pas le problème. Bientôt il rejoindrait son équipe et mettrait sur pied des opérations de destruction dans les endroits les plus dangereux du monde pendant qu'elle serait… ici. A des années-lumière de lui.

Après deux nuits avec lui, elle ne savait toujours pas ce qu'elle devait en penser, ni même si elle avait envie de prolonger l'expérience. Si toutefois *lui* le souhaitait…

Dieu merci, Cassidy réussit à apaiser ses émotions instables avant d'arriver à l'hôpital. Puis elle poussa la porte et vit Sam entouré par une meute de jeunes femmes énamourées…

Cependant, comme s'il l'avait sentie arriver, il releva la tête et ses yeux ambrés croisèrent les siens. Soudain, elle eut l'impression de manquer d'oxygène. Si elle se fiait à l'intensité de son regard, il percevait des choses qu'elle aurait préféré garder secrètes. Des choses qui étaient devenues beaucoup trop évidentes, la veille, lorsqu'il avait évoqué sa mort. Elle avait refusé de s'avouer ses sentiments, mais la vérité aurait dû lui sauter aux yeux.

Il esquissa un sourire sans doute destiné à lui rappeler leurs baisers brûlants et leurs mains avides de la veille. Son cœur s'emballa. Atterrée par la force de sa réaction, elle tourna les talons et fila vers le couloir qu'elle remonta jusqu'à son bureau. Elle s'y réfugia, presque essoufflée, comme si elle venait d'échapper à un très menaçant danger.

Bon sang… Elle n'était pourtant pas du genre à être déstabilisée par deux malheureuses nuits dans les bras d'un Navy SEAL. A moins que… *si* ? Elle se débarrassa de sa veste et jeta son sac dans un tiroir de son bureau, furieuse de constater que ses mains tremblaient.

— Qu'est-ce qu'il t'arrive ?

Le ton était si furieux qu'elle se figea, tétanisée par le

souvenir de la dernière fois où elle avait été coincée dans un bureau par un homme en colère. Faisant appel à son professionnalisme, elle se tourna vers Sam. Il avait effectivement l'air contrarié, mais semblait surtout déconcerté.

Une fois encore, elle dut se rappeler qu'il n'était pas Lance, un psychopathe toxicomane en manque. Néanmoins elle était trop bouleversée pour l'affronter.

— Pardon ? demanda-t-elle avec froideur dans l'espoir que cela suffirait à lui faire faire demi-tour.

Il croisa les bras sur son torse et la fixa avec irritation.

— Tu m'as parfaitement entendu. C'est comme si tu étais deux personnes différentes, et c'est très perturbant. Je ne sais jamais à laquelle je m'adresse.

— Je ne vois pas ce que tu veux dire, répliqua-t-elle sur un ton glacial, malgré les battements sourds de son cœur.

— Oh ! Bon sang, Cassidy… Comment veux-tu que je m'y retrouve, avec toi ? Je te quitte toute tendre, douce, sexy… et d'un seul coup tu me regardes comme si j'étais le violeur en série recherché par toutes les polices du pays.

Mal à l'aise, elle secoua la tête.

— N'exagère pas. J'étais juste un peu surprise de te voir, c'est tout. Je ne…

Elle s'interrompit alors qu'il s'approchait d'elle. Tout près. *Beaucoup* trop près.

— Ne te fiche pas de moi. Je ne suis pas né de la dernière pluie, d'accord ?

Il paraissait en proie à de violentes émotions. Perturbée, elle avala la boule qui lui bloquait la gorge.

— C'est… compliqué, dit-elle avec un soupir. Ce sont de vieux souvenirs indésirables qui remontent à la surface.

Aussitôt il se radoucit et effleura sa joue du pouce avec une tendresse qui la fit trembler intérieurement.

— Tu veux m'en parler ?

Avec un rire étranglé, elle trouva enfin la force de résister à l'envie de se blottir contre lui pour s'épancher.

— Je ne préfère pas. De toute façon, ça ne vaut pas la peine qu'on s'y attarde. Dis-moi plutôt ce que tu fais ici…

— Je te l'ai dit hier… Monty est à l'hôpital et Ruben m'a demandé de le remplacer jusqu'à ce que je reprenne du service.

Désorientée, elle fronça les sourcils.

— Tu m'as bien parlé de l'accident, mais tu n'as pas précisé que tu tiendrais le rôle de médecin.

La conversation avait ensuite glissé sur les housses mortuaires.

— Je m'en serais souvenue, fit-elle, sentant ses joues s'embraser en se remémorant ce qui avait suivi.

De toute évidence, son trouble n'échappa pas à Sam, dont les lèvres s'étirèrent en un sourire à la fois insolent et irrésistible.

— Et tu t'es dit que j'étais venu ici reprendre là où nous en étions restés, c'est ça ?

— Bien sûr que non ! protesta-t-elle avec un peu trop de véhémence. C'est… c'est idiot !

— Mais si.

Soudain son sourire s'évanouit, et il recula d'un pas.

— Je commence à comprendre. Réaction négative venant d'une histoire ancienne… Je t'ai rappelé un salaud de harceleur, c'est ça ?

Marmonnant un juron, il enfouit ses doigts dans ses cheveux.

— Mais pour qui me prends-tu, Cassidy ?

Mise affreusement mal à l'aise par son accusation, elle attrapa la blouse drapée sur sa chaise pour se donner une contenance.

— Mais non, dit-elle faiblement. Pourquoi est-ce que je penserais une chose pareille ?

Les mains fortes de Sam se posèrent sur ses épaules.

— Parce que tu as peur que je te fasse du mal ?

Rencontrant son regard, elle ne put nier, au-delà de sa peine et de sa colère, la sincérité qu'elle entrevoyait. Il serait incapable de lever la main sur elle. Non, il ne lui ferait jamais de mal — du moins physiquement.

— Non. C'est seulement que… Il y a un an, j'ai commis l'erreur de me fier à la mauvaise personne.

— Et ?… Que s'est-il passé ?

Elle soupira, consciente de se comporter comme si elle avait effectivement plusieurs personnalités. Il avait le droit de savoir pourquoi.

— Lance est… *était* un héros de la brigade des mœurs. Un bel homme plein de charme, dit-elle avec une ironie amère. On l'a amené aux urgences après une opération anti-drogue qui avait mal tourné. Et après, il… il est venu me remercier de lui avoir sauvé la vie. Il exagérait, bien sûr, mais il était très gentil, et attentionné, et…

— Et tu as craqué.

Atterrée par sa propre naïveté, elle serra les dents.

— En quelque sorte, oui.

— Mais ?

— Mais il avait la manie de draguer dans la profession médicale.

— Oh ? Mais encore ?…

— Il m'a volé ma carte sécurisée et il allait se servir à la pharmacie des urgences.

— Oh, bon sang ! Il volait de la drogue ?

— Oui, et c'est moi qui ai tout pris. Par chance il avait déjà un casier, si bien que mon témoignage… Enfin, pour faire court, disons simplement qu'il ne fait plus partie de la police.

— Encore heureux. J'espère qu'il moisira longtemps en prison. Mais toi ? Tu as été innocentée ?

— Oui, mais… Ça n'a pas été facile, pour moi, après ça.

— Pourquoi ? On t'a renvoyée ? demanda-t-il d'un ton indigné.

— Non. Mais je regrette parfois qu'ils ne l'aient pas fait. Parce que j'ai été la cible de commérages sans fin, de plaisanteries agressives. A tel point que j'ai fini par démissionner et venir m'installer ici.

Elle redressa soudain les épaules, reprenant son attitude distante et professionnelle.

— Mais comme je le disais, major, c'est de l'histoire ancienne.

Devant son ton soudain plus froid, il haussa les sourcils.

— Serions-nous revenus à la case départ, *docteur* ?

— Ecoute, cette nuit a été…

— Non, dit-il en s'avançant vers elle. Ne dis rien.

Aussitôt elle se réfugia derrière son bureau. Il se figea et la dévisagea avec une frustration évidente.

— Si. *C'était* une erreur, insista-t-elle.

Du moins pour elle. Il n'était pas question de laisser ses sentiments prendre le dessus. Car il partirait, de toute façon. Elle affecta de ranger quelques papiers jusqu'à ce qu'une main puissante se pose sur la sienne pour l'immobiliser.

— Pourquoi ? demanda-t-il doucement. Tu n'as pas aimé ce qui s'est passé entre nous ?

Elle releva les yeux pour rencontrer les siens. Son visage d'ange déchu lui serra le cœur. Elle aurait aimé lui répondre par la négative, mais comment lui mentir ?

— Je refuse de dire quoi que ce soit qui pourrait être retenu contre moi.

Il contourna le bureau pour venir l'enlacer.

— Quel est le problème, Cassidy ? Le *vrai* problème ?

Son bras passé sur sa taille l'emprisonnait contre lui ; ses lèvres effleurèrent sa tempe. Dans une vaine tentative de le tenir à distance, elle posa ses mains à plat sur son torse.

— Je… je ne sais pas, Sam. Je sais seulement qu'il ne faut pas que ça se reproduise.

— Mais *pourquoi* ? demanda-t-il, clairement déconcerté. Je sais que tu y as pris plaisir autant que moi. Alors pourquoi, Cassidy ?

Elle pressa son front contre son cou.

— Pour… beaucoup de raisons, la première étant que nous travaillons maintenant ensemble. Et je ne veux pas coucher avec un confrère.

— Ravi de l'apprendre, dit-il en resserrant son étreinte. Ça me déplairait franchement de devoir démolir le portrait de Monty… Mais nous sommes libres, l'un et l'autre. Tu n'es pas mariée, que je sache ?

Il s'écarta légèrement pour la regarder.

— Bien sûr que non !

Bizarrement, il eut l'air soulagé.

— Alors, qu'est-ce qui nous empêche de nous offrir de bons moments, tous les deux ?

— Tu veux dire, le temps que tu seras ici ?

Les sourcils froncés, il l'observa attentivement.

— C'est *ça,* le problème ?

Elle soupira. Après tout, elle savait dès le début que ce ne serait qu'une aventure. Que rien de sérieux ne pourrait naître entre eux.

— Je ne suis pas faite pour le temporaire, Sam. Contrairement à toi, dont les valises sont toujours prêtes et, qui n'attends qu'un coup de fil pour repartir.

Il laissa retomber ses mains, et elle put lire la vérité dans ses yeux. Son cœur se serra. Allait-il le nier ?…

Par chance, une voix les interrompit, lui épargnant de s'humilier davantage.

— Cassidy, Mme West…

Janice s'interrompit en se rendant compte qu'elle n'était pas seule.

— Désolée, je n'avais pas vu que tu étais occupée.

— Pas de problème, dit Cassidy en attrapant son stéthoscope pour le passer autour de son cou. J'allais justement aller la voir. Elle est dans la salle 1 ?

— Oui. Et Hank Dougherty vous attend dans la 2.

— Très bien. Merci, Janice. J'arrive. Oh ! Pourrais-tu trouver une blouse pour le major Kellan, et informer le personnel qu'il remplace le Dr Montgomery ?

— Bien sûr, répondit l'infirmière en adressant un sourire éblouissant à Sam avant de se retirer.

Cassidy s'apprêtait à la suivre quand la voix râpeuse comme du velours froissé l'arrêta sur place.

— Je ne suis pas lui, Cassidy.

Ses doigts se crispèrent sur la poignée de la porte.

— Pas *qui* ?

— Lance Machin-Chose.

— Ce sont les consultations des personnes âgées, aujourd'hui, dit-elle, ignorant sa remarque. Hank Dougherty a besoin d'une prothèse totale de la hanche, mais nous devons d'abord juguler son addiction à la cigarette. Ne laisse surtout pas ce vieux renard te convaincre qu'il a arrêté.

Otant les embouts du stéthoscope, Cassidy adressa un sourire rassurant à la jeune mère anxieuse.

— Les bronches sont dégagées, mais votre fille a de la fièvre et une inflammation des oreilles.

Elle attrapa un abaisse-langue.

— Tu veux bien ouvrir la bouche, Jenny ? Je voudrais voir les méchants germes qui sont descendus dans ta gorge.

La fillette la fixa de ses grands yeux bleus, puis lui tendit l'ours en peluche qu'elle serrait contre sa poitrine.

— D'abord Elmo.

Cassidy examina donc avec un sérieux affecté la bouche d'Elmo, émit quelques « hum hum », puis se pencha sur celle de Jenny.

— C'est bien ce que je pensais, dit-elle avec un ton faussement consterné. Vous avez de nouveau partagé la même brosse à dents, tous les deux ?

Jenny pouffa et secoua la tête.

— Nan !

— Tant mieux. Parce qu'il faut qu'Elmo ait sa propre brosse à dents, lui aussi. Et toi tu as besoin de sucer autre chose que ton pouce. Que dirais-tu d'une sucette magique ?

— Magique ? répéta timidement Jenny.

— Absolument. Elle chassera les vilains germes et guérira ta gorge.

Elle lui tendit deux sucettes antibactériennes.

— Tiens, une pour toi et une pour Elmo.

Retournant à son bureau, elle rédigea l'ordonnance qu'elle donna ensuite à la mère de Jenny.

— Ta maman va aller chercher tes remèdes à la pharmacie. Et tu montreras à Elmo comment les prendre.

Elle venait de raccompagner la mère et la fillette lorsqu'elle tomba sur Samuel. Son pouls s'accéléra aussitôt. Elle ne l'avait pas revu depuis qu'elle lui avait annoncé son refus de s'engager avec lui.

Sa mine sombre et la crispation de ses mâchoires l'inquiéta. Et du sang maculait son T-shirt gris sous sa blouse.

— Sam… ?

— Tu as terminé ? demanda-t-il en jetant un coup d'œil dans sa salle d'attente. Viens avec moi. *Tout de suite.*

Après avoir averti Janice, à l'accueil, qu'elle s'absentait un instant, et laissant Fran prendre en charge les quelques patients qui restaient, elle le rattrapa dans le couloir.

— Où es-tu blessé ?

— Quoi ?… Oh ! Non, ce n'est pas mon sang, mais celui d'un bûcheron. Le câble qui retenait les troncs d'arbres sur son camion s'est rompu et il l'a reçu en pleine poitrine.

— Où est-il ?

— Au bloc. Mais je pourrai l'opérer si tu es occupée.

— Fran se charge des consultations. Dans quel état est-il ?

— Mauvais.

Sa réponse laconique l'alarma.

Le visage exsangue, Jim Bowen était déjà allongé sur la table d'opération. Sa chemise et sa veste étaient imbibées de sang. A son côté, Heather maintenait un bandage compressif sur la blessure tandis qu'un homme d'une cinquantaine d'années lui tenait la main en lui parlant à voix basse. Un autre, plus jeune, à proximité, semblait sur le point de s'évanouir. Il fut soulagé de voir Sam revenir, mais la confusion le gagna lorsqu'il repéra Cassidy.

— Je croyais que vous alliez chercher le docteur ?

— Et c'est ce que j'ai fait, répondit Sam avec un fin sourire ironique. Le Dr Mahoney est une urgentiste spécialisée de Boston.

Sans prêter attention au scepticisme du jeune homme,

elle s'avança vers le patient et remarqua immédiatement sa peau grisâtre.

— Heather, peux-tu accompagner ces messieurs dans la salle d'attente et demander au Spruce Ridge de prendre le relais, s'il te plaît ? Le major Kellan et moi nous chargeons du patient jusqu'à ton retour.

Elle enfila rapidement sa blouse chirurgicale, en tendit une autre à Samuel, s'inonda les bras et les mains d'antiseptique, attrapa deux paires de gants chirurgicaux à portée de main, en mit une et attendit que Sam ait fini de se désinfecter.

Les gestes sûrs et précis, elle découpa ensuite la chemise de Jim tandis que Sam installait une perfusion de sérum physiologique. Pendant plusieurs minutes, ils travaillèrent de concert, nettoyant le torse et le bras du patient avant de poser des électrodes pour le relier au moniteur cardiaque.

Dès qu'elle eut fixé le saturomètre, elle écouta avec inquiétude les battements de cœur irréguliers résonner dans le silence. Jim avait de toute évidence perdu beaucoup de sang et entrait en état de choc.

— On va avoir besoin d'un orthopédiste, déclara Sam alors qu'elle soulevait doucement le pansement afin d'évaluer la gravité des dégâts.

Le bras de Jim était presque totalement arraché au niveau de l'épaule. A la seconde où elle ôta la compresse, le sang jaillit de la plaie déchiquetée.

— Et en urgence, confirma-t-elle en attrapant un clamp. Mais il faut avant tout réparer cette artère, sinon l'orthopédiste arrivera trop tard.

— Heather, dit-elle dès que l'infirmière fut de retour, trouve-nous son groupe sanguin. Où en est-on, pour le sang ? Il va avoir besoin d'au moins six unités.

— On en a quatre, lança Sam en vérifiant dans le réfrigérateur. Toutes O positif.

Ils échangèrent un bref regard, et elle prit sans attendre une décision qu'elle espéra de ne pas avoir à regretter plus tard.

— On va toutes les prendre et on remplacera le reste par du plasma.

Sam haussa les sourcils.

— Et s'il est AB négatif ?

— On verra sur le moment si c'est le cas.

10.

Atterrée, Cassidy regarda le front orageux qui avait envahi les montagnes pendant que Samuel et elle étaient accaparés par l'opération. Comme si cela ne suffisait pas, l'hélicoptère qui venait d'atterrir n'était même pas un Medevac, un appareil d'évacuation médicale, et le pilote qui s'avançait vers eux était seul ; c'était un garde des services forestiers qui avait répondu à leur appel en urgence. *Génial.*

— Où est l'équipe d'évacuation ? hurla-t-elle, repoussant vainement les cheveux que le vent plaquait sur son visage.

Les bourrasques glacées qui dévalaient les pentes en rugissant charriaient de la neige fondue. La tempête n'allait pas tarder à s'abattre sur Crescent Lake.

— C'est vous, répondit le garde. Des glissements de terrain et le mauvais temps ont provoqué un carambolage monstre sur l'autoroute. Le Spruce Ridge General est débordé. Quand vous avez appelé, tous les Medevac étaient déjà partis. Vous avez de la chance, j'étais dans le coin.

— J'y vais, cria Sam en sautant dans l'hélicoptère.

Avec une facilité due à l'habitude, il tira la civière à l'intérieur et la fixa avec des sangles avant de suspendre la poche de sérum physiologique à un crochet au-dessus.

Cassidy sentit son ventre se crisper à l'idée de voler dans un tel blizzard. Toutefois, avant que sa peur ne prenne le dessus et ne la convainque de faire demi-tour, elle monta dans l'appareil.

— Je suis le médecin responsable de cet hôpital, Sam,

lui dit-elle. Je ne peux pas abandonner mon patient tant que je ne l'ai pas officiellement confié à un confrère. Il est sous ma responsabilité.

Durant quelques secondes leurs regards s'affrontèrent, puis il céda.

— D'accord, mais je t'accompagne.

Malgré le soulagement qui l'envahissait à cette idée, elle refusa.

— Inutile. Je… On s'en sortira. Je sais que tu as autre chose de prévu.

Il la dévisagea d'un air perplexe, comme s'il ignorait à quoi elle faisait allusion. Mais il choisit d'attendre pour lui demander une explication.

— Je reviens tout de suite, dit-il avant de se pencher pour parler au garde forestier qui actionnait une série de boutons au-dessus de lui.

Le pilote hocha la tête, Sam lui pressa l'épaule et se dirigea vers la porte ouverte. Puis, après un coup d'œil à Cassidy qu'elle ne sut interpréter, il sauta de l'hélicoptère et traversa en courant l'hélistation pour gagner le bâtiment.

Les rotors accélérèrent, et elle pria pour qu'il revienne avant qu'elle ne change d'avis. Sans doute était-il parti annuler ses rendez-vous des prochaines heures. Ou prévenir l'infirmière avec qui elle l'avait vu discuter plus tôt qu'il ne pourrait la retrouver comme prévu.

Et alors ? Il n'avait pas caché qu'il fuyait toute relation sérieuse. De son côté, elle lui avait bien fait comprendre qu'elle s'interdisait de sortir avec des confrères. Donc, où était le problème ?

Et pourquoi se sentait-elle au bord des larmes et écœurée comme si elle avait avalé trois litres de crème glacée ? Etait-elle en pleine crise de panique à l'idée de braver une tempête de neige dans un hélicoptère, ou ses nausées avaient-elles une autre origine ? Mais elle ne se considérait pas comme une poule mouillée, et elle renonça à creuser la question plus avant.

Afin de calmer ses nerfs, elle contrôla les signes vitaux

de Jim, resserra les sangles qui maintenaient la civière en place. Elle s'assura que sa compresse n'avait pas besoin d'être changée et suspendit une nouvelle poche de sang. Chaque minute qui s'écoulait, elle le savait, limitait leurs chances de pouvoir s'envoler.

Son anxiété arrivait à son comble lorsque, enfin, Sam réapparut. Sans un mot, il lui lança une épaisse parka, une couverture supplémentaire et un sac à dos. Enfin, il bondit dans l'hélicoptère et ferma la porte derrière lui, les isolant ainsi en partie du rugissement des rotors et des premiers flocons de neige.

Les dents serrées, elle se glissa sur la banquette, plaquant une paume sur son ventre chaviré, et Sam se pencha pour taper l'épaule du pilote. Lequel, sans se retourner, leva le pouce en signe d'assentiment et fit vrombir les moteurs. L'appareil se mit à vibrer effroyablement, puis décolla et fit une embardée nauséeuse. Enfonçant ses ongles dans le rebord du siège, Cassidy ferma les yeux alors que le sol disparaissait tout à coup sous ses pieds.

Elle sentit Sam s'installer près d'elle et lui saisir la main pour entrelacer leurs doigts dans un geste rassurant. Des lèvres fraîches effleurèrent son cou.

— Tu peux ouvrir les yeux, maintenant.

Mais elle secoua la tête. Pour voir l'amusement moqueur dans les siens ? Pas question.

— Je suis un SEAL, dit-il. Tu n'as rien à craindre.

Elle perçut le sourire dans sa voix avant qu'il ne lui mordille légèrement le lobe l'oreille. Et cette fois, le frisson qui la saisit ne devait rien à la peur… Se tournant vers lui, elle découvrit son visage si près du sien qu'une étrange sensation de vertige l'envahit. Cette réaction n'avait rien à voir avec le fait d'être suspendue dans les airs, simplement protégée des sommets déchiquetés par une fine épaisseur de métal. Avant qu'elle n'ait pu tenter une retraite sur la banquette opposée, il porta sa main à ses lèvres.

— Tu n'as rien à craindre, Cassidy, dit-il de nouveau avec un sourire réconfortant. Je ne laisserai rien t'arriver.

Rassérénée malgré elle, elle ravala les larmes qui perlaient à ses paupières, et il prit son visage entre ses mains.

— Parole de SEAL.

Son cœur se serra. Cette promesse manifestement sincère et l'expression chaleureuse de son visage lui apparaissaient à cet instant plus convaincantes encore qu'un baiser. Soudain terrifiée, elle se débattit contre la vérité qui s'imposait à elle.

— De toute façon, si on s'écrase, je te tuerai avant, dit-elle pour dissimuler ses émotions contradictoires.

Devant son rire amusé, elle dut, cette fois, se rendre à l'évidence : elle était tout simplement amoureuse du SEAL Samuel J. Kellan. Un homme impénétrable, un homme qui, même s'il appréciait sa compagnie, n'éprouvait rien pour elle, du moins en dehors d'un désir évident.

Il avait franchi ses défenses et atteint son cœur sans même lui cacher qu'elle ne serait jamais pour lui qu'une agréable distraction. Il fuyait les relations sérieuses, imaginer qu'elle puisse compter pour lui aurait été franchement stupide.

— Hé…, dit-il d'une voix empreinte d'inquiétude, pourquoi cette expression chagrine, tout à coup ?

Elle baissa les yeux afin de lui cacher le chaos de ses réflexions. Pas question de lui avouer la vérité, évidemment. Désormais, elle le savait incapable de faire des promesses qu'il ne pourrait tenir. Et, même pris en flagrant délit et incapable de s'en sortir par des belles paroles, jamais il n'aurait pris une femme en otage. Non, il n'était pas Lance Turnbull. Il avait amplement prouvé que l'on pouvait se fier à lui et qu'il était digne d'être aimé. Digne de son amour.

Le problème était qu'il n'en voulait pas.

Elle se força à rire.

— Ça t'étonne ? Alors qu'on survole les Cascades dans une boîte à conserve, en pleine tempête ?

Le regard malicieux qu'il lui décocha la toucha. Pour la première fois depuis cette nuit-là, dans la cellule de la prison, il avait l'air détendu et… insouciant. Presque heureux, même.

— Tu ne trouves pas ça super ?

Si, c'était vrai, même si elle préférait éviter d'admirer le paysage. Soudain, elle comprit pourquoi son escouade et leurs missions dangereuses lui manquaient. Mais, dans ce cas, pourquoi avait-il accepté d'exercer dans un petit hôpital de montagne ? C'était un homme d'action ; il ne supporterait sans doute pas longtemps de soigner principalement des rhumes et des hypertensions. Et même si, l'espace d'un instant, elle rêva d'être la cause de la joie qui brillait dans ses yeux ambrés, elle réprima aussitôt cet espoir insensé. A aucun prix elle ne voulait risquer une déception sentimentale dont elle savait, avec une étrange certitude, qu'elle ne s'en remettrait jamais.

Elle l'aimait, mais se garderait bien de le lui montrer. Elle se contenterait donc d'apprécier sa compagnie, sa chaleur, et la sensation grisante de son corps pressé contre le sien, en restant consciente que, bientôt, il ressortirait de sa vie.

— Super ?... Tu es fou !

— Oui, sûrement, fit-il avec une gaieté communicative.

Son rire s'éteignit abruptement quand il l'enveloppa d'un regard brûlant. Comme il se penchait pour effleurer sa bouche avec une douceur inattendue, elle jeta sa prudence aux orties. Mettant ses mains en coupe autour de son visage, elle s'ouvrit à lui pour répondre à l'invitation de sa langue qui retraçait le contour de ses lèvres avant de s'unir à la sienne.

Bien que consciente de jouer avec le feu, elle s'en moquait. A cette seconde, seul comptait le besoin de vivre pleinement le baiser le plus important de sa vie. Celui d'un homme libre et fougueux, d'un homme indompté… En gardant toutefois à l'esprit qu'ils n'étaient pas seuls. Aussi dut-elle fournir un effort surhumain pour l'interrompre.

— Sam… Il vaut mieux que nous arrêtions avant que…

Avant qu'elle ne s'appartienne plus…

Reprenant son souffle avec difficulté, Sam posa son front contre celui de Cassidy. Son cœur battait à tout rompre comme s'il risquait l'infarctus. Pourtant il avait l'impression d'être plus vivant qu'il ne l'avait été depuis très longtemps. D'être connecté par chacune de ses cellules à l'univers. A elle…

Dérouté, il s'écarta légèrement pour l'observer. Dans son regard vert encore embrumé, il lut un mélange de désir et… d'émotions qu'il ne sut interpréter. En quoi leur échange passionné avait-il été si différent ? A trente-quatre ans, il venait de partager le baiser le plus torride et le plus explosif de son existence dans un hélicoptère bruyant… avec une femme qui refusait toute relation sérieuse et qui néanmoins l'avait embrassé avec une ferveur insoupçonnée.

Il la dévisageait pour graver ses traits dans sa mémoire quand soudain elle écarquilla les yeux. Elle le repoussa si brutalement qu'il les crut menacés, mais elle tomba à genoux auprès de Jim.

— On le perd ! cria-t-elle en tirant sur les sangles qui fixaient la civière.

Furieux d'avoir oublié où ils se trouvaient, Sam se pencha pour détacher les clips de sécurité et elle rejeta la couverture du patient afin de prendre son pouls. Alors que, sans perdre une seconde, elle commençait le massage cardio-respiratoire, il attrapa ses écouteurs pour communiquer avec le pilote.

Apprenant qu'ils étaient à moins de cinq minutes de Spruce Ridge, il lui demanda de contacter l'héliport afin qu'une équipe de réanimation les attende à leur arrivée. Il prépara ensuite une dose d'atropine qu'il injecta à Jim pendant que Cassidy pratiquait le bouche-à-bouche.

Enfin ils atterrirent, rassurés que le pouls de Jim Bowen ait retrouvé un rythme régulier. Sa civière fut rapidement transférée sur un chariot brancard que des infirmiers poussèrent vers l'entrée des urgences.

Seule Cassidy l'accompagna au bloc. Le chirurgien, déjà

habillé de pied en cap, l'observait par-dessus ses lunettes en enfilant ses gants en latex.

— Grant Sawyer, chirurgien orthopédiste, dit-il brièvement. Docteur Mahoney de Crescent Lake ? Je suis au courant de ce qui est arrivé à votre patient. Donnez-moi plus de détails.

Elle lui fit un rapport succinct de leur intervention tandis que le personnel préparait Jim pour l'opération. Sawyer l'écouta en parcourant le dossier du patient.

— Bon travail, dit-il avec un bref hochement de tête avant de se tourner pour lancer des ordres.

Cassidy sortit du bloc avec l'impression d'avoir été congédiée et rejoignit Sam qui l'attendait dans le couloir.

— D'après l'anesthésiste, les urgences sont débordées et un coup de main ne serait pas superflu, dit-il. Tu te sens en forme ?

— On ne repart pas ?

Il secoua la tête.

— Pas maintenant. La tempête se déchaîne sur toute la région. Nous avons eu de la chance d'arriver jusqu'ici avant que tous les appareils ne soient cloués au sol. Toutes les routes de montagne ont été fermées.

— Donc, nous sommes coincés ici ?

— Oui. Rien que toi et moi, et au moins jusqu'à demain matin, répondit-il avec un regard lascif qui manqua la faire chavirer.

— Nous, et une salle pleine de victimes d'accidents.

— Oui, ça aussi, fit-il en riant avant de l'entraîner vers les urgences.

Plusieurs heures plus tard, Cassidy retira ses gants stériles et écrivit ses dernières observations sur son bloc-notes. La nuit était tombée depuis longtemps et le monde, au-delà des vitres de l'hôpital, n'était plus qu'un univers de neige et de glace. Par chance, les blessés avaient cessé d'arriver et elle put enfin gagner la salle de repos pour se détendre un peu — et peut-être retrouver Sam.

Elle se dirigeait vers la machine à café quand des bras se refermèrent soudain sur elle par-derrière.

— Tu me cherches ? demanda-t-il à son oreille avant de la retourner pour l'embrasser.

Un long baiser lui coupa le souffle et fit sourire les médecins qui se trouvaient à proximité.

— Je… j'ai besoin d'un café, dit-elle, étourdie, lorsqu'il consentit enfin à la lâcher. En intraveineuse même, ce serait encore plus efficace.

— Laisse tomber. J'ai mieux à te proposer.

L'insinuation ne laissait pas place à l'équivoque.

— Tu ne veux tout de même pas dire que… ?

— Docteur ! s'exclama-t-il, l'air faussement choqué. Vous avez l'esprit très très mal tourné… Allez viens.

— Où ? J'ai faim.

— Et nous allons manger. Mais pas ici. J'ai réservé une chambre dans un hôtel à deux pas.

— Une chambre ? dit-elle, alarmée. Sam, je peux très bien…

— Oui, je sais, tu es assez grande pour dormir seule. Le problème, c'est que tous les hôtels du coin sont pleins. J'ai vérifié. J'ai eu la chance d'en trouver une de libre. Alors, on dîne ensemble ?

A court de mots, elle secoua la tête.

— Sam…

— Cassidy… Je sais que tu refuses d'avoir une relation avec un confrère. Mais ici, nous ne le sommes pas. Nous sommes juste un homme et une femme attirés l'un par l'autre.

S'efforçant de retrouver un semblant de calme, elle soupira.

— Je croyais que…

— Que quoi ?… Dis-moi.

— Je croyais que tu devais retrouver une des infirmières,

lança-t-elle, se rappelant les bribes de conversation qu'elle avait surprises.

Il s'écarta pour la considérer avec un étonnement manifeste.

— Quoi ?

— Je comprends, tu sais, dit-elle avec empressement. Ce n'est pas comme si…

Elle se tut, incapable de continuer, et il posa ses mains sur ses épaules.

— Comme si quoi, Cassidy ?

— Eh bien, comme si… nous étions ensemble.

Il la fixa si longtemps qu'elle se sentit terriblement mal à l'aise.

— Tu n'as pas l'air d'avoir une très bonne opinion des hommes, déclara-t-il enfin. A moins que ce ne soit de moi, spécifiquement ?

— Je… je ne vois pas ce que tu veux dire.

— Tu imagines que je vais me précipiter vers d'autres femmes parce que tu m'évites, voilà ce que je veux dire.

Elle piqua un fard. Oui, c'était exactement ce qu'elle pensait.

— Cassidy, dit-il, lui prenant le visage en coupe entre ses mains, c'est toi que je veux. Depuis l'autre soir, à la prison, il n'y a plus que toi qui comptes pour moi.

Pour l'instant… Toutefois elle préféra ne pas gâcher ce précieux instant. Elle prendrait ce qu'il lui offrait et songerait à protéger son cœur plus tard. Quand il l'aurait quittée.

— Tu n'as pas parlé d'un dîner ? demanda-t-elle, fondant devant le sourire qui éclaira aussitôt son visage.

— Oui, mais ce ne sera qu'une mise en bouche, murmura-t-il contre ses lèvres. Nous aurons toute la nuit pour savourer le plat de résistance…

11.

— Non, *non* !

Le hurlement réveilla Cassidy en sursaut. Le cœur battant, elle se redressa dans le lit, clignant des yeux pour s'acclimater à l'obscurité. Où était-elle ? Soudain elle se rappela. L'hôtel. La chambre. Celle qu'elle partageait avec Sam. Elle était dans son lit. Dans *leur* lit. Totalement nue. Et seule.

Sam ! Où était-il ? Des bruits sourds retentissaient, tout près. Des coups contre le mur. Il se battait ? Mais contre qui ? Un intrus se serait-il introduit dans la suite ?

— C'est juste un gosse, bon sang ! gémit-il. Laissez-le…

Un gosse ? De qui parlait-il ?

Un son, guttural et menaçant, jaillit alors de la gorge de Sam et lui donna la chair de poule. A tâtons, elle trouva l'interrupteur de la lampe de chevet et alluma.

Sam, nu, était en train de se battre contre un ennemi invisible. Atterrée, elle fixa son visage figé par un masque de fureur. Il s'agitait, renversant au passage une chaise et les quelques objets qu'elle avait posés la veille sur la table basse. Comment pouvait-il ne pas se réveiller ? Et d'où lui venait ce cauchemar ? Revivait-il un fait réel ou imaginaire ?

Soudain il se pétrifia, puis, avec un « Non ! » angoissé, se plia en deux avant de tomber pesamment à genoux, comme s'il avait été percuté par un poing.

Ravalant un cri effrayé, elle repoussa les couvertures et, ne répondant qu'à son instinct et à son besoin de le secourir, elle se leva pour s'approcher lentement de lui. Il laissa échapper une plainte si douloureuse que les battements sourds de son cœur dans sa poitrine s'accélérèrent. Lorsqu'elle ne fut plus qu'à un pas de lui, elle s'accroupit prudemment, et les larmes qu'elle vit rouler sur ses joues lui déchirèrent le cœur.

Incapable de contenir les sanglots qui montaient de sa gorge, elle tendit la main vers lui. Au contact de sa peau froide et humide, sa formation médicale se réveilla aussitôt. Elle n'était pas psychiatre, mais, en travaillant aux urgences, elle avait suffisamment eu affaire à des traumatismes psychiques pour savoir qu'il était un état de choc.

— Sam…, dit-elle avec fermeté avant de lui masser doucement l'épaule. Samuel. Réveille-toi. Tu es en train de rêver.

Il resta un long moment sans réagir, puis, brusquement, ses tremblements cessèrent et ses muscles durcirent sous ses doigts. Il leva alors la tête avec lenteur et tourna un regard totalement dénué d'émotion vers elle. La reconnaissait-il ? Il semblait se demander ce qu'elle faisait là.

Il était si tendu qu'elle se raidit, anticipant une réaction violente de sa part. Cependant, après quelques secondes, il cligna des yeux comme s'il sortait de sa transe et la fixa d'un air désorienté.

— Cassidy ? dit-il d'une voix éraillée.

Soulagée, elle relâcha le souffle qu'elle avait retenu sans même sans rendre compte. Jusqu'ici tout allait bien…

Malgré la faible lumière de la lampe de chevet, elle remarqua sa pâleur, son expression hagarde et la fine couche de sueur sur son visage. Elle se rapprocha pour repousser avec douceur les cheveux de son front, puis, luttant contre l'envie de le serrer dans ses bras pour le protéger de ses démons, elle plongea son regard dans le sien.

— C'est fini, Sam… Je suis là. Avec toi.

Quelques secondes s'écoulèrent, puis il leva une main encore un peu tremblante pour lui effleurer les lèvres du bout du pouce. Ce geste si tendre, si inattendu après la violence qui l'avait agité, eut raison de son sang-froid, et une larme roula sur sa joue. La suivant des yeux, il la cueillit au coin de sa bouche avec son index.

— Tu pleures ? murmura-t-il, à la fois inquiet et déconcerté.

Une nouvelle larme s'échappa, puis une autre.

Bouleversée, elle s'efforça de refouler ses émotions. Ce n'était pas le moment de craquer. C'était de sa force qu'il avait besoin, pas de ses larmes. Et encore moins d'une déclaration d'amour…

— Ce n'est rien… Sam, tu revivais un drame. Dis-moi ce que c'est.

Aussitôt il se raidit et son regard retrouva sa lucidité. Il se retirait derrière sa carapace. Cette réaction était si subite que Cassidy cilla, incrédule. Puis il s'écarta, la laissant avec une horrible sensation de vide.

La barrière qu'il venait de dresser entre eux était aussi tangible qu'un mur de briques. Soudain étrangement consciente de sa nudité, elle attrapa le T-shirt de Sam à proximité et l'enfila en hâte.

Il s'était adossé contre le lit, les bras enroulés autour de ses genoux relevés, et il respirait difficilement, comme s'il venait de courir un marathon. Elle aurait tant désiré l'aider, mais il repousserait toute tentative de réconfort de sa part, elle le savait. Aussi, s'abstenant de le toucher, resta-t-elle simplement près de lui dans la chambre qui lui parut soudain glacée.

— Que s'est-il passé ? demanda-t-elle à voix basse.

Ses mâchoires se contractèrent, et, pendant de longues secondes, il resta muré dans son silence. Puis avec un soupir, il se passa une main dans les cheveux et, sans la regarder, se mit à parler.

— La mission était vouée à l'échec depuis le départ. Apparemment, ç'aurait dû se faire en un rien de temps : on débarquait, on trouvait les otages, on faisait tout sauter et on rentrait. Au lieu de ça, on a eu droit à un comité d'accueil sur la zone de droppage, comme s'ils avaient eu les coordonnées exactes.

D'un geste excessivement las, il se pressa un instant les paumes sur les yeux.

— On a tout juste eu le temps d'aller se mettre à couvert avant qu'ils n'ouvrent le feu. Les renforts étaient encore loin et on était complètement cernés. Mais on pensait qu'on finirait par les avoir à l'usure, et qu'on pourrait contre-attaquer.

Il eut un rire bref et amer.

— Tu parles… On croyait avoir affaire à une dizaine de gars. En fait, ce qu'on ignorait alors, c'était que nos services de renseignements étaient infiltrés. On était face à une cinquantaine de soldats solidement armés qui nous avaient dans leur ligne de mire.

Ses poings se fermèrent, son visage se crispa comme s'il revivait cet épisode torturant.

— Les renforts essuyaient aussi des tirs nourris. On s'est bientôt retrouvés à court de munitions et submergés par le nombre. Ils nous ont emmenés dans la montagne, où nous avons subi des interrogatoires. Séparément et ensemble.

Par « interrogatoires », il entendait sans nul doute « tortures ». Le seul fait de l'envisager la glaça, et elle pressa un poing sur sa bouche.

— Est-ce que vous avez…

— Craqué ? demanda-t-il sur un ton sarcastique qui la fit frémir. Un SEAL ne parle pas, Cassidy. Jamais… Ils nous ont volé tout notre matériel de soutien et nous ont laissés sans aucun moyen de contacter la base. On était complètement isolés.

Il fit une brève pause avant de reprendre :

— Puis une nuit, peut-être une semaine après notre capture, ils sont venus me chercher. Je me souviens, je me suis dit que c'était le moment ou jamais de faire la paix avec Dieu, s'il existe…

Le regard perdu dans ce passé douloureux, il se frotta distraitement les poignets.

— Et… ensuite ? demanda-t-elle, l'encourageant doucement même si elle redoutait ce qui allait suivre.

— Ensuite…, répéta-t-il avec un pesant soupir. Ils avaient apparemment découvert, je ne sais comment, que j'étais médecin. Ils m'ont emmené dans une maison, auprès d'un gosse visiblement en pleine crise d'appendicite qu'ils m'ont sommé de guérir. Ce que j'ai refusé de faire à moins qu'ils ne nous relâchent tous.

Secouant la tête, il laissa échapper un rire désabusé.

— En fait, ils attendaient une équipe de télévision. Un commando de SEAL est un bon moyen de pression quand on veut faire libérer des terroristes. J'ai réussi à éliminer deux hommes avant qu'ils me… enfin, qu'ils me maîtrisent.

Horrifiée, elle enroula ses bras autour d'elle. Elle devinait sans mal ce que « éliminer » signifiait, et elle n'osait imaginer les moyens qu'ils avaient *eux* employés pour le maîtriser…

— Mais il est clair qu'ils voulaient tout de même me garder vivant. Mort, je ne pouvais pas sauver le gamin, qui était très mal en point. J'ignore combien de temps je suis resté inconscient, mais ils m'ont finalement vidé un seau d'eau sur la tête avant d'amener le bleu de notre équipe, un canon de revolver sur la tempe. J'avais les yeux gonflés, et je n'y voyais pratiquement rien, mais assez tout de même pour me rendre compte qu'on était dans de sales draps.

Il marmonna quelques jurons, se frottant vigoureusement le visage comme s'il voulait effacer ses souvenirs.

— Bon sang, ils avaient tabassé Scooter au point que sa propre mère ne l'aurait pas reconnu. Mais au moins il était encore vivant. Alors je leur ai dit que je soignerais le gamin s'ils me laissaient m'occuper de Scooter. Ils ont discuté entre eux un moment avant d'accepter. Oh ! Je n'étais pas dupe… Je savais qu'on ne pouvait absolument pas leur faire confiance. Mais je…

S'interrompant, il s'agita soudain. Elle appréhendait la fin de l'histoire qu'elle ne devinait que trop bien.

— J'ai demandé qu'on m'apporte ma mallette médicale

et j'ai pratiqué l'ablation de l'appendice. Il m'a fallu plus de deux heures pour faire baisser la fièvre du gamin, mais quand il a été clair qu'il était sauvé, le type qui menaçait Scooter de son arme m'a regardé droit dans les yeux et… il a tiré.

Et, pour la première fois depuis qu'il avait commencé a évoquer le drame, il releva la tête vers elle ; ses yeux étaient rouges et désespérés. Il revivait, probablement pour la millième fois, cet abominable cauchemar.

— Ils l'ont tué, dit-il, presque hébété, comme s'il ne pouvait toujours pas y croire. Ils riaient et l'ont descendu d'une balle dans la tête comme un chien.

Se massant la nuque, il tenta de se ressaisir, et elle réprima à grand-peine l'élan qui la poussait à l'étreindre pour lui promettre des choses… dont, de toute façon, il n'aurait eu que faire.

Finalement, au bout d'un moment, il prit une forte inspiration avant de reprendre son récit.

— Je suis devenu fou. Je les ai tous descendus, et j'ai immobilisé la mère du gosse avant qu'elle alerte tout le village. Puis je suis allé chercher mon équipe.

— Oh ! Sam…, murmura-t-elle, malade de le voir aussi triste, aussi insupportablement abattu.

Instinctivement, elle tendit la main vers lui, mais il s'écarta aussitôt, comme s'il ne pouvait supporter qu'elle le touche. Blessée de ce rejet, elle laissa son bras retomber.

— Ils avaient torturé et tué la moitié de mes gars. Mes frères, mes amis… Ils étaient sous ma responsabilité, mais je n'ai pas été à la hauteur ; je n'ai pas su les protéger. Si j'avais bougé plus tôt, Scooter serait encore en vie.

— Peut-être pas, dit-elle doucement. Peut-être que vous seriez morts tous les deux.

— Et c'est ce que j'aurais mérité, répondit-il, vrillant sur elle un regard furieux. Je suis un SEAL, et un SEAL n'a pas droit à l'échec !

Les gestes brusques, lourds d'une violence réprimée, il attrapa son jean, sa chemise et ses bottes, se redressa et s'habilla dans un silence pesant. Lorsqu'il enfila sa veste, elle se rendit compte qu'il s'apprêtait à partir.

— Samuel, attends ! cria-t-elle en se levant en hâte pour le rattraper.

Il se figea, mais sans se retourner. Son attitude rigide trahissait la difficulté qu'il avait à se contrôler.

— Où vas-tu ?

— Je sors.

Le sentant prêt à fuir, elle ne put s'empêcher de l'implorer.

— Sam, s'il te plaît, reste. Parle-moi.

Ignorant sa supplication, il se dirigea sans un mot vers la porte, mais, sans hésiter, elle se précipita pour passer devant lui et s'y adosser. Un instant déconcerté, il recula d'un pas, puis ses traits se durcirent et il la transperça du regard. Mais elle ne baissa pas les yeux, malgré les frissons qui l'agitaient, car, si elle le laissait sortir, elle ne le reverrait plus jamais.

Il la fixa durant quelques secondes qui lui parurent une éternité. Ses yeux dorés flamboyaient d'une émotion si vibrante et brutale qu'il lui fut très difficile de résister.

— Reste, dit-elle de nouveau d'une voix suppliante. Reste avec moi.

Il serra les mâchoires et elle s'aperçut alors seulement qu'il tremblait, lui aussi.

— Il n'y a rien d'autre à dire, répondit-il enfin sur un ton irrité. Maintenant, écarte-toi. Je ne veux pas avoir à te faire mal.

Comment pouvait-il lui parler ainsi après ce qu'ils avaient partagé ? Bouleversée, elle joua sa dernière carte…

— Je t'aime, Sam, murmura-t-elle d'une voix rauque qu'elle ne se connaissait pas.

Il secoua la tête comme s'il choisissait d'ignorer son aveu.

— Je vais juste faire un tour, Cassidy. Il faut que je prenne l'air, d'accord ? Et je n'ai pas besoin d'une nounou, bon sang ! C'est trop demander ?

Refusant de céder, elle s'avança pour poser ses paumes

sur son torse, espérant ainsi l'atteindre au-delà de la muraille derrière laquelle il s'était réfugié.

— Laisse-moi t'aider. Je t'en prie, ne t'en va pas. Je… je t'aime.

La vivacité de sa réaction la prit au dépourvu ; il n'aurait pas été plus surpris si elle l'avait giflé. Il la considéra quelques secondes avec une sorte d'effarement avant de dissimuler ses émotions sous une attitude de rejet glaçant.

— Sam ? dit-elle, le cœur chaviré. Je ne…

— Désolé, l'interrompit-il, impassible.

— Tu es… *désolé* ? répéta-t-elle, atterrée.

— Oui.

Son visage n'exprimait qu'une distance froide, son regard un désintérêt cruellement blessant. Elle semblait n'être plus qu'une étrangère pour lui ; une étrangère qu'il n'avait manifestement aucun plaisir à voir.

— Je suis flatté, bien sûr, dit-il en soupirant, mais je pensais que tu avais compris que je n'étais pas… Enfin bref, je regrette d'avoir pu te laisser croire davantage que ce qui est. Maintenant, laisse-moi passer, tu veux ? Je n'ai aucune envie de te faire du mal.

Plongée dans une sorte de torpeur, elle s'écarta alors d'un pas et il sortit sans un regard en arrière.

Des heures plus tard, le garde forestier vint l'avertir qu'il l'attendait et elle se prépara avec des gestes d'automate. Elle passa par l'hôpital pour aller voir Jim, puis prit l'ascenseur pour monter jusqu'à l'hélistation.

Lorsque l'hélicoptère se posa à Crescent Lake, une éternité plus tard, elle prit conscience de n'avoir gardé aucun souvenir du vol. Elle était comme engourdie, imperméable à toute sensation extérieure. Après avoir remercié le pilote, elle gagna le bâtiment où Fran Gilbert l'accueillit avec un sourire qui s'effaça aussitôt.

— Que se passe-t-il ? demanda-t-elle sur un ton soucieux. C'est Jim ? Il y a un problème ?

Cassidy dut faire appel à tout son professionnalisme pour la rassurer.

— Non, son état est stable. Et son médecin a bon espoir de le voir s'en sortir.

— Tant mieux. Je vais avertir sa femme, dit Fran qui continua à la regarder avec insistance, avant de poser la question qu'elle redoutait. Où est Samuel ?

Cassidy se raidit.

— Il… a dû partir précipitamment.

— Partir ? Pour aller où ?

La gorge nouée, elle haussa les épaules.

— Je n'en sais rien. Le message qu'il m'a laissé ne le précisait pas.

Fran resta un instant silencieuse avant de l'observer avec inquiétude.

— Tu n'as pas l'air dans ton assiette… Tu ne te sens pas bien ?

Sans le savoir, elle venait de lui offrir une excuse idéale…

— Non. J'ai dû attraper une sorte de microbe, ou je ne sais quoi…

— Oh ! Alors le mieux serait qu'on te conduise directement chez toi, dit Fran en lui frottant amicalement le dos.

Cassidy dut combattre une furieuse envie de s'abandonner dans ses bras. Mais elle risquait fort de craquer ; mieux valait pour cela attendre d'être seule…

— Ce n'est pas possible, Fran. Sans… le major, je vais devoir mettre les bouchées doubles.

Au moins aurait-elle ainsi moins le temps de penser…

— Pas question, répondit Fran. Tu vas rentrer et te mettre au lit. On se débrouillera. Et pas de discussion. S'il y a une urgence, je t'appellerai, promis.

Cassidy rencontra le regard bleu et doux de Fran, puis lâcha prise. Avait-elle le choix, de toute façon ?…

12.

Cassidy franchit les portes du supermarché avec une longue liste de courses. Elle en avait besoin pour un enterrement de vie de jeune fille et n'avait plus que — elle consulta sa montre, *oh! flûte* — deux heures pour s'y rendre. Sans compter qu'elle devait d'abord rentrer à l'auberge pour se doucher et se changer.

Alors qu'elle jetait des articles dans son chariot, elle aperçut par la baie vitrée le shérif en train de se garer. Elle se détourna en pestant à voix basse et remonta l'allée.

Elle pensait avoir surmonté le choc d'avoir été proprement « plaquée » à Spruce Ridge, jusqu'à ce qu'elle reconnaisse la voix de Ruben Kellan dans le couloir des urgences. Entendre le frère de Sam avait provoqué à la fois l'arrêt et l'accélération de son cœur — ce qui était non seulement impossible mais très inquiétant. Devant son malaise, Mme Jenkins, la patiente qu'elle examinait à ce moment-là, l'avait aidée à s'asseoir et était allée chercher une infirmière.

Cassidy avait imputé sa faiblesse à son emploi du temps, comme toujours surchargé, et aux repas qu'elle oubliait de prendre. Mais Fran l'avait discrètement entraînée à l'écart pour lui donner un test de grossesse. Cassidy avait tout d'abord protesté, mais elle avait vite dû se rendre à l'évidence. Ses dernières règles remontaient à… elle ne savait plus quand exactement, mais de toute façon à plus longtemps qu'elle ne l'aurait souhaité.

Aussi avait-elle paniqué.

Pourtant, quand le test s'était finalement révélé négatif, elle avait pleuré, ce qui était stupide. Il n'était pas question qu'elle ait un enfant d'un homme capable de lui faire passionnément l'amour pour la quitter quelques instants plus tard sans le moindre regard en arrière…

Oui, elle devait l'oublier. Et pour cela, elle s'était jetée à corps perdu dans des activités sociales, avait créé une consultation mensuelle pour les écoles locales et un groupe de soutien pour les mères. C'était au cours d'une de ses visites au collège qu'elle avait rencontré Genna Walsh, un professeur de dessin avec laquelle elle s'était rapidement liée d'amitié. Et c'était chez elle qu'elle se rendait pour participer à l'enterrement de sa vie de célibataire…

Elle mit dans son chariot quelques bouteilles de champagne ainsi que des jus de fruits, puis se dirigea vers les caisses. Alors qu'elle faisait la queue, elle surprit une conversation entre deux femmes.

— Il est revenu, disait la plus blonde. Du moins c'est ce que j'ai entendu dire. Je me trouverais bien un petit problème de santé, moi… Il paraît qu'il est très doué pour…

Son amie, après un coup d'œil dans la direction de Cassidy, lui donna un discret coup de coude pour la faire taire. De qui parlaient-elles, exactement ? Elle savait que deux nouveaux médecins devaient s'installer dans le comté à la fin du mois. Et elle-même devrait prendre une décision une fois arrivée à la fin de son contrat.

Elle avait beau se répéter qu'elle n'éprouvait plus rien pour Sam, vivre dans la même ville que sa famille l'exposerait tôt ou tard à une rencontre qu'elle voulait à tout prix éviter.

Ses recherches de poste lui avaient déjà valu quelques propositions, dont l'une du Spruce Ridge General, mais elle n'arrivait pas à se décider. Pour être franche, elle n'avait aucun désir de partir. Pour la première fois, elle se sentait intégrée dans une communauté et avait l'impression d'être vraiment utile. Elle connaissait bien ses patients, aimait pouvoir suivre leur rétablissement, s'enquérir de leur famille… C'était tellement plus gratifiant que de traiter des anonymes qu'elle ne revoyait le plus souvent jamais.

Dix minutes plus tard, songeuse, elle s'éloignait des caisses lorsqu'elle se heurta soudain à un mur — un mur de muscles. Elle s'apprêtait à s'excuser quand une odeur masculine familière assaillit ses narines. Tressaillant, elle leva la tête.

Samuel J. Kellan.

Son cœur s'emballa sous l'effet conjugué de l'appréhension et de la joie. Instinctivement, elle recula d'un pas tandis qu'autour d'elle tout se fondait dans une sorte de nuage vaporeux. Comme si l'univers entier s'était soudain réduit à eux deux.

Les oreilles bourdonnantes, elle l'examina avec avidité. Il avait perdu du poids et paraissait fatigué. Ses traits étaient dans l'ombre, mais elle remarqua sur sa mâchoire une plaie qui achevait de cicatriser et une ecchymose qui virait au bleu sur sa pommette. Il était toujours aussi… fantastique, même si elle était incapable de déchiffrer le regard qu'il rivait sur elle.

Un poing géant sembla se refermer dans sa poitrine, l'empêchant de respirer. Durant les semaines qui venaient de s'écouler, elle avait si souvent imaginé l'instant où elle le rencontrerait ; elle avait même envisagé ce qu'elle lui dirait. Pourtant, après être presque parvenue à se convaincre qu'elle avait surmonté son absence, rien n'aurait pu la préparer au choc qu'elle éprouvait à le voir là, si proche d'elle.

Il était clair qu'elle s'était illusionnée. Toutefois son accablement fut vite balayé par une bouffée de colère. Contre elle, mais aussi contre lui. Cet homme lui avait fait passionnément l'amour et, lorsqu'elle lui avait ouvert son cœur, il lui avait tourné le dos avec un simple « Désolé ». Oui, eh bien, elle aussi était désolée — d'avoir été assez bête et naïve pour tomber amoureuse de lui.

Malgré cela, elle était heureuse de le revoir. Et soulagée qu'il soit vivant et en un seul morceau.

Il fut le premier à briser le silence embarrassé.

— Cassidy…

Sa voix, aussi profonde et rauque que dans son souvenir, fit resurgir des émotions qu'elle croyait bien enfouies en elle.

— Major, dit-elle, satisfaite de ne pas trembler et de s'exprimer avec la politesse distante réservée aux simples connaissances.

Durant une fraction de seconde, ses yeux dorés s'étrécirent et sa mâchoire se contracta. Puis il se retrancha derrière un masque de froideur et croisa les bras, un geste qui fit ressortir ses muscles sous son T-shirt. Devant sa nonchalante virilité, elle vacilla. Soudain, il était évident qu'elle ne pourrait pas l'oublier.

Jamais.

Aussitôt, elle n'eut plus qu'une seule envie : fuir. Partir le plus loin possible. Mais il lui bloquait le passage, et le puissant cocktail de phéromones et de testostérone qu'il exsudait lui donnait le vertige. Serrant les dents, elle s'apprêtait à se détourner quand il leva la main pour la retenir. Elle s'écarta maladroitement, puis leva la tête et eut l'impression de voir une douleur traverser ses yeux ambrés. Mais il se reprit immédiatement ; son visage arbora de nouveau une expression impénétrable et son bras retomba le long de son corps. Peut-être s'était-elle trompée… Peut-être avait-elle pris ses désirs pour des réalités.

— Comment vas-tu ? demanda-t-il doucement.

Elle eut un léger mouvement de recul. Il lui demandait comment elle allait ? Après l'avoir abandonnée dans une chambre d'hôtel, totalement anéantie ? Après avoir disparu pendant cinq semaines sans un mot d'explication ?

L'envie l'effleura de tourner les talons et de s'éloigner sans un regard, mais elle remarqua la fatigue qui lui tirait les traits. La fatigue et une certaine indécision. Une perplexité…

— Bien, répondit-elle, laconique. Et toi ?

Il plissa le front, comme déconcerté par son attitude, ce dont elle fut secrètement satisfaite.

— Moi ?… Ça va, dit-il d'un ton absent.

— Tant mieux. Je suppose que ta famille a été heureuse de te voir rentrer sain et sauf.

Comme il la fixait intensément, elle fut troublée et se força à réagir.

— Bon, excuse-moi, mais… je dois y aller.

Elle se dirigea vers les grandes portes vitrées du magasin, et cette fois il ne tenta pas de la retenir… mais l'accompagna.

— Laisse, ce n'est pas lourd, dit-elle quand il lui prit un de ses sacs. Et tu as sûrement autre chose à faire, non ?

— Où est ta voiture ? demanda-t-il pour toute réponse.

— Sam…

— Il faut que nous parlions, Cassidy.

Parler ? Soudain furieuse, elle se tourna vers lui.

— Nous n'avons rien à nous dire, Sam. Rien ! Tu m'as clairement révélé tes sentiments la dernière fois que nous nous sommes vus. Il aurait fallu que je sois obtuse pour ne pas comprendre. Maintenant, donne-moi ce sac et sors de ma vie, d'accord ?

— Cassidy…

Tout à coup le peu de contrôle qu'elle gardait sur elle-même lui manqua.

— Arrête ! s'exclama-t-elle, se contenant à grand-peine de crier et dégageant d'un geste brusque son bras qu'il venait de saisir.

Des larmes étaient montées à ses yeux et sa gorge la serrait douloureusement. Il fallait absolument qu'elle parte avant de se donner en spectacle.

— Je… je dois rentrer. Au revoir, Sam.

Sam, malgré tout, suivit Cassidy en silence et la regarda chercher ses clés, puis presser la télécommande de ses doigts tremblants. Le ventre noué, il s'approcha pour refermer sa main sur la sienne. Elle sursauta comme si elle avait reçu une décharge, et il resserra son étreinte quand elle tenta de se dégager.

Bon sang, il avait tout gâché. Elle ne supportait même plus qu'il la touche. Alors qu'il en rêvait depuis presque un mois…

S'écartant d'un bond, elle patienta, l'air tendu, tandis qu'il déverrouillait les portières et chargeait ses sacs sur le siège arrière. Puis il ouvrit celle du conducteur et lui rendit la télécommande qu'elle saisit en prenant garde de ne pas le frôler. Elle se serait ensuite glissée sur le siège s'il n'avait pas réagi en la pressant contre le métal froid. Il se refusait à la laisser une fois de plus sortir de sa vie. Pas après ce qu'il venait de traverser ces dernières semaines.

Au début, il s'était demandé ce qu'il lui arrivait. Oui, tout SEAL invincible qu'il était, il avait craqué. Il avait partagé ses cauchemars et sa culpabilité avec elle. Et il avait détesté l'idée qu'elle sache à présent qu'il était un meurtrier, un homme qui avait tué de sang-froid. Oui, bien sûr, il avait fait cela pour sauver sa vie et celle de ses hommes, mais il l'avait aussi fait sous le coup d'une rage froide. Et il n'avait pas supporté la compassion, l'apitoiement qu'il avait lus dans son regard vert. Il ne les méritait pas. Il ne *la* méritait pas.

D'accord, il souffrait toujours du SSPT, mais ce n'était pas là le problème, il lui avait fallu deux longues semaines pour comprendre ce qu'il en était vraiment. En fait, il lui manquait quelque chose de bien plus important que sa santé mentale — son cœur. Et *elle* était son cœur.

Son cœur et son corps car, de la sentir pressée contre lui, il se rendait compte à quel point leur séparation l'avait rendu fou.

Comme elle tentait de se libérer, il lui saisit les poignets, les releva au-dessus de sa tête et se pencha pour l'embrasser. Il sentait contre lui son cœur qui battait à tout rompre alors qu'elle cherchait à lui échapper. Puis, peu à peu, elle capitula et répondit à son baiser avec une fougue égale à la sienne. C'était si bon… Jamais il n'avait désiré une femme avec une telle ardeur. Il enfouit ses mains dans ses cheveux, moula tout son corps contre le sien et…

— Samuel ! Arrête !

Choqué, il se figea et prit de longues inspirations pour se calmer.

— Arrêter ? Pourquoi, Cassidy ? demanda-t-il alors que, ses mains à plat sur son torse, elle le repoussait.

— Laisse-moi tranquille, Sam…

Lui jetant un bref regard éperdu, elle s'installa au volant, claqua la portière et lança le moteur avant même qu'il ne soit revenu de sa surprise. Sortant en flèche de sa place, elle évita de justesse un vieux pick-up qui arrivait de l'allée, puis fila vers la sortie du parking.

La dernière image qu'il eut d'elle fut son visage ravagé de larmes. Des larmes qu'il avait provoquées. Une fois encore, il l'avait fait pleurer.

Hébété, il regarda ses feux arrière disparaître. Jamais il ne s'était senti aussi misérable et anéanti depuis le jour où il avait laissé tomber son équipe. Et, comme ce jour-là, il retourna sa fureur contre lui. Une rage froide qu'il n'avait pas la possibilité d'exprimer, d'expulser dans un parking plein de femmes et d'enfants innocents. Non, c'était certain. En revanche, il savait exactement où il pourrait le faire…

Ruben poussa les portes du *Crash Landing* en se demandant s'il n'aurait pas déjà dû réquisitionner toutes les ambulances des hôpitaux du coin. Il était rentré chez lui avec un pack de bières et une pizza géante qu'il comptait déguster affalé sur son divan devant son grand écran. Seattle affrontait San Francisco et il venait d'applaudir le premier but de Seattle quand le téléphone avait sonné…

S'attendant à arriver en plein champ de bataille, il se figea, interloqué, sur le seuil du bar… Une dizaine d'hommes, accoudés au comptoir, sirotaient leur tequila en chantant une chanson de corps de garde, assez faux pour agresser les oreilles d'un sourd.

Sam tenait Chris Hastings par l'épaule comme si c'était son meilleur copain. Pourtant, ces deux-là ne pouvaient pas se voir en peinture depuis leurs années de lycée.

Atterré, Ruben se fraya un chemin jusqu'au patron du bar qui, continuant à laver ses verres avec une apparente indifférence, le salua d'un signe de tête.

— Shérif… Je vous sers quelque chose ?

— Deux cafés, Joe. Doubles, forts, et pleins de sucre.

Lorsque Joe posa les grandes tasses devant lui, les hommes avaient déserté le comptoir, laissant les deux frères seuls.

— Fiche le camp, gronda Sam avant d'avaler une autre rasade.

Ruben lui prit le verre des mains et lui tendit le café.

— Bois, ordonna-t-il. Et ensuite tu m'expliqueras pourquoi le nouveau médecin de Crescent Lake s'entraîne pour faire partie de la chorale locale…

Sam grimaça en considérant le café.

— Très drôle.

— Je ne trouve pas, non. Pas alors que j'ai dû abandonner le match au moment où Seattle marquait son premier point contre San Francisco. Tout ça pour mon frère qui squatte le bar de Joe en écorchant les oreilles des clients. Alors avale ce fichu café avant que je te jette dans une cellule de dégrisement et que je t'arrête pour avoir perturbé l'ordre public.

Sam lui jeta un coup d'œil mauvais, puis, conscient qu'il ne plaisantait pas, saisit sa tasse.

— J'allais partir, de toute façon.

Après l'avoir regardé avaler son café, Ruben soupira en secouant la tête, visiblement rassuré qu'il soit aussi docile.

— Tu peux me dire ce qui ne va pas ?

Sam se passa la main dans les cheveux.

— Tout va bien.

Si seulement… Tout allait mal, au contraire. La lueur douloureuse qu'il avait surprise dans les magnifiques yeux verts de Cassidy l'avait rendu fou. Il l'avait coincée contre la voiture pour l'embrasser, et s'était soudain rendu compte qu'elle pleurait. Devant son visage blême et choqué, désormais gravé dans sa mémoire, il avait eu le sentiment d'être un véritable monstre.

— Oui, je vois ça, répondit Ruben, ironique.

Il l'aimait, bon sang. Plus encore que son métier de SEAL. Plus que sa propre vie. Mais elle lui avait dit d'arrêter et elle avait fui comme si elle ne pouvait même plus supporter de poser le regard sur lui.

— Tout va bien, répéta-t-il avec lassitude.

Il avait tout gâché et n'avait aucune idée de la manière dont il pourrait y remédier.

— Donc, dit Ruben qui tournait inutilement la cuillère dans son café, ça n'a aucun rapport avec un certain docteur que tu embrassais à perdre haleine sur le parking du supermarché ?

Comme Sam le fusillait du regard, son frère poussa un profond soupir.

— Tu es idiot, Sam. Et nous sommes dans un endroit public, je reste poli.

Sam s'apprêtait à le remettre vertement à sa place, mais… A quoi bon nier ? Ruben avait raison. Il *était* bel et bien un idiot.

— J'ai tout gâché, c'est vrai, dit-il, désespéré et dégoûté de lui-même. J'ai démoli ce que j'ai peut-être connu de plus beau dans ma vie.

— Eh bien répare-le.

— Facile à dire… Je ne suis pas sûr que ce soit possible. Elle me déteste, maintenant.

Ruben le fixa d'un air excédé.

— Franchement, tu ne fais pas honneur aux Irlandais, tu sais… En plus, je croyais que la devise des SEAL était « S'adapter et surmonter » ?

Il pointa un doigt sur lui.

— Alors reprends-toi, et fais ce qu'il faut pour t'adapter et surmonter ton problème.

— Elle ne veut plus de moi.

— Oh ! Bon sang... Tu es un SEAL, Sam ! Alors comporte-toi en SEAL. Aucun obstacle ne te résiste, d'accord ? Pas plus celui-là qu'un autre.

Sam considéra pendant un moment son frère dans un silence tendu, puis acquiesça d'un hochement de tête bref et avala le reste de son café. Il reposa la tasse sur la soucoupe d'un geste sec, tourna les talons et se dirigea vers la sortie.

— Paie le café pour moi, fit-il. J'ai quelque chose à régler.

Amende honorable. Oui, c'était ce qu'il allait devoir faire. Et quand il aurait triomphé de cette épreuve, elle serait à lui. Et lui à elle.

L'échec n'était même pas envisageable. Non. Pas cette fois.

13.

Cassidy poussa la porte de verre du bureau du shérif, et se rappela la dernière fois où elle y était venue. Comme ce jour-là, Hazel Porter était à la réception.

L'adjointe leva les yeux au-dessus de ses lunettes en demi-lunes et la considéra avec une expression bizarre. Puis elle s'éclaircit la gorge, presque bruyamment, une fois, deux fois, et un silence étrange tomba sur la salle tandis qu'une dizaine d'yeux se tournaient vers Cassidy.

Interloquée, celle-ci s'avança vers le comptoir, soudain aussi nerveuse qu'une jeune mariée au seuil de la chambre nuptiale…

— Bonsoir, madame Porter. Il paraît que vous avez une urgence médicale ?

— Heureuse de te voir, mon chou, répondit Hazel en attrapant un trousseau de clés derrière elle. Nous sommes en effet confrontés à une situation… particulière.

— Particulière ?

Hazel contourna le comptoir et, d'un geste, fit taire les jeunes employés qui chuchotaient entre eux, tous un sourire jusqu'aux oreilles.

— Que se passe-t-il ? demanda Cassidy, intriguée.

— Ne fais pas attention. C'est plutôt calme, en ce moment, ces jeunes sots ne trouvent rien de mieux à faire que de bayer aux corneilles et de regarder les jolies filles…

La réflexion, prononcée haut et fort, incita les « jeunes sots » à repiquer du nez dans leurs dossiers.

— Sans compter que tout le monde a la sale manie de se mêler des affaires des autres, ajouta l'adjointe.

Cassidy la regarda avec un étonnement mêlé d'inquiétude.

— Vous allez bien, madame Porter ? Vous semblez un peu… ?

— Appelle-moi Hazel, comme tout le monde, mon chou. Sinon, oui, je vais bien, merci. Du moins j'irai mieux une fois que cette histoire sera terminée, c'est sûr, fit-elle en marmonnant.

Perplexe, Cassidy la suivit dans le couloir menant à la zone de détention. Des rires étouffés derrière elles la firent se retourner. Les employés pouffaient et se donnaient des coups de coude comme des gamins. *De plus en plus bizarre…*

— Par ici, dit Hazel en déverrouillant la porte avant de s'écarter pour la laisser passer.

Cassidy eut une très nette impression de déjà-vu. S'avançant avec prudence, elle se figea soudain avec la très désagréable sensation que ses cheveux se dressaient sur sa tête…

Comme elle se tournait vers l'adjointe au shérif, elle surprit le regard étrange que celle-ci posait sur elle.

— Ne sois pas trop dur avec lui, mon chou, murmura Hazel. C'est un crétin, mais on l'aime bien.

Cette fois, c'était certain, tout le service du shérif était victime d'une sorte de folie. Peut-être due au vent des montagnes ?…

— Madame Porter…

— Hazel, mon chou…, la coupa l'adjointe en désignant la forme sombre qui occupait l'étroite couchette de la cellule en face d'elle. Vas-y, tout est déjà prêt. Et n'hésite pas à appeler si tu as besoin de quelque chose.

Redressant les épaules, Cassidy pénétra dans l'aire de détention à peine éclairée et remarqua distraitement que les autres cellules étaient ouvertes et vides. *Bizarre…* Soudain la porte extérieure claqua derrière elle, ce qui la fit sursauter. L'étrange comportement du service devait déteindre sur elle… Prenant une forte inspiration pour se ressaisir, elle serra sa mallette médicale contre elle et se dirigea vers la seule cellule occupée.

Comme elle en franchissait le seuil, elle perçut un mouvement derrière elle ; aussitôt elle pivota sur ses talons et profita de son élan pour frapper l'intrus de sa mallette. L'homme esquiva le coup avec un juron étouffé et leva le bras pour lui agripper le poignet et lui faire lâcher sa mallette.

Prise au dépourvu, elle fit un pas en arrière, mais trébucha et tomba durement par terre ; sa tête heurta le sol et, un bref instant, elle eut l'impression de voir des étoiles tourbillonner devant ses yeux. Puis une silhouette, celle d'un homme grand et fort, se pencha en tendant la main vers elle. Il semblait dire quelque chose, mais, avec le sang qui battait à ses oreilles, elle ne saisissait pas un traître mot.

Instinctivement, elle se recula pour éviter qu'il ne la touche. Mais ses mains larges se refermèrent sur ses épaules. Avant qu'elle n'ait pu protester, il la souleva et la remit sur ses pieds comme si elle ne pesait pas plus lourd qu'une plume.

Elle se débattit, l'attaquant de ses ongles, de ses poings en hurlant, et s'arrêta brusquement en reconnaissant la voix familière qui parvint enfin à couvrir ses vociférations.

— Cassidy ! Arrête, bon sang ! Calme-toi !

Elle se figea, ravalant les sanglots qui lui étreignaient la gorge, et fixa le visage sombre. Il lui fallut encore deux secondes pour reconnaître l'odeur masculine familière et les yeux dorés rivés sur elle.

— Samuel… ? dit-elle d'une voix éraillée alors que ses jambes refusaient soudain de la porter.

Il enroula un bras autour de sa taille pour l'empêcher de s'effondrer.

— Oh ! Bon sang, Cassidy…, murmura-t-il dans ses cheveux.

Le cœur battant à tout rompre, elle ferma les yeux et

enfouit son nez dans le creux de son cou pour se fondre dans sa chaleur si réconfortante. Si grisante…

Jusqu'à ce qu'elle se rappelle qu'elle avait toutes les raisons de lui en vouloir pour lui avoir causé une frayeur pareille. Sous l'impulsion d'une colère légitime, elle le repoussa brutalement et lança son genou vers ses parties sensibles… Avec un cri étranglé, il se plia en deux, la lâcha et s'affala au pied de la couchette tandis qu'elle reculait contre les barreaux de la cellule.

— Bon sang, mais…, marmonna-t-il d'une voix haletante. Mais qu'est-ce qui te prend ?

Choquée par sa propre réaction, elle vint en titubant s'asseoir à côté de lui.

— Je… je regrette. Excuse-moi, dit-elle en levant la main pour relever une mèche tombée sur son front. Je ne comprends même pas pourquoi je l'ai fait. Si ce n'est que… tu m'as quand même fichu une peur bleue !

Après un long silence, il lui jeta un coup d'œil amusé.

— Viens ici…

Lui prenant le poignet, il l'attira, et elle se retrouva blottie contre lui. Bien que tentée de s'abandonner dans ses bras, ne fût-ce que pour se prouver qu'elle ne rêvait pas, elle résista. Le simple souvenir de son attitude après la dernière nuit qu'ils avaient partagée suffit à la rappeler à la raison… Elle chercha même à se relever, mais il resserra son étreinte en lâchant une plainte étranglée.

— Ne bouge pas…, chuchota-t-il à son oreille. Donne-moi… juste une minute… D'accord ? Le temps que je récupère.

Elle se rendit compte qu'elle était assise là où elle venait de le frapper de son genou. Puis soudain elle se souvint qu'elle était censée soigner un prisonnier. *Lui ?*

— Où es-tu blessé ? demanda-t-elle, résistant vaillamment à l'envie de promener ses mains sur tout son corps pour l'ausculter…

Il se figea. Puis leva un regard étonné vers elle.

— Tu es sérieuse ? Tu me fais *ça*, et après tu me demandes où j'ai mal ?

Elle se sentit piquer un fard tandis qu'un rire irrépressible la prenait.

— Désolée… Mais franchement, tu le méritais pour m'avoir traitée comme tu l'as fait.

— Hum… En tout cas, j'aurai de la veine si tu n'as pas détruit toute chance pour moi d'avoir un jour une descendance.

Ce qui lui remémora douloureusement qu'il ne voulait pas d'elle.

— C'est ton problème, pas le mien !

— Arrête, Cassidy…, dit-il en l'empêchant de s'échapper. *C'est* ton problème… Ou ça le sera, du moins je l'espère.

Déconcertée, elle s'écarta de lui pour mieux le regarder. Il avait retrouvé des couleurs, mais ne semblait pas encore au meilleur de sa forme. De nouveau inquiète, elle promena délicatement sa main sur les ecchymoses de son visage avant de palper ses épaules et son torse.

— Que t'arrive-t-il, Sam ? Hazel a eu peur pour toi et a appelé un médecin.

— Qui a bien failli m'estropier à vie. C'était quoi, cette attaque sauvage ?

— Sam…

— Laisse-moi finir, d'accord ? Il faut que j'aille jusqu'au bout.

Avec un soupir, elle l'observa attentivement, cherchant des signes du SSPT, ou au moins une explication à son comportement. En vain.

— D'accord. Je t'écoute.

A sa grande surprise, il prit alors une profonde inspiration. Pour un peu, il lui aurait semblé fébrile. Mais ce n'était probablement qu'une illusion. Sam était un SEAL. La seule idée qu'un homme qui avait subi et surmonté des tortures puisse être intimidé était franchement absurde.

Pourtant il se passait quelque chose d'étrange qui commençait sérieusement à la rendre nerveuse.

— Que fais-tu ici, au fait ? demanda-t-elle alors que le silence menaçait de se prolonger. Tu ne devrais pas être dans un pays en guerre à liquider les méchants ?

Son regard intense mais indéchiffrable se riva au sien.

— J'ai démissionné, dit-il calmement.

— Tu as… *démissionné* ? Mais… pourquoi ?

Il resta muet si longtemps qu'elle avait presque renoncé à obtenir une réponse, mais ses yeux ambrés étincelaient.

— Pour toi.

— Pour… *moi* ? Je… je ne comprends pas. Qu'est-ce que cela signifie ?

Il esquissa un sourire, mais son regard restait absolument sérieux.

— Lors de ma dernière mission, je ne pensais plus qu'à toi, Cassidy. Et ça devenait franchement dangereux. Pour moi, mais aussi pour mon équipe.

Ne sachant comment réagir, elle baissa la tête et frotta lentement ses paumes sur ses cuisses afin de dissimuler leurs tremblements.

— J'ai failli y rester, dit-il à voix presque basse. J'étais à huit mille mètres quand mon parachute a refusé de s'ouvrir.

— Oh ! Non…, souffla-t-elle en le prenant instinctivement par les épaules. Dis-moi que tu vas bien, que tu n'as pas…

Incapable d'exprimer son angoisse, elle laissa ses mains courir sur son corps, elle aurait presque arraché sa chemise s'il ne l'en avait pas empêché.

— Hé ! Je suis ici, et en un seul morceau, non ?

Elle le fixa de ses yeux écarquillés avant de relâcher l'air coincé dans ses poumons, puis abattit durement son poing sur son torse.

— Bon sang, Sam !… Ne me refais jamais ça, tu entends ? Ne me fais plus jamais des peurs pareilles !

— Si tu me laissais finir ? demanda-t-il avec douceur.

Elle ferma les yeux une seconde, prit une profonde inspiration, puis les rouvrit.

— Désolée. Vas-y. Je me tais.

Presque distraitement, il porta sa main à ses lèvres avec une tendresse qui la prit au dépourvu.

— Donc, je tombais à une vitesse vertigineuse, et je voyais la terre se ruer vers moi. Et je me suis dit : cette fois, c'est fini. Je me suis même détendu en songeant que c'était ce que je méritais pour n'avoir pas su protéger mon équipe.

Il s'interrompit quelques secondes avant d'ajouter :

— Et pour t'avoir déçue. Et puis soudain il m'a semblé que quelqu'un hurlait dans ma tête et… Bon sang, j'étais prêt à finir en beauté. A viser les cibles pour tout faire sauter…

— Oh ! Sam…, dit-elle, pressant son poing sur sa bouche pour contenir un sanglot horrifié.

La serrant contre lui, il lui caressa le dos de ses doigts légèrement tremblants.

— J'étais sur le point de sortir mes grenades quand, tout à coup… Tout a disparu autour de moi, comme si j'avais perdu connaissance, et je t'ai entendue…

Il la repoussa doucement pour plonger son regard dans le sien.

— Tu me criais de me ressaisir, de me battre pour rester en vie. Et alors tu as dit : « Je t'aime, Samuel. Je t'en prie. Ne t'en va pas. Ne m'abandonne pas. »

Abasourdie, elle voulut se dégager de son étreinte, mais il la retint.

— Non, reste, fit-il d'une voix rauque. Je sais que je ne le mérite pas, mais… Je t'en prie, écoute-moi jusqu'au bout. S'il te plaît.

Il attendit jusqu'à ce qu'elle s'immobilise, le visage enfoui contre son épaule, ses larmes mouillant sa chemise.

— J'ai vu ton visage, Cassidy. Aussi clairement que je le vois maintenant. En une fraction de seconde, j'ai su que tu avais raison : je suis un idiot. Il a fallu que je frôle la mort pour comprendre que je… je…

S'écartant légèrement, elle releva les yeux vers lui.

— Que tu *quoi*, Sam ?

Il esquissa un sourire, mais son regard brûlait d'une émotion qu'elle redoutait d'interpréter.

— Que j'allais droit dans le mur. Je me reprochais de vivre alors que mes amis étaient morts. Et quand mon parachute a refusé de s'ouvrir, j'ai pensé que ce n'était qu'un juste châtiment. Mais tu m'as sauvé, et même si je t'ai blessée… et si je ne te méritais pas… je me suis rendu compte que je ne supportais pas l'idée de ne plus jamais te revoir. Et je m'en voulais terriblement de ne t'avoir rien dit… Le brouillard s'était levé dans ma tête ; tout s'est brusquement éclairci et j'ai enfin pu voir le monde tel qu'il est. Pour la première fois. Alors j'ai adressé une prière au ciel et j'ai tiré sur ce fichu déclencheur. Il ne s'est rien passé pendant encore quelques secondes, puis il s'est déployé.

Avec un rire un peu nerveux, il prit son visage entre ses mains.

— A part ton sourire, c'est la plus belle chose qu'il m'ait été donné de voir…

La gorge nouée, elle resta sans voix tandis qu'il poursuivait sur un ton solennel :

— Je t'aime, Cassidy. Dis-moi qu'il n'est pas trop tard. Dis-moi que je n'ai pas rêvé ce que tu m'as dit, et que tu ne m'as pas sauvé pour me briser le cœur ensuite.

— Oh ! Sam…, répondit-elle, bouleversée. Tu… tu es sûr ?

— Que je t'aime ? Je n'ai jamais été plus certain de quoi que ce soit.

— Mmmh… Je ne me lasserai jamais de te l'entendre dire.

Il ferma les yeux une seconde, rejetant la tête en arrière.

— Je t'aime, je t'aime, je t'aime. Et moi je ne me lasserai jamais de te le dire.

— Alors embrasse-moi, dit-elle, étourdie de bonheur.

Ce qu'il fit avant de s'écarter légèrement d'elle.

— A toi, maintenant.

— A moi ?

— Allez, ne me fais pas languir… Je suis à l'agonie, docteur… *Par pitié.* Dis-le-moi !

Plongeant son regard dans le sien, elle lui effleura la mâchoire, et tout humour avait disparu de sa voix lorsqu'elle murmura :

— Je t'aime, Samuel Kellan. Je t'aime depuis le premier jour. La première minute. La première seconde.

Un magnifique sourire éclaira son visage tendu. Soudain, elle se retrouva allongée sous lui. Il avait même glissé les mains au bas de son dos pour la plaquer plus étroitement contre lui.

Son gémissement de désir fut étouffé par le baiser ardent dans lequel il l'entraîna. S'accrochant à lui, elle ferma les yeux pour mieux se laisser submerger par le plaisir. Ces longues semaines de frustration trouveraient bientôt leur assouvissement et cette perspective la grisait presque autant que la sensation de ses lèvres courant sur son cou.

Une éternité semblait s'être écoulée quand elle rouvrit enfin les yeux — pour découvrir les visages épanouis et rieurs qui les observaient du couloir. Atterrée, elle secoua Sam, reconnaissant les jeunes employés qu'elle avait vus en arrivant. Ainsi que le shérif et… la *sœur* de Sam ?

Elle sentit ses joues rougir et enfouit son visage empourpré dans le creux de son cou.

— Sam…

— Oui, dit-il dans ses cheveux. Moi aussi, j'ai très envie de toi…

— Vous ne préféreriez pas être dans une chambre, vous deux ? demanda Hannah Kellan sur un ton goguenard. Les cellules sont confortables, je sais, mais…

Les rires éclatèrent autour d'eux.

— Un peu d'intimité ne serait pas de refus, c'est vrai, fit-il.

D'un mouvement souple, il se releva, entraînant Cassidy, et la tint serrée contre lui alors qu'il affrontait leur public.

Hannah vint s'appuyer contre la porte ouverte et croisa ses bras sous sa poitrine.

— Alors ? dit-elle en haussant les sourcils à la manière de son frère.

— Alors quoi ?

Il était clair qu'il se serait volontiers passé de l'intervention de ce public.

— Elle veut ou elle veut pas ? demanda Ruben avec impatience.

De les voir tous tourner alternativement la tête de lui à elle, comme à un match de tennis, Cassidy se sentit presque gagnée par le fou rire.

— Je ne lui ai pas encore demandé.

Hannah pouffa.

— Tu m'étonnes ! Tu étais bien trop occupé à l'embrasser…

— Ça vous ennuierait de me laisser faire ma demande sans avoir tous les débiles de la ville pour témoins ? répondit Sam avec irritation.

Ignorant les protestations affectées qui fusaient, Cassidy releva des yeux écarquillés vers lui.

— Ta demande… *en mariage* ?

A sa plus grande stupéfaction, elle le vit presque rougir. *Lui*, un SEAL aguerri, capable de rester impavide devant les situations les plus dangereuses !…

— Eh bien oui, déclara-t-il d'un air possessif. Que veux-tu que ce soit d'autre ?

— Je… je ne sais pas.

— Tu m'as sauvé, Cassidy, dit-il d'une voix plus basse. Sans toi, je courais à la catastrophe. Je t'aime. Tu es celle que j'avais toujours cherchée sans le savoir.

Son visage se brouilla devant ses yeux soudain embués, et elle ne perçut que vaguement les applaudissements et les encouragements qui fusaient autour d'eux.

— Mais… et ton travail ? Les SEAL ?

— Je t'ai dit que j'avais démissionné.

— Oh ! Je ne sais pas…, fit-elle, sans prêter attention au silence qui se faisait soudain dans le couloir.

Sam se figea et une expression proche de la panique apparut sur ses traits.

— Comment ça, tu ne sais pas ?

— Tu ne m'as encore rien demandé, lui dit-elle doucement en se hissant sur la pointe des pieds pour l'embrasser au coin des lèvres.

Avec un soupir de soulagement, il pressa une main sur sa nuque et, de l'autre, lui effleura la joue.

— Cassidy Maureen Mahoney, accepterais-tu de me sauver une dernière fois ?

Des larmes montèrent à ses yeux.

— Oh ! Sam…

— Veux-tu devenir ma femme ? continua-t-il d'une voix que l'émotion rendait presque sourde. Et passer les prochaines soixante années et plus à m'aimer comme je t'aime ? Voudras-tu élever notre famille ici, à Crescent Lake, travailler avec moi à l'hôpital, et alimenter les potins de la ville ?

Hypnotisée par son regard, elle ne pouvait répondre. Les mots semblaient coincés dans sa gorge.

— Dis quelque chose, mon ange, murmura-t-il, presque implorant. Je vais être la risée de tout le village.

Tous, autour d'eux, retenaient leur souffle.

— Oui, dit-elle simplement. Oui, je le veux.

— Oui ?

— Oui, Sam, je veux t'épouser.

Il poussa un énorme soupir en fermant les yeux, qu'il rouvrit aussitôt quand elle ajouta :

— Mais…

— Mais ? fit-il, l'air soudain incertain. Mais quoi ? Tu veux que je renonce à mes hobbies ? D'accord. A ma famille ? Accordé.

Cassidy secoua la tête en riant avant de reprendre son sérieux.

— Non. Je veux seulement connaître tous tes secrets.

— Tous ? Tu es sûre ?

— Certaine.

— D'accord. Je te promets de ne rien te cacher.

Elle enroula les bras autour de son cou et plongea son regard dans le sien.

— Samuel James Kellan, rien ne me rendrait plus heureuse que de devenir ta femme.

Un tonnerre de cris, de sifflements et d'applaudissements retentirent dans le couloir des cellules. Mais Sam, clairement indifférent à ce qui se passait autour d'eux, n'avait d'yeux que pour elle.

— Je t'aime. Et tu sais quoi ? J'aimerais te le prouver sur-le-champ. Enfin… juste le temps de trouver un endroit un peu plus intime.

— Je crois que je sais où exactement, murmura-t-elle, rayonnante.

Un lent sourire prometteur de plaisirs à venir monta aux lèvres de Sam, qui fit battre son cœur plus fort.

— Qu'attends-tu pour nous y conduire ? chuchota-t-il à son oreille.

Elle lui prit la main et, d'un pas résolu, fendit avec lui l'attroupement des témoins de leur bonheur. Celui-ci, elle en avait la certitude, les accompagnerait chaque heure de chaque jour de leur vie ensemble…

Retrouvez en juin 2020, dans votre collection BLANCHE

Réunis par un secret, d'Emily Forbes - N°1491

SÉRIE : SAGES-FEMMES DE LONDRES - 3/4

Lui... Face au nouveau médecin du Queen Victoria, Chloe retient son souffle. Loin d'être un inconnu pour elle, Xander Jameson est l'homme avec lequel elle a vécu une liaison passionnée, quatre ans plus tôt. Depuis, Chloe s'est efforcée de le chasser de ses pensées et, grâce à ses responsabilités de sage-femme et de maman, elle y est parvenue, ou presque. Car comment aurait-elle pu oublier Xander, alors que le regard de sa petite Lily le lui rappelle chaque jour ?

Une sage-femme à conquérir, de Sue MacKay

SÉRIE : SAGES-FEMMES DE LONDRES - 4/4

Un aller simple pour Londres. Décidée à prendre un nouveau départ, Izzy saute dans un avion pour gagner le Queen Victoria, où elle exercera son métier de sage-femme. Quel plaisir pour elle d'y retrouver bientôt son meilleur ami, le Dr Raphaël Dubois ! Si leur collaboration professionnelle se révèle toujours aussi efficace, leur relation personnelle est mise à l'épreuve. Car Izzy éprouve peu à peu des sentiments inédits et bien trop troublants pour Raphaël...

L'amour à tout prix, d'Annie Claydon - N°1492

Alors qu'elle participe à une compétition sportive visant à récolter des fonds pour l'hôpital où elle est infirmière, Hannah doit faire équipe avec le Dr Matt Lawson. Loin de l'enchanter, cette perspective l'inquiète. Maman d'un petit garçon de six ans, Hannah sait qu'elle n'a pas de place dans sa vie pour les relations amoureuses... Mais saura-t-elle résister au charme de cet homme aux yeux si bleus qu'elle a l'impression de s'y noyer ?

Une infirmière en Thaïlande, de Meredith Webber

Mer turquoise et forêt tropicale : le cadre dans lequel Kenzie occupe son nouveau poste d'infirmière est tout simplement grandiose. Sur cette île du golfe de Thaïlande, elle espère donc se ressourcer... et oublier les hommes ! Or, dès sa rencontre avec le sublime Dr Alexander McLeod, petit-fils d'une de ses patientes, Kenzie sent ses résolutions vaciller. Et son cœur battre soudain trop vite, trop fort...

Leur mission : sauver des vies.
Leur destin : trouver l'amour.

BLANCHE

Un père pour son fils, de Deanne Anders - N°1493

Bien malgré elle, Lacey éprouve des sentiments pour le Dr Scott Boudreaux – des sentiments interdits. Non seulement Scott est le meilleur ami de son mari disparu, mais surtout il passe sa vie à rechercher des sensations fortes, tandis que Lacey aspire à une existence paisible pour son petit garçon et elle-même. Alors pourquoi ne peut-elle s'empêcher d'imager Scott dans le rôle d'époux, et de père pour son fils ?

Dans les bras du Dr Brothers, de Janice Lynn

Le Dr Justin Brothers est l'archétype du play-boy. Admiré de toutes les femmes de l'hôpital, le séduisant chirurgien fait également battre le cœur de Riley, au grand désarroi de cette dernière. Alors que, après son mariage avorté, elle se croyait immunisée contre ce type d'homme trop sûr de lui, voilà qu'elle se réjouit chaque fois qu'elle travaille avec lui au bloc opératoire. Se pourrait-il que Justin soit celui qui puisse la rendre heureuse ?

Sous le charme du patron, de Joanna Neil - N°1494

L'amour entre collègues, non merci ! Saskia a appris la leçon dans son précédent poste et, maintenant qu'elle a tout quitté pour s'installer dans les îles Scilly, elle jure qu'on ne l'y reprendra plus. Mais dès qu'elle croise le regard de son nouveau patron à l'hôpital local, l'irrésistible Dr Beckett, qui est également le voisin de la maison qu'elle loue, Saskia se rend compte qu'elle va peut-être devoir revenir sur sa parole…

Une seconde chance à saisir, de Susan Carslisle

Sa vie d'aujourd'hui, Laura Akins s'est battue pour l'avoir. Elle a dû élever seule sa petite Allie, âgée à présent de huit ans, tout en poursuivant ses études d'infirmière. Alors, le jour où elle tombe sur Mark Clayborn, son amour de jeunesse, Laura est profondément troublée par les sentiments qu'il ravive en elle… Mais est-elle vraiment prête à faire de nouveau confiance à Mark, au risque qu'il lui brise le cœur une seconde fois ?

Une incroyable surprise, de Carol Marinelli - N°1495

Après sa dernière déconvenue amoureuse, Candy n'a plus qu'une envie : profiter de la vie sans se poser de questions. Le beau Dr Guy Steele, son nouveau collègue à l'hôpital, est la distraction idéale. Mais Candy se rend rapidement compte qu'elle est, bien malgré elle, tombée sous le charme de Guy… Et elle découvre, quelques semaines plus tard, qu'elle est enceinte de jumeaux ! Une double surprise qui la lie soudain au médecin de ses rêves…

L'épreuve d'une chirurgienne, d'Amber McKenzie

Kate est bouleversée. Sa brillante carrière de chirurgienne, dont elle est si fière, est en péril ; et le seul qui puisse l'aider aujourd'hui est l'avocat qu'on lui a commis d'office, et qui n'est autre que Matt McKayne, l'homme qui lui a brisé le cœur dix ans plus tôt. Le revoir ne fera que rouvrir une plaie à peine cicatrisée, Kate le sait, mais elle n'a pas le choix : quoi qu'il lui en coûte, elle va devoir faire confiance à celui qu'elle n'a jamais pu oublier…

HARLEQUIN

Leur mission : sauver des vies.
Leur destin : trouver l'amour.

HARLEQUIN
www.harlequin.fr

OFFRE DE BIENVENUE !

Vous êtes fan de la collection Blanche ?
Pour prolonger le plaisir, recevez gratuitement

◆ **1 livre Blanche gratuit** ◆
et 2 cadeaux surprises !

ne fois votre colis de bienvenue reçu, si vous souhaitez continuer à recevoir nos omans Blanche, cela se fera automatiquement. Vous recevrez alors chaque mois, 3 olumes doubles inédits de cette collection au tarif unitaire de 7,20€ (Frais de port rance : 2,05€).

➡ LES BONNES RAISONS DE S'ABONNER :

Aucun engagement de durée ni de minimum d'achat.
◆
Aucune adhésion à un club.
◆
Vos romans en avant-première.
◆
La livraison à domicile.

➡ ET AUSSI DES AVANTAGES EXCLUSIFS :

Des cadeaux tout au long de l'année.
◆
Des réductions sur vos romans par le biais de nombreuses promotions.
◆
Des romans exclusivement réédités notamment des sagas à succès.
◆
L'abonnement systématique et gratuit à notre magazine d'actu ROMANCE.
◆
Des points fidélité échangeables contre des livres ou des cadeaux.

EJOIGNEZ-NOUS VITE EN COMPLÉTANT ET EN NOUS RENVOYANT LE BULLETIN !

N° d'abonnée (si vous en avez un) ☐☐☐☐☐☐☐☐ B0ZEA3

Mme ❒ Mlle ❒ Nom : .... Prénom : ....

Adresse : ....

CP : ☐☐☐☐☐ Ville : ....

Pays : .... Téléphone : ☐☐☐☐☐☐☐☐☐☐

E-mail : ....

Date de naissance : ☐☐ ☐☐ ☐☐☐☐

☐ Oui, je souhaite être tenue informée par e-mail de l'actualité d'Harlequin.

☐ Oui, je souhaite bénéficier par e-mail des offres promotionnelles des partenaires d'Harlequin.

Renvoyez cette page à : Service Lectrices Harlequin – CS 20008 – 59718 Lille Cedex 9 - France

Date limite : **31 décembre 2020**. Vous recevrez votre colis environ 20 jours après réception de ce bon. Offre soumise à acceptation et réservée aux personnes majeures, résidant en France métropolitaine. Prix susceptibles de modification en cours d'année. Vous pouvez demander à accéder à vos données personnelles, à les rectifier ou à les effacer. Il vous suffit de nous écrire en nous indiquant vos nom, prénom et adresse à : Service Lectrices Harlequin - CS 20008 - 59718 LILLE Cedex 9. Harlequin® est une marque déposée du groupe HarperCollins France – 83/85, Bd Vincent Auriol – 75646 Paris cedex 13. Tél : 01 45 82 47 47. SA au capital de 3 120 000€ - R.C. Paris. Siret 31867159100069/APE5811Z.

Composé et édité par HarperCollins France.

Achevé d'imprimer en avril 2020.

CPI BLACK PRINT

Barcelone

Dépôt légal : mai 2020.

MIXTE
Papier issu de sources responsables
FSC® C108412
FSC www.fsc.org

Pour limiter l'empreinte environnementale de ses livres, HarperCollins France s'engage à n'utiliser que du papier fabriqué à partir de bois provenant de forêts gérées durablement et de manière responsable.

Imprimé en Espagne.